Carlo Ross
… aber Steine reden nicht

**Eccles College
Chatsworth Road
Eccles
Manchester
M30 9FJ**

Dieses Buch ist auf 100% Recyclingpapier gedruckt. Bei der Herstellung des Papiers wird keine Chlorbleiche verwendet.

Der Autor:

Carlo Ross, 1928 geboren, hat im vorliegenden Buch die Geschichte seiner Jugend verarbeitet.
Nach dem Ende des Zweiten Weltkriegs begann er, für verschiedene Zeitungen und Jugendzeitschriften zu schreiben, volontierte bei der ›Westdeutschen Allgemeinen Zeitung‹ in der Redaktion Hagen und wechselte dann in die Sozialarbeit. Später nahm er seine Tätigkeit als Journalist und Redakteur in Berlin wieder auf. Daneben gründete er einen Kleinverlag und gab den Berliner Heimatkalender sowie die ›Berliner Seniorenpost‹ heraus. Heute lebt Carlo Ross als freier Schriftsteller in Regensburg. Als Fortsetzung seiner Jugenderinnerungen schrieb er das Buch ›Im Vorhof der Hölle‹.

Carlo Ross

... aber Steine reden nicht

Deutscher
Taschenbuch
Verlag

Ungekürzte Ausgabe
Juni 1991
2. Auflage Februar 1992
Deutscher Taschenbuch Verlag GmbH & Co. KG, München
© 1987 Georg Bitter Verlag KG, Recklinghausen
ISBN 3-7903-0351-8
Umschlaggestaltung: Celestino Piatti
Umschlagbild: Bernhard Förth
Gesetzt aus der Garamond 10/11
Gesamtherstellung: Ebner Ulm
Printed in Germany · ISBN 3-423-78016-9

Die Jungen sind nicht verantwortlich für das, was geschah. Aber sie sind verantwortlich für das, was in der Geschichte daraus wird.
Wir Älteren schulden der Jugend nicht die Erfüllung von Träumen, sondern Aufrichtigkeit.
Wir müssen den Jüngeren helfen zu verstehen, warum es lebenswichtig ist, die Erinnerung wachzuhalten. Wir wollen ihnen helfen, sich auf die geschichtliche Wahrheit nüchtern und ohne Einseitigkeit einzulassen, ohne Flucht in utopische Heilslehren, aber auch ohne moralische Überheblichkeit.

Bundespräsident
Richard von Weizsäcker
am 8. Mai 1985

1

Die Frau am weit geöffneten Fenster sang. Sie schlug dazu im Takt die Federbetten, die sie auf dem Fensterbrett ausgelegt hatte, nahm sie hoch, hielt sie aus dem Mansardenfenster und schüttelte sie heftig. Die Sonne schien ins Zimmer, und durch sie wurden winzige Staubwölkchen sichtbar.

Elisabeth Schluckebier trällerte das Lied von den Hekkenrosen, die so schön sind, und vom Küssen und Kosen, das ebenso schön zu werden verspricht. Mit schnellen, wachen und sehr neugierigen Augen beobachtete die junge Frau den Einzug eines neuen Mieters in ihr Haus. Weit mußte sie sich aus dem Fenster lehnen, um alles, was sich da auf der Straße tat, besser sehen zu können. »Na«, sagte sie leise und schüttelte ausdauernd die Federbetten, »das Glück scheinen die da auch nicht gepachtet zu haben!«

Verwohnt waren die Möbel, die da in das Haus geschleppt wurden. »Reiche werden auch nicht hierherziehen«, überlegte sie, strich sich eine Locke aus der Stirn und schob sie zurück unter das Kopftuch.

Elisabeth Schluckebier ahnte nicht, wie recht sie mit ihren Worten gehabt hatte. Die neuen Mieter waren nicht freiwillig in diese enge, muffig riechende Gasse gezogen. Die Umstände in diesem neuen, nationalen Staat hatten sie hierhergebracht.

Neben dem von zwei mächtigen, braunen Kaltblütern gezogenen Möbelwagen stand eine zierliche Frau. Etwa vierzig Jahre mochte sie sein. Ihre dunklen Haare trug sie zu einem Dutt aufgesteckt. Ein geblümter Kittel umhüllte den Körper. Aus ihrem Gesicht blickten kluge Augen, die alles Neue um sie herum genau zu beobachten schienen.

Ein Junge, hochaufgeschossen, blond, mit blauen Augen und vielleicht vierzehn Jahre alt, trat schon seit geraumer Zeit von einem Fuß auf den anderen. Endlich schien er Mut zu fassen und fragte, leicht stotternd und ein wenig errötend: »Soll ich mithelfen?«

»Warum?« Die Frau schaute den Jungen fragend an, sah, daß seine Kleidung recht abgetragen war. »Ich könnte dir auch nichts dafür geben. Wir sind selbst arme Leute!«

»Ich helfe Ihnen auch so, ich will nichts dafür! Ich helfe Ihnen gerne!« Schon griff sich der Junge die neben ihm stehenden Stühle und trug sie ins Haus. Er trug sie fort, als hätten sie nur für ihn dort gestanden, so selbstverständlich geschah es.

Die Frau am Möbelwagen sah ihm nach. Inzwischen stimmte Elisabeth Schluckebier ein anderes Lied an ihrem Mansardenfenster an. Es war das Lied von der schwarzbraunen Haselnuß und dem schwarzbraunen Madel, und sie schmetterte es so laut in den frühen Morgen, daß die kleine Frau neben den Möbeln zu lächeln begann. Sie schaute nach oben, überlegte, woher das Lied kommen mochte, konnte es aber nicht erkennen.

Um neun Uhr setzten sich die Möbelträger auf die Haustreppe und packten ihr Frühstücksbrot aus. Mit dem Daumen öffneten sie die Verschlüsse der Bierflaschen. Pause muß sein, hatte der älteste der drei Männer gesagt, und ohne Bier in der Pause wird der ganze Umzug nicht gut. Die Frau verstand, sie besorgte noch ein paar Flaschen Bier.

Dann stand auch der blonde Junge wieder da. Er hielt die Hände in den Hosentaschen vergraben und starrte verlegen vor sich hin.

»Willst du auch eine Flasche Bier?«

Langsam hob der Junge seinen Kopf und sah der kleinen Frau fest in die Augen: »Dazu bin ich noch zu jung«, sagte er leise, lächelte und stellte sich neben die Pferde. Er streichelte sie, klopfte ihnen die Kruppen und scheuchte die aufdringlichen Fliegen fort.

Die Frau schaute ihm interessiert zu, wie er sich mit

den Tieren beschäftigte, so, als würde er sie schon immer kennen, und dann lauschte sie wieder dem Gesang der Elisabeth Schluckebier, die nun in ihrem Lied begann, das Ränzlein zu schnüren und Lachen und Frohsinn mit hineinzupacken.

Der Oberpacker erhob sich stöhnend und ächzend. Er hatte dabei einiges an Leibesfülle zu bewältigen, dann reckte er die strammen Arme in den Himmel und erklärte kurz: »Weiter geht's!« Er reichte die Möbel hinaus, und die Männer begannen, sie in das Haus zu schleppen.

Auch der Junge mit den strohblonden Haaren griff wieder zu.

Hanna Rosen, so war der Name der Frau am Straßenrand, sah sich nun genauer in der engen Gasse um. Die Häuser standen hier so dicht beieinander, daß kaum ein Sonnenstrahl bis auf das Kopfsteinpflaster der Straße fallen konnte. Muffig, ja modernd roch es hier. Die Straße, die sich »Zur Stiege« nannte, endete an einer breiten Steintreppe, die in höher gelegene Stadtteile führte.

Hanna Rosen zählte die Stufen. Sie kam bis achtundvierzig, dann aber kehrten die Möbelträger zurück und beanspruchten ihre Aufmerksamkeit. Selbst Elisabeth Schluckebier in ihrer Mansardenwohnung hörte, wie sie die Männer bat: »Achten Sie aber darauf, daß nichts beschädigt wird!«

Die Möbelträger brummten nur als Antwort, und es klang, als würden sie sagen: »Hab dich nicht so mit dem alten Gelumpe!«

Hanna Rosen zählte wieder die Stufen. Sie kam bis auf sechzig. Sie lächelte, und dieses Lächeln verschönte ihr herbes, ernstes Gesicht. Sie erinnerte sich der Worte, die im Freundeskreis gesprochen worden waren. Dort hatten sie die Treppe die »Himmelsleiter« genannt, in Erinnerung an die Schrift. Einer der Urväter, Jacob, war auf ihr herumgeklettert, um in das Paradies zu gelangen.

Mit einer energischen Handbewegung vertrieb Hanna Rosen eine Pferdebremse, die beharrlich um ihren Kopf brummte. Das ist der rechte Name für diese Treppe, dachte sie ein wenig bitter und schaute sich weiter in der Gasse um. Aus roten Ziegeln waren die Häuser gebaut, die auf der gegenüberliegenden Straßenseite standen. Sie hatten fünf Stockwerke. Sonne kommt hier kaum hin, nicht einmal dann, wenn sie im Mittag steht! Kein Wunder, wenn es hier überall so moderig riecht, sagte sie zu sich selbst und zog, wie fröstelnd, den Kittel am Halsansatz enger zusammen.

Gleich neben dem Haus Nummer fünf, in das Hanna Rosen einzog, nur durch eine Einfahrt getrennt, auf deren Pflaster in kleinen Bächen Jauche herabrann, stand eine Holzscheune. Sie war in sehr schlechtem Zustand. Überall fehlten die Bretter, und das Tor hing schief in den Angeln. Wo eine Scheune ist, da sind auch Tiere, überlegte Hanna Rosen, und sie verstand, warum der Gestank nach frischer Jauche nicht aus der Nase wollte.

Elisabeth Schluckebier sang immer noch. Von Zeit zu Zeit reckte sie sich und schaute hinab auf die Straße. So weit mußte sie sich vorlehnen, daß ihre Brüste schwer herabhingen. »Da sind wir ja noch besser eingerichtet«, sagte sie grinsend und gab einem Kissen noch einen Klaps mit dem Ausklopfer. So heftig, daß der Staub in dem winzigen Sonnenstreifen zu tanzen begann. »Na, wenigstens unter dem Dachjuchhe haben wir ein wenig Sonnenschein. Ja, das ist schon ein rechtes Elendsviertel hier!«

Die Möbelpacker schienen ihre Arbeit geschafft zu haben. Einer nahm den Besen und kehrte den Dreck vom Boden des Wagens auf die Straße. Bis zu Elisabeth Schluckebier drangen die Stimmen hinauf. Sie hörte, wie die Männer der Hanna Rosen einen guten Einzug wünschten, und vernahm auch, wie sie sich bedankten, als die kleine Frau ihnen offenbar etwas gegeben hatte.

Die schweren Pferde zogen den Wagen unter lauten Kommandos an, ihre Hufe klapperten auf dem Kopfsteinpflaster, und es kehrte wieder Ruhe in der engen Gasse ein. Ein Haufen Pferdemist blieb übrig. Die ersten Spatzen kamen und riefen mit ihrem aufdringlichen tschip, tschip, tschip andere Spatzen herbei zum großen Fressen.

Immer noch stand der blonde Helfer vor dem Hauseingang der Nummer fünf, und es schien, als würde er auf etwas warten. Resolut strich Hanna Rosen eine Haarsträhne zurück und wollte dem Blonden zwei Groschen reichen. Der Junge schüttelte jedoch nur den Kopf. »Danke! Ich habe Ihnen gerne geholfen und nicht gegen Bezahlung!«

»Das war sehr nett von dir! Ich danke dir, Junge! Wie ist denn eigentlich dein Name?«

»Erich . . . Erich Zettlau!«

»Dann danke ich dir also noch mal, Erich, ganz herzlich!«

»Ich könnte Ihnen auch noch helfen, die Lampen aufzuhängen, ich will nämlich Elektriker werden, und die Arbeit würde mir Spaß machen!«

»Da gibt es kaum etwas aufzuhängen, Erich, denn in diesem Haus ist noch kein elektrisches Licht. Hier brennt noch das gute alte Gaslicht. Aber wenn ich dich für etwas brauchen kann, dann werde ich nach dir schicken. Wo wohnst du denn?«

»Ihnen gegenüber, in der Nummer elf. In der zweiten Etage. Ich komme sofort, wenn Sie nach mir rufen!«

Hanna Rosen schluckte, dann reichte sie Erich die Hand und sagte: »Danke! Gut, daß es jemanden wie dich noch gibt in dieser verrückten Zeit!«

Im Laufschritt war der Junge die Treppe hinauf, die Hanna die »Himmelsleiter« genannt hatte, und als er oben stand, sah er sich noch einmal um.

Hanna Rosen aber ging ins Haus. Arbeit gab es genug

für sie. Elisabeth Schluckebier in ihrer Mansarde stellte den Gesang ein.

Gegen Mittag kam Erna Rothstein. Sie brachte David mit. Erna war eine gute Seele. Hilfsbereit war sie, wie kaum ein anderer Mensch. Ohne zu zögern, hätte sie ihre letzte Mark fortgegeben, wenn es darum ging, anderen zu helfen. Meist aber fehlte der Erna Rothstein diese Mark. Sie war eine der Ärmsten, und seitdem ihr Vater, der Altwarenhändler Isaac Rothstein, nicht mehr war, verdiente sie für sich und die Mutter den Lebensunterhalt durch das Putzen von Wohnungen und Läden.

Zaghaft klingelte sie, so leise, daß Hanna es kaum hörte. Als sie die Tür öffnete, blieb Erna auf der Schwelle stehen und versuchte unbeholfen, die abgearbeiteten, roten Hände unterzubringen. Offensichtlich waren sie sehr im Wege. Sie stand wie angewachsen, streckte dann aber die Rechte vor und wünschte mit heiserer Stimme: »Viel Glück im neuen Heim. Massel und Broche, und hoffentlich läßt man Sie hier endlich in Ruhe!«

»Wir wollen es hoffen, Erna, und vielleicht auch darum beten«, antwortete Hanna und drückte Erna so fest die Hand, daß diese schmerzhaft das Gesicht verzog.

»Komm rein, Erna, du kannst mir helfen, und du, David«, rief sie dem Jungen zu, der die Treppen hinaufkam, »du bist auch weder zu vornehm noch zu jung, um Hand anzulegen. Heute abend wollen wir es schon etwas gemütlich haben!«

»Sicher helfe ich«, kam die Stimme des Jungen und hallte in dem großen Raum.

»Aber bitte so, daß es keine Scherben gibt!«

»Schon gut, Ma, ich sehe mich vor!«

Erna Rothstein griff zu. Und wo diese derbe, kräftige Frau Hand anlegte, da ordnete sich schnell das Durcheinander. Ein paar Stunden später stand alles an seinem Platz. Kisten und Reisekörbe waren geleert und im Keller verstaut. Erna Rothstein ließ sich für ein paar Minuten am Küchentisch nieder. Kaum saß sie, da klingelte es an der Wohnungstür. Es war ein hartes, forderndes Klingeln. Es entstand durch Drehen an einer Flügelschraube, die einen Klöppel in Bewegung setzte. Hanna Rosen schrak zusammen. Auch Erna Rothstein hatte ihren Körper hochaufgereckt, fast wie ein Tier, das angstvoll lauscht.

Es klingelte wieder, ungeduldig, fordernd. Der Korridor war lang. Der Weg dorthin schien Hanna endlos zu sein. Sie öffnete die Wohnungstür und fuhr erschreckt zurück. Ihr Gesicht war sehr blaß geworden.

»Aber, aber, junge Frau, ich beiße doch nicht!« Ein Polizist in grüner Uniform sagte es und legte grüßend die rechte Hand an den Tschako.

Wie hypnotisiert starrte Hanna Rosen auf den Beamten. Ihre Hand griff ans Herz, das unruhig zu flattern begonnen hatte. Das alles dauerte nur Sekunden, dann hatte sie sich wieder in der Gewalt. »Wollen Sie eintreten, Herr Oberwachtmeister?« Ihre Stimme war fast tonlos.

»Wachtmeister«, korrigierte der Uniformierte und lächelte. »Nur Wachtmeister, Frau Rosen! Sie sind doch Frau Hanna Rosen?«

»Ja, Herr Wachtmeister!«

»Ich will Sie nicht lange aufhalten. Wir können das hier erledigen. Das Revier hat Nachricht von Ihrem Umzug erhalten. Innerhalb von achtundvierzig Stunden müssen Sie sich anmelden! Fragen Sie nach mir, nach dem Wachtmeister Bolle. Wenn es Unklarheiten gibt, ich helfe Ihnen!« Wieder legte er die Hand an den Tschako. »Na, denn . . . Heil Hitler, Frau Rosen!«

»Heil«, erwiderte sie und schloß mit zitternden Händen die Tür. Sehr langsam ging sie zurück zur Küche. Auf dem Weg dachte sie, da muß eine andere Klingel her, diese hier macht mich verrückt.

Erna Rothstein stand an der Tür. Noch bevor Hanna

etwas sagen konnte, nickte sie. »Ich hab's mitbekommen. Die wissen alles, sind über alles informiert. Hier kann keine Maus durch, so dicht sind die Maschen unserer Behörden!«

»Wir werden uns eine Tasse Kaffee aufbrühen, was, Erna? Die haben wir uns redlich verdient.«

»Ich sage nicht nein!« Erna griff sich den Wasserkessel und zapfte Wasser.

Hanna mühte sich, den Gasherd anzuzünden, doch das Gas brannte nicht. Erst als Erna den Sicherungshebel umgelegt und den Brennkranz gereinigt hatte, flammte die Brennstelle auf.

Hanna saß am Küchentisch. Immer noch zitterten ihre Hände. Beruhigend legte Erna Rothstein die ihrigen auf die Schulter der Frau. »Sie glauben nicht, wie froh ich bin, daß mein Vater das alles nicht mehr erleben muß!«

In Hanna Rosens Augen traten Tränen, sie tastete nach Ernas Hand und drückte sie.

Das Kaffeewasser kochte. »Bleiben Sie nur sitzen, Frau Rosen, ich brühe den Kaffee schon!« Erna Rothstein klemmte die Kaffeemühle zwischen die Knie, drehte die Kurbel, und als der Duft des frischgemahlenen Kaffees die Küche durchzog, tat sie ihn in die Kanne und füllte das kochende Wasser nach. »Nur noch ein wenig ziehen muß er, dann können wir...«

Erneutes, rasselndes Klingeln unterbrach sie. Hanna schnellte hoch und eilte zum Eingang. Draußen stand eine ältere Frau. Rundlich war sie und hatte blondes Haar, durch das sich schon einige weiße Strähnen zogen. Auf der zu kurz geratenen Nase saß eine dickglasige Brille. Sie lächelte Frau Rosen an.

»Ich bin die Frau Densch, Ihre Nachbarin! Hier habe ich eine Kanne Kaffee. Den kann man nach einer solchen Schufterei gut gebrauchen!«

»Danke sehr, Frau Densch, aber wir haben uns soeben selbst eine Kanne gebrüht!«

Frau Densch schien beleidigt zu sein. Sie deckte die Kaffeekanne mit der geblümten Schürze ab und wollte zurück in ihre Wohnung. Hanna hielt sie zurück.

»Ich muß mich Ihnen auch vorstellen, Frau Densch! Mein Name ist Rosen, Hanna Rosen. Ich bin Witwe. Mein Mann starb erst kürzlich an den Folgen des Krieges. Er hatte Gas in die Lungen gekriegt, damals, 1914/18! – Und Dank für den Kaffee!«

»Nicht der Rede wert. Dann trinke ich ihn selbst!« Frau Densch nickte der Nachbarin zu und schlurfte zurück in ihre Wohnung. Ein Gehfehler wurde dabei sichtbar. Schon an der eigenen Wohnungstür, schaute sie noch einmal zurück: »Na, dann auf gute Nachbarschaft, Frau Rosen!«

»Auf gute Nachbarschaft«, rief Hanna ihr nach, aber da war die Tür zur Nachbarwohnung bereits ins Schloß gefallen. Eine Zeitlang stand Hanna noch an der Wohnungstür. Ich weiß nicht, was die Leute immer sagen, sie sind doch nett, diese christlichen Nachbarn. Wie man in den Wald reinruft, so schallt es zurück!

Von der Küche her rief Erna Rothstein: »Kommen Sie doch endlich, Frau Rosen, der Kaffee wird kalt!«

»Pockenemil, Pockenemil«, hatten die Kinder hinter Wachtmeister Bolle hergeschrien, als er ins Altenhagener Revier versetzt worden war. Emil Bolle regte sich darüber nicht auf. Das war er gewöhnt. Lange Jahre war es her, seitdem ihm die Blattern das Gesicht zernarbt hatten. Und weil es so ist, daß nach dem Schaden der Spott kommt, gewöhnte er sich auch daran, daß die Kinder ihm einen Spitznamen gaben und ihm ihr »Pockenemil« nachschrien, wo sie ihn zu Gesicht bekamen.

Seit Jahren war er den Bürgern seines Reviers nun schon vertraut. Im Viertel erkannten sie schnell, daß Emil Bolle – wie sie selbst – aus einfachsten Verhältnissen kam und daß er, trotz der Uniform, Mensch geblieben war.

Sie verließen sich darauf, daß er manches »Ding« seiner Leute aus dem Revier abbog.

Abbiegen, das war ein Wort, das Emil Bolle gern benutzte, ein Wort, das deutlich machte, wie gutmütig dieser Mensch in der grünen Uniform der Schutzpolizei war.

Nun saß Wachtmeister Bolle an seinem Schreibtisch im Altenhagener Revier und war damit beschäftigt, eine Karteikarte auszufüllen. Er ließ sich Zeit dabei. Mit seiner klaren Schrift schrieb er, daß eine Frau Hanna Rosen, Witwe, er korrigierte sich und schrieb Kriegerwitwe, mit ihrem Sohn David in die Wohnung links, erste Etage des Hauses Nummer fünf in der Straße Zur Stiege eingezogen war und daß er diese aufgefordert hatte, sich innerhalb von achtundvierzig Stunden umzumelden.

Bedächtig löschte er die Tinte mit dem Löschroller, schaute lange Zeit auf die Zeilen und dachte: Hübsch, diese Frau Rosen, und nicht ein bißchen jüdisch sieht sie aus. Jüdisch, was heißt jüdisch? Woran sollte man das eigentlich erkennen? Diese Hanna Rosen jedenfalls sah aus wie viele andere Frauen im Revier. Er fand da keinen Unterschied.

Endlich legte er die Karteikarte in einen Aktenordner, auf dem in Großbuchstaben »Zur Wiedervorlage« stand, schnallte das Koppel ab und sagte: »So, Kameraden, wir haben ab heute zwei Juden mehr im Revier!«

2

Major Johannes Dicke kam von der Arbeit heim. Verdreckt und verschwitzt war er. Niemand hätte in ihm einen Offizier vermutet, und doch war er es. Er war Offizier des Himmels, Offizier der Heilsarmee. Offizier des Himmels hatte ihn einmal die alte Frau Tichowitz aus dem Haus Nummer elf genannt.

Major Dicke wohnte mit Frau und drei Kindern auch in dieser engen, sonnenlosen Gasse. Es gab nur einen Unterschied zu den übrigen Mietern, die Familie Dicke wohnte freiwillig hier in den einfachsten Verhältnissen, um ihren Glauben zu bekunden.

Viel hatte dieser Johannes Dicke für die Hagener Gruppe der Heilsarmee getan, nun aber durfte er seinen Dienst nicht mehr tun; die braunen Machthaber hatten die Heilsarmee aufgelöst. Ihm und seinen uniformierten Brüdern war verboten, auf Straßen und Plätzen das Evangelium zu verkünden.

Vom Arbeitsamt war er nun als Gartenarbeiter zum Gartenbauamt der Stadt vermittelt worden, und die Kollegen setzten den neuen Mann, der engbrüstig und dessen Hände körperliche Arbeit nicht gewöhnt waren, voll ein. Eine wahrhaft sadistische Freude empfanden sie, wenn der Major nach Luft schnappte und sich den Schweiß mit dem Handrücken von der Stirn wischte. Selbstverständlich war die schmutzigste Arbeit für ihn vorbehalten. Doch der Major Dicke tat seine Arbeit, er tat sie, ohne zu murren, so schwer sie ihm auch fiel, er schaffte sie, und die sonnenbraunen Männer wunderten sich.

Sie hatten gegrinst und gespottet, als sie sahen, wie der Major die schmutzigen Hände faltete und betete. Dann war aus dem offenen Spott ein mitleidiges Lächeln geworden, und nun schwiegen sie, seltsam berührt von dem Verhalten des Mannes, der auch ohne Worte seinen Glauben bekannte.

»Es war ein schwerer Tag, Frau«, sagte Major Dicke und zog seine Arbeitskleidung aus. Ordentlich legte er sie auf einen Küchenstuhl. »Jetzt könnte ich gut ein Bad gebrauchen. Dreckig wird man alle Tage, daß man es nicht glauben möchte, aber was soll es? Waschen wir uns weiter unter der Leitung!«

Er ließ das Wasser ins Spülbecken rinnen und bespritzte seine Frau ausgiebig. Die kreischte fröhlich: »Hör auf, Hans, ich muß doch das Essen richten!«

Major Dicke wusch sich gründlich. Es schien, als wolle er den Ärger, die Sorgen und alles Leid mit dem Schmutz fortspülen.

Die Majorin, wie sie von fast allen genannt wurde, hatte das zur Straße führende Wohnzimmerfenster geöffnet, die Gardinen zur Seite gezogen. Mit lauter Stimme rief sie ihre Kinder zum Abendbrot herauf.

Abendstimmung lag über der Gasse. Ganz lang waren die Schatten, und die spärlichen Sonnenstrahlen, die von den Fenstern reflektiert wurden, schienen wie aus Gold gemacht. Die Fenster fast aller Wohnungen waren weit geöffnet. Der endlos scheinende Winter war endlich vorüber, und die warmen Strahlen der Aprilsonne bekamen den Menschen gut.

Irgendwo aus dem Haus Nummer neun kam die Musik eines Schifferklaviers. Walter Blömel spielte. Durch eine Kinderlähmung war er schwer behindert. Nur an zwei Krücken konnte er sich vorwärtsschleppen.

Schön spielt der Walter, dachte die Majorin, bevor sie das Fenster schloß. Viel Elend gibt es in der Welt, aber Gott wird schon wissen, warum.

Die Fensterrahmen klemmten. Die Feuchtigkeit des Winters saß noch im Holz. Die Majorin mühte sich. Endlich gelang es ihr, das Fenster zu schließen.

Die Kinder hämmerten an die Wohnungstür. Bevor sich Frau Dicke auf den Weg machen konnte, rief der Major: »Laß nur, Frau, ich gehe schon!«

Wie an jedem Abend war die Begrüßung auch an diesem Tag überaus herzlich. Besonders Siegfried, der Jüngste, ließ den Vater nicht zur Ruhe kommen. Erst als die Familie um den Abendbrottisch herum saß und der Major mit einfachen Worten das Tischgebet sprach, wurde es ruhig.

Die Majorin füllte die Suppe auf.

»In Nummer fünf sind neue Mieter eingezogen. Eine Witwe mit Sohn. Der Junge mag etwa so alt sein wie unser Siegfried!«

»Hattest du schon Gelegenheit, mit der Frau zu sprechen?«

»Nein, Hans, aber Sigi hat mit dem Jungen schon Kontakt. Sie scheinen sich recht gut zu verstehen!«

»Er heißt David, Vater!«

»So? Ein schöner Name, ein sehr schöner sogar! Weißt du auch, Sigi, warum der David aus der Bibel so bekannt wurde?«

»Durch seinen Kampf mit dem Goliath, Vater!«

»Ja, das wohl auch! Und wodurch noch?«

»Durch die Psalmen, Vater!« Gudrun, die Älteste, ein Mädchen mit schweren, dunklen Zöpfen, sagte es, und Margot fügte hinzu: »Und Jesus stammt aus seinem Geschlecht!«

»Ihr habt alle recht, meine Lieben! Kommt, wir wollen zum Abschluß des Tages ein Lied singen und dem Herrn Jesus danken für die Liebe und Freundlichkeit, die er uns heute wieder erwiesen hat!«

Major Dicke schlug das Liederbuch der Heilsarmee auf, und die Majorin griff zur Laute.

»Heute singen wir ›Komm zu dem Heiland, komme noch heut‹, und recht laut, bitte ich mir aus, damit auch alle in der Straße unser Bekenntnis hören!«

Die Frau Dicke griff in die Saiten der Laute, und dann schallte es laut durch die enge Gasse: ». . . er ist uns nah, zum Segnen bereit, und ruft so freundlich: Komm!«

»Bei den Majors singen sie wieder«, stellte der dicke Menes fest und rückte mit dem Stuhl näher zu Hanna, die ihn aufgesucht hatte, um mehr über die neue Umgebung zu erfahren.

Hanna Rosen kannte Max Menes. Er war ihr bekannt von den hohen Feiertagen, an denen er die Synagoge besuchte.

»Ihr, Menes«, sagte sie, »Ihr wißt doch viel mehr über diese Gasse als ich. Wer von unseren Leuten wohnt hier, und wem kann man vertrauen?«

Der dicke Menes, der Nacht für Nacht mit einem blitzenden Wurstkessel als Wurstmaxe durch die dunklen Straßen Hagens ging, laut seine Würstchen anbietend, legte die Hand auf den Arm der Frau: »Ihr müßt Euch hier nicht graulen. Viele von unseren Leuten wohnen hierherum. Da ist der alte Fischel, der Jacobs, die Tichowitz und der Doktor Hersch. Mit denen werdet Ihr Euch schon verstehen, und dem Doktor Hersch könnt Ihr voll und ganz vertrauen. Er gibt das Letzte für seine Leut', und auch für die Gojim hat er ein großes Herz. Tag und Nacht ist er in seiner Praxis, verheiratet ist er mit ihr!«

». . . herrlich, herrlich, wird es einmal sein, wenn wir ziehn von Sünden frei und rein, in das gelobte Land Kanaan ein, Jesus, sieh her, ich komm . . .« tönte es durch das geöffnete Fenster.

»Was sind das für Leute, die da so fromm singen?« fragte Hanna, und der dicke Menes bewegte nachdenklich seinen Kopf: »Gute Leut', ehrliche Leut'! Er ist Major bei der Heilsarmee, Sie kennen die, das sind die mit der blauen Uniform und den unmöglichen Hüten! Er hat viel Zores mit den Nazis, läßt sich aber nicht unterkriegen, ein verflixt zäher Bursche, dieser kleine Mann! Auch seine Frau und die Kinder sind freundlich und bestimmt keine Antisemiten!«

»Vielleicht sollte man Verbindung aufnehmen, der David hat niemanden, mit dem er spielen kann, wenn man von Eurem Sohn absieht!«

»Warum nicht, aber laßt ihn erst einmal warm werden, dann findet sich alles. Und nun entschuldigt, ich muß mich für die Arbeit umziehen, von nichts kommt nichts!«

»Ich will Euch nicht aufhalten, Menes! Meinen Dank für die Ezes und gute Geschäfte gewünscht!«

Schnell vergehen Tage und Wochen, besonders dann, wenn man jung ist und täglich Neues sieht. Eines Tages stand David vor dem größeren Erich Zettlau, der ihn mit fragenden blauen Augen ansah. Irgendwas in diesen Augen war es gewesen, was David angezogen hatte, und so ärgerte es ihn nur wenig, als der Blonde fragte: »Stimmt das eigentlich, daß du Jude bist?«

David blies die Backen auf und nickte im Zeitlupentempo. Er wollte schon weitergehen, als der andere sagte: »Das ist mir Wurscht!« Verlegen zeichnete sein Fuß Kreise auf dem Pflaster. »Wenn du willst, können wir Fußball spielen!«

Als David verblüfft, aber doch freudig ja sagte, besorgte Erich Zettlau schnell einen Ball. Dem ging schon die Luft aus, es kam David aber so vor, als sei er der schönste Ball der Welt. Endlich war da jemand, mit dem er reden konnte, einer, der sogar mit *ihm* reden, der sogar mit ihm *spielen* wollte.

Durch den schlaksigen Erich kam David an Sigi Dicke, und es dauerte nicht lange, da waren die drei Freunde.

Sommerzeit. Heiß war es im Sommer des Jahres 1938.

»Wir gehen zur Schlacht«, hatte Erich Zettlau gesagt und dabei gegrinst. »Seit dem schweren Gewitter in der letzten Woche führt die Volme genug Wasser. Wir gehen baden!« Er bestimmte, und die anderen um ihn folgten seinem Befehl.

Es war an einem Freitagnachmittag gewesen. Für David war es der Tag, an dem er zum religiösen Unterricht zu gehen hatte. So war er dann auch ein wenig verlegen, als er erklärte: »Ich komme nach, sobald ich fertig bin mit der Schul, du weißt ja!«

Erich Zettlau wußte und verstand.

Selten dauerte eine Unterrichtsstunde länger als diese an dem sonnendurchglühten Freitag.

Die »Schlacht« war ein Stauwehr des Flusses. Über ihn

spannten sich drei Rundbögen. Eine Bahnlinie führte über sie hinweg. Durch zwei der Viadukte floß das Wasser der Volme. Die dritte der Röhren lag zu fast allen Zeiten des Jahres trocken. Voller glattgeschliffener Flußkiesel war sie, die noch aus der Zeit stammten, als der Fluß mehr Wasser führte. Auch Gerümpel lag hier, achtlos und ohne Bedenken fortgeworfen. Frech huschten die Flußratten umher.

Für die Kinder der Armen dieses Viertels war die »Schlacht« ein echter Spielplatz. Hier konnten sie ihre Kämpfe ausfechten, auf dem Trockenen wie im Wasser. Sie konnten baden oder auch nur, im Ufergras liegend, den hohen Wolken nachschauen.

Als David an diesem Freitag an der »Schlacht« ankam, war er nicht allein. Er hatte Alex Menes mitgebracht, den Sohn des dicken Wurstmaxen. Als die zwei vor dem hohen Eisengitter standen, das mit Spitzen wie Speere bewehrt war, sah David sofort, daß sein Freund recht gehabt hatte. Der Fluß führte viel Wasser.

Erich und einige andere Jungen aus dem Viertel standen bis an den Bauch im Wasser und bespritzten sich.

Als Erich die neu Ankommenden sah, winkte er wie toll. »Los, steigt rüber, aber zerreißt euch nicht die Hosen oder edle Körperteile!«

Die Jungen kreischten vor Vergnügen.

Als erster stieg Alex Menes über den Zaun, dann zog sich David hoch und sprang mit einem Satz auf der anderen Seite ab. Nun mußten die Jungen noch einige Stufen einer ausgetretenen Steintreppe hinabgehen.

Es war ein froher Nachmittag. Da wurde gelacht, und da wurden die Kräfte gemessen, da spritzte das Wasser der Volme die Jungenhorde patschnaß. Niemand störte es, allen machte es nur einen Riesenspaß.

Als sie müde waren, ließen sie sich am Ufer nieder. Einer nach dem anderen zog heim, und nach einiger Zeit waren nur noch vier Jungen im hohen Gras am Ufer.

Alex Menes zog verlegen die Badehose, die naß und faltig um die muskulösen Beine schlotterte, hoch und fragte nachdenklich: »Sind die anderen unseretwegen so schnell verschwunden?«

»So 'n Kappes«, antwortete der blonde Erich. »Was du dir da einbildest! Solange ich da bin, wird niemand etwas gegen euch sagen! Das könnt ihr mir glauben!« Sie schwiegen, hingen ihren Gedanken nach, starrten in den hohen Himmel und zählten die Wolken, die hoch über ihnen dahinzogen.

»Schön ist es hier«, sagte endlich Siegfried Dicke, und Alex Menes, weniger romantisch, fügte hinzu: »Aber es stinkt!«

Die vier Jungen waren sich einig. Es stank wirklich. Es stank nach faulen Apfelsinen. Bald erkannten sie auch den Grund für den Gestank. Nicht weit von ihnen warfen einige Arbeiter kistenweise faule Apfelsinen in den Fluß. Der tauchte die Früchte ein paarmal unter, so, als wolle er mit ihnen spielen, und dann trug er sie schnell flußab.

»Enselmann hat wieder eine Ladung billiger Apfelsinen aufgekauft«, stellte Alex trocken fest und bewies damit, daß er vom Geschäftssinn des Vaters gelernt hatte.

Mit einem Schrei, der an indianisches Kriegsgebrüll erinnerte, sprang Erich in den Fluß, schwamm einige Meter und rief zurück: »Wer will eine Apfelsine?« Ohne auf eine Antwort zu warten, warf er ein paar der schwimmenden Früchte ans Ufer und stieg selbst wieder hinauf. Er war auch der erste, der eine Frucht zu schälen begann. Zunächst schnupperte er ausgiebig an ihr, und als er mit dieser Methode nicht feststellen konnte, ob sie noch genießbar war, biß er endlich hinein. Angewidert verzog sich sein Gesicht. Er spuckte den Bissen aus und schüttelte sich. »Nicht eine gute werfen die fort!« Wieder sprang er ins Wasser. »Kommt doch auch rein«, brüllte er mit überkippender Stimme und spritzte ans Ufer. »Das Wasser ist ganz warm!« Da hüpften auch die anderen Jungen wieder hinein.

Einer der sortierenden Männer richtete sich kurz auf, winkte den Jungen zu und rief: »Paßt bloß auf, daß ihr nicht absauft. Es ist heute ganz schön tief hier!«

»Wir können schwimmen«, schrie Erich zurück, und dann brüllte er noch lauter: »Werft uns lieber ein paar gute Apfelsinen in den Bach!«

Erwartungsvoll ruhig verhielten sich die Jungen, doch es geschah nichts. Schon wollten sie weitertollen, da landeten direkt neben ihnen, noch eingewickelt in buntes Seidenpapier, ein paar Früchte.

So laut, wie er konnte, rief David den Männern zu: »Danke, das war sehr nett von Ihnen!« Sie warfen die Apfelsinen an das Ufer und kletterten selbst hinterher. Diesmal schienen ihnen die Früchte zu schmecken. Erich glättete eine der Seidenhüllen, sah auf ihr eine glutäugige Spanierin, mit Mantilla und Steckkamm in den schwarzen Haaren, und erklärte völlig hingerissen: »Mann, muß das ein Land sein, dieses Spanien, Pfundsweiber haben die da!«

Die anderen schienen ihn nicht gehört zu haben. Alex Menes schnalzte mit den Lippen: »Die schmecken prima. Zuletzt habe ich zu Chanukka eine oder zwei bekommen!«

Fragend sah Erich David an. »Was ist Schanukka?«

»So was Ähnliches wie bei euch Weihnachten, man bekommt auch Geschenke!«

»Geschenke? So was fällt bei uns flach!«

David schaute dem Blonden in die Augen. »Ist dein Alter immer noch arbeitslos?«

»Was glaubst du denn! Die geben ihm einfach keine Arbeit, lassen ihn am ausgestreckten Arm verhungern! Das haben sie ihm versprochen, als sie ihn damals nach Hause geschickt haben!«

»Wo war er denn«, fragte Siegfried Dicke, und die drei sahen Erich interessiert an.

Der strich sich das nasse Haar zurück. »In Dachau«, sagte er, rauh und sehr kurz angebunden.

Alex öffnete schon den Mund zu einer weiteren Frage.

Aber Erich schien das zu bemerken und ließ ihn gar nicht erst zu Wort kommen: »Gebt euch keine Mühe, ich erzähle doch nicht, wie es dort gewesen ist. Mein Vater hat unterschreiben müssen, nichts von dem zu berichten, was er im Lager erlebt, gesehen und gehört hat. Sie holen ihn wieder, wenn er sich nicht daran hält!« Altklug nickten die Jungen.

David lächelte in sich hinein. »Weißt du auch, warum das Konzertlager heißt? Weil sie denen dort die Flötentöne beibringen! Die alte Matzunke hat das neulich meiner Mutter gesagt!«

Ausgelassen lachten die Jungen.

Nur Erich war sehr still, und es schien, als würde eine Träne in den Augenwinkeln warten. Dann sagte er so, als seien seine Gedanken weit fort: »Lacht nicht, Freunde, es muß furchtbar dort sein!«

Etwas Böses, Unaussprechliches war in ihre Mitte getreten. Jede Fröhlichkeit war geschwunden.

»Kommt, wir ziehen uns an und gehen heim! Ich habe keine Lust mehr«, sagte Siegfried Dicke.

Heiß schien die Sonne herab, und doch fröstelten die Jungen, als sie in die Hosen stiegen.

Irgendwo im dichten Ufergras raschelte eine Ratte und tauchte, als die Jungen Steine nach ihr warfen, in den Fluß.

Das war im Sommer des Jahres 1938. Es war ein schöner Sommer, und doch schien die Welt nicht mehr in Ordnung zu sein.

3

Schüsse schreckten ganz früh am Morgen die Bewohner der Stiege auf. Die Gardinen an den geschlossenen Fenstern bewegten sich leicht, wie von einem Windhauch angerührt.

In der Nummer elf geschah Ungewöhnliches. Ein Mannschaftswagen der Polizei, offen, mit grünen Ledersitzen und dunkelgrauem Außenanstrich, stand vor dem Haus. Eine Gruppe Polizisten, zehn an der Zahl, belagerte das Haus. Noch mehr von den »Grünen« mußten im Haus sein, denn von dort knallten immer wieder Schüsse.

Dann wurde es Zeit für die Kinder, sich auf den Schulweg zu machen. Ordentlich gewaschen und gekämmt, die zerschlissenen Kleider sauber und geflickt, verließen sie die Wohnungen. An diesem Morgen mußten sie einen Umweg gehen. Die Beamten hatten die Straße, die sie gewöhnlich gingen, die »Himmelsleiter« hinauf, für jeden Zivilisten gesperrt. Wegen der Gefahr für Leib und Leben, erklärten die Uniformierten und forderten die Eltern auf, die Kinder nicht in Schußnähe kommen zu lassen.

Erich Zettlau, der im Haus Nummer elf wohnte, kam heraus und wurde von einem Wachtmeister begleitet. Erich trug den Schultornister nachlässig über die Schulter geworfen. In der Hand hielt er eine Schnitte Brot, bestrichen mit Pflaumenmus.

Der »Grüne« ging einen Schritt hinter ihm, begleitete ihn noch einige Meter und kehrte dann eilig in die Nummer elf zurück.

Erich blieb stehen, er wartete auf David. Kaum kam der aus dem Haus gestürmt, nahm ihn der Ältere zur Seite: »Mensch, weißt du, was da passiert ist? Als die Polente heute ganz früh den Prohl festnehmen wollte, da hat der sich in seiner Wohnung verschanzt und zu schießen begonnen. Jetzt stehen die ›Grünen‹ da, und immer mehr kommen hinzu. Mich hat auch einer aus dem Haus gebracht. Hättest nur mal sehen sollen, wie der sich an der Wand entlang geschlichen hat. Der hatte bestimmt die Hosen voll!«

Mit weit aufgerissenen Augen schaute David auf den Freund. In seinem Gesicht stand Angst, aber auch Neugier. Er stotterte: »Was hat der Prohl denn angestellt? Warum holen sie ihn, warum schießen sie, warum schießt er?«

»Wer weiß das schon? Politisch vielleicht? Mein Alter sagt, der Prohl sei ein Genosse!«

Eine Zeit des Schweigens folgte, immer wieder durch Schüsse unterbrochen. Schon öffneten die ersten Nachbarn ihre Fenster. Erst einer, dann zwei, und schließlich standen alle Fenster in der Stiege weit auf. Noch ungewaschen und mit wirren Haaren, lagen die Frauen in den Fenstern. Einige hatten es sich bequem gemacht und Kissen auf die Fensterbretter gelegt.

Hart und peitschend knallten wieder Schüsse. Polizeikommandos kamen, und wieder knallte es laut.

»Komm, David, wenn wir über Freudewalds Rasen gehen und über den Zaun steigen, dann können wir uns auf die Mauer neben der Scheune setzen. Das wird hier bestimmt noch interessant!«

David antwortete nicht sofort. Erst nach einer Zeit des Überlegens sagte er: »Und was wird mit der Schule?«

»Ach was! Quatsch mit Soße! Als ob es auf diesen einen Tag ankommen würde! So was wie hier erleben wir wahrscheinlich nie wieder!«

»Wo du recht hast, da hast du recht. Ich kann mich in der Schule anstrengen, wie ich will, immer heißt es doch nur: typisch jüdische Faulheit!«

Erich lachte. »Das ist wahr! Und wenn du doch mal was weißt, was die anderen nicht wissen, dann bist du sofort wieder ein jüdisches Großmaul!«

Sie schwiegen beide. Die Schüsse mehrten sich. Da sagte David, und man spürte den inneren Ruck, den er sich gab: »Wir bleiben und sehen zu, wie's weitergeht!«

»Ja, wir bleiben!«

»Irgendwie verstehe ich dich nicht, Erich! Ich denke, dein Alter ist auch Kommunist? Wie kannst du da zusehen wollen, wie man einen seiner Genossen jagt?«

»Das verstehst du nicht! Das ist spannender als Sun Koh oder Karl May ... oder etwa nicht?«

David nickte zustimmend. Er schien sich aber zu schämen. Die Ereignisse spitzten sich zu. Immer lauter warnte das Martinshorn des zweiten Überfallwagens, und dann bog er um die Ecke in die Stiege ein, so schnell, daß die Reifen quietschten.

Kommandos ertönten. Die Hälse der Zuschauer in den Fenstern wurden von Sekunde zu Sekunde länger.

Die Zeit verging. Es geschah nichts. Nur die Schüsse knallten in die wartende Stille. Die Polizisten schienen sich auf eine längere Belagerung einzurichten. In Gruppen standen sie zusammen, und die Vorgesetzten erteilten selbst Raucherlaubnis.

Für die Jungen – und unsere zwei waren nicht die einzigen, die an diesem Morgen die Schule schwänzten – gab es immer wieder Neues zu sehen und zu kommentieren. Jeder, der neu hinzukam auf Freudewalds Mauer, hatte andere und aufregendere Geschichten auf Lager.

Die Uhrzeiger zeigten die zehnte Stunde. Einige kurze Befehle, nur halblaut gegeben, brachten die Beamten wieder vor den Hauseingang. Nun kamen zwei Männer in Zivil hinzu. Sie hielten Pistolen in den Händen und drohten zu den Fenstern hinauf. »Die Fenster schließen«, riefen sie. Doch da konnten sie schreien, so laut wie sie auch wollten, das alles war viel zu aufregend. Kaum einer hörte auf die Befehle und schloß das Fenster.

Und wie die Alten so dachten auch die Jungen auf Freudewalds Mauer. Von Fenster zu Fenster flogen die tollsten Gerüchte. Wer genau hinhörte, der verstand, daß niemand etwas Richtiges wußte.

Der ältere der Zivilbeamten gab nun den Befehl, mit Tränengas vorzugehen.

Nun sprang von Fenster zu Fenster das Gerücht, es handele sich um eine politische Polizeiaktion. Die Ängstlichen unter den Zuschauern zogen sich zurück, schlossen die Fenster und zogen die Gardinen einen Spaltbreit zur Seite. Mit politischen Dingen, nein, damit wollten sie nichts zu tun haben.

Die Mehrheit der Zuschauer aber blieb in den Fenstern liegen und reckte die Hälse.

David stieß Erich an: »Wenn die Gas einsetzen, kann sich der Prohl nicht mehr lange halten!«

»Na hoffentlich! Die Roten müssen ausgeräuchert werden wie die Ratten, die haben nichts Besseres verdient«, sagte ein Junge, der mitgehört hatte.

»Halts Maul, du Blödmann! Du weißt doch gar nicht, wovon du redest. Du singst die Arien, die dir deine Alten vorgezwitschert haben. Und vergiß nicht, du Arsch mit Ohren, daß dein Alter selbst 'n Roter war, bis die Nazis ihn durch einen feinen Posten braun angestrichen haben!« Erich Zettlau sah sein Gegenüber mit zornigen Augen an.

David wollte vermitteln und fragte ablenkend: »Was werden die mit dem Prohl machen?«

»Was sie mit ihm machen? Ordnung und Disziplin bringen sie ihm bei!«

Eine deftige Ohrfeige von Erich Zettlau ließ den Scharfmacher schnell schweigen.

Die Ereignisse überstürzten sich nun. In der Nummer elf rumsten dumpf zwei Explosionen.

»Das war das Tränengas!« Die Jungen auf Freudewalds Mauer hielten den Atem an, dann hörten sie das splitternde Krachen der Äxte. »Sie schlagen die Tür ein!« Dann kam noch ein einsamer, fast leiser Knall.

»Das war ein Pistolenschuß, keiner aus einer Großkalibrigen!« Einer der Jungen sagte es sachverständig, und die anderen nickten zu seinen Worten. Voller Erwartung, mit roten Köpfen und unsagbarer Neugierde, starrten sie über die Mauer zum Hauseingang, doch da tat sich nichts. Alles blieb still. Nicht einmal die in Bereitschaft stehenden Uniformierten stürmten das Haus. Sie standen nur da, warteten und rauchten, die Revolver in den aufgeknöpften Halftern. Nur die Zivilisten waren in der Nummer elf.

Plötzlich kamen einige schrille Pfiffe aus der Polizeipfeife. Die »Grünen« stiegen in die Überfallwagen, mit denen sie hergekommen waren, und die fuhren langsam, im Schrittempo, die enge Gasse hinab zur Altenhagener Straße, bogen zur Stadtmitte ab, und erst jetzt schalteten die Fahrer die Sirenen ein.

Im Haus Nummer elf blieb es ruhig. Die Schaulustigen zogen sich zurück. Viele schlossen ihre Fenster. Nur wenige blieben, schauten und tauschten ihre Meinungen aus. Schon wollten die Jungen den Rückweg antreten, da hörten sie die Sirene des Krankenwagens.

»Die haben bestimmt den Prohl getroffen«, schrie eine Stimme von den Fenstern her.

Gespannt hoben die Jungen ihre Köpfe wieder über die Mauer. Nur ihre Augen lauerten über sie hinweg. Es gab nicht mehr viel zu sehen. Minuten, nachdem die Sanitäter das Haus betreten hatten, kehrten sie schon wieder zurück. Auf ihrer Trage lag ein Mensch. Er war in eine graue Wolldecke gehüllt. Sie schoben die Trage in den Wagen und schlugen die Tür zu. Der Krankenwagen fuhr ab. Er fuhr ohne Sirenengeheul.

»Der braucht keinen Arzt mehr«, war die einhellige Meinung derer, die noch in den Fenstern aushielten.

Irgendwo auf dem Hof begann jemand, Teppiche zu klopfen, und Elisabeth Schluckebier in ihrer Mansarde sang schon wieder ein frohes Lied. »Hab mein Wagen vollgeladen«, hallte es bis hinab zur Altenhagener Straße, und nur der Straßenlärm dort schluckte ihr Lied.

Die Logenplätze auf der Mauer leerten sich. Aus sicherer Entfernung drohte der Junge, der sich von Erich Zettlau eine Ohrfeige eingefangen hatte: »Paß nur auf, daß ich dich nicht erwische! Ich schlage dir die Zähne ein, du Judenknecht, du dreckiger!«

»Hau ab, Hosenscheißer,« brüllte Erich zurück, tippte sich überdeutlich an die Stirn und legte dem kleineren David Rosen die Hand auf die Schulter. »Komm, gehen wir was essen. Aufregung macht hungrig!«

David machte den neuen Namen bei den Jungen der Stiege bekannt, und schnell hieß die große Treppe nicht nur bei den Juden die »Himmelsleiter«.

Im Leben der Kinder spielte die Treppe eine nicht unwichtige Rolle. Sie wurde zu allem, was kindliche Phantasie in ihr sah. So wurde ihr Podest zur Theaterbühne. Die Treppenstufen waren die Sitzplätze. Sie wurde zur Radrennbahn, wenn die Waghalsigsten mit ihren rostigen Rädern in rasender Schußfahrt die sechzig Stufen nahmen, war Arena der Mutproben, wenn sie auf gewachsten Kistenbrettern hinabsausten, um dann noch ein Stück die Gasse entlangzuschleudern. Nicht selten ging es dabei um Kopf und Kragen, und mancher Bruch und viele Schrammen waren der sichtbare Beweis dieses Mutes.

Seit dem gewaltsamen Tod des Mannes Prohl war kaum eine Woche vergangen. Sie sprachen noch ein- oder zweimal von ihm, und von »Pockenemil« erfuhren sie, daß er sich selbst das Leben genommen habe. Nicht ins Lager habe er gewollt und seine Genossen verpfeifen. Dann lieber tot, habe er gedacht, und dann sammelten sie für einen Kranz reihum an den Türen des Viertels. Sie sammelten im Schutz der Dunkelheit. Einhundert rote Nelken sollte der Kranz haben, aber dann waren nur fünfzehn Mark zusammengekommen. Und dafür gab es keinen Kranz mit hundert roten Nelken. Bei der Beerdigung waren nur wenige der Nachbarn zu sehen, und die schauten immer wieder ängstlich auf die Männer in den dunkelgrauen Ledermänteln. Sie sahen »Pockenemil«, der in seinem Notizbuch Aufzeichnungen machte.

»Die haben alle aufgeschrieben, die bei der Beisetzung waren. Uns alle werden die noch ins Lager stecken«, raunten sie noch nach Tagen in der Stiege.

Sosehr sie auch auf Repressalien warteten, es geschah nichts. Selbst dem Genossen Zettlau, der eben erst aus dem Lager heimgekommen war und der ganz nahe beim Grab gestanden hatte, eine rote Nelke im Knopfloch tragend, ließen sie in Ruhe.

»Siehst du, Frau«, hatte der Herr Matzunke aus der Nummer fünf gesagt, »es kommt alles so, wie ich es gesagt habe. Die werden auch wieder ruhiger, und bald ist alles wieder so, wie es immer war!«

Sie gingen ihrer Arbeit nach, die Männer im Viertel, kümmerten sich wenig um Politik, waren froh, wenn sie den Familien etwas Nahrhaftes auf die Tische stellen konnten und wenn die Kinder gut in der Schule lernten und folgsam waren.

An diesem Tag gab es auf dem Podest der »Himmelsleiter« Boxkämpfe zu sehen. Die Treppe eignete sich als Austragungsort, als wäre sie eigens dafür gebaut.

Soeben war einer der Kämpfe durch technischen K. O. von Alex Menes gewonnen worden. Der Ringrichter hielt krampfhaft den rechten Arm des Siegers hoch und krähte: »Sieger in der vierten Runde durch technischen K. O. der ›Löwe von Juda‹, Alex Menes. Der Siegespreis sind fünf Attika ohne Mundstück!« Er schwenkte die Zigaretten im Kreis, immer dicht vor der Nase des Siegers, und immer dann, wenn Alex zugreifen wollte, waren sie an einer anderen Stelle.

Endlich wurde es dem »Löwen von Juda« zuviel. Er langte sich den Ringrichter, zog das schmächtige Bürschlein dicht an sich heran und ranzte ihn an: »Her mit den Schmergeln. Ich will was haben von meinem Sieg. Bis auf die Kippen von meinem alten Herrn hatte ich in der letzten Zeit nichts zu paffen!«

Der Ringrichter reichte ihm die Schachtel. »Da kriege ich ja wohl auch eine ab, was?«

Gönnerhaft nickte der »Löwe von Juda«.

Karl Biederbeck hieß der Klassenlehrer. Er unterrichtete schon seit einer halben Ewigkeit an der Hallenschule, die nun den Namen Horst-Wessel-Schule bekommen hatte. Karl, wie die Schüler den alten Lehrer liebevoll spöttisch nannten, war im Schuldienst knorrig und weißhaarig geworden. Ihm kam es nicht auf den Gegenstand an, mit dem er zuschlug, wenn ihn der »heilige Zorn« packte. Er nannte sein Unbeherrschtsein, seinen Jähzorn den »heiligen Zorn«, und die Schüler zitterten allein bei dem Gedanken, der könne sie einmal treffen. Er riß dann meist eine Latte von Pult oder Wandschrank und schlug damit drauflos. Er fragte nicht, wohin er traf, und weil oft noch Nägel in den Leisten steckten, gab es Schrammen bei denen, die Bekanntschaft mit dem »heiligen Zorn« gemacht hatten.

Im Normalzustand war Karl ein guter Lehrer und ein freundlicher Mensch. Er lebte als Junggeselle und liebte seine Jungenklasse. Wer sah, wie liebevoll er sich auch um den größten Esel bemühte, konnte nicht verstehen, was da in ihn fuhr, wenn er zuschlug oder Tintenfässer durch den Klassenraum schleuderte.

Am Morgen des letzten Schultages vor den großen Ferien war es schön. Es gab Sonnenschein, und am hohen blauen Himmel trieben Schäfchenwolken. Schon ganz früh am Tag fuhren die Wassersprühwagen durch die Straßen und wuschen sie rein.

Nach Klassen geordnet, frisch gewaschen und gekämmt, standen die Schüler auf dem weiträumigen Schulhof. Sie warteten auf den Befehl zum Einzug in das Schulhaus. Die Unruhe an diesem Morgen war kaum zu dämpfen. Schon spürten alle die kommenden Ferien.

Sosehr sich der aufsichtsführende Lehrer auch bemühte, er schaffte es nicht, Ruhe in die quirligen Kinder zu bringen.

Die Schulglocke schlug an. Der Einmarsch der Klassen begann. Mit sehr gemischten Gefühlen nahmen die Schüler ihre Plätze ein, die um ihre Versetzung bangen mußten.

Das Klassenzimmer des David Rosen lag in der zweiten Etage. Hier war Karl Biederbeck Herr über vierunddreißig Jungen.

Pünktlich mit dem Glockenschlag acht trat der Lehrer ein. Er kam ohne Gruß, blieb vor der Klasse stehen, hob die Arme, als beabsichtige er zu dirigieren, und zuckte dreimal heftig mit ihnen. Zu dem Zucken der hageren Arme brüllten die Jungen rhythmisch: »Heil Hitler, Herr Bie-der-beck!«

»Setzen, Jungens!«

Sie setzten sich geräuschvoll, und nun erst war der Gruß des Lehrers: »Guten Morgen, Jungens!« zu hören.

Im Chor kam die Antwort: »Guten Morgen, Herr Bie-der-beck!« Nun waren, wie jeden Morgen, die zwei Grüße an die Klasse gebracht, der offizielle und der private Gruß.

»Ich hoffe, ihr habt alle für diesen letzten Schultag vor den Sommerferien gute Laune mitgebracht? Manche von euch werden sie notwendig brauchen. Obwohl ihr schon zwölf oder auch dreizehn Jahre alt seid und glaubt, daß ihr für ein Lied zu groß seid, wollen wir doch zur Feier des Tages eins singen!« Er legte eine Pause ein, grinste hinterhältig und raunte dann geheimnisvoll: »Jungens, ihr glaubt nicht, wie froh ich bin, euch eine Zeitlang nicht sehen zu müssen!«

»Wir auch, Herr Biederbeck«, kam eine Stimme von den hinteren Bänken.

Karl Biederbeck schien sie nicht gehört zu haben, nur seine wachen Augen funkelten vor Vergnügen. »Wer hat einen Liedvorschlag?«

Schweigen.

»Jungeeeens«, ganz gedehnt sprach Herr Biederbeck dieses Wort aus, »Jungeeeens, ich möchte meinen heiligen Zorn heute nicht in Anspruch nehmen, also bitte ich mir unbedingte Folgsamkeit aus. Wer hat einen Vorschlag?«

»Das Horst-Wessel-Lied!«

»Als die güldne Abendsonne!«

Das Stimmendurcheinander wurde zum Chaos. Die Aussicht auf die bevorstehende Freiheit ließ die Jungen jede Hemmung vergessen. Karl Biederbeck schaffte Ruhe, indem er einen Jungen aus der ersten Bank so lange und so kräftig an den Haaren zog, bis dieser zu schreien begann. Erst jetzt kehrte die Ruhe in den Klassenraum zurück.

»Na also«, grinste der Lehrer, »warum muß ich immer erst zupacken? Wenn ihr keine vernünftigen Vorschläge habt, dann singen wir das schöne Lied ›Wir sind jung, die Welt ist offen‹!« Er öffnete den Wandschrank und entnahm ihm eine Geige, die er mit steifen Fingern stimmte.

Nicht schön, dafür aber sehr laut grölten die Jungen das Lied. Karl Biederbeck krächzte mit seiner Fiedel dazwischen. Als er hörte, daß kein Wohlklang aufkommen wollte, begnügte er sich, wild mit den Armen um sich zu schlagen, was er offenbar dirigieren nannte.

Dann war das Lied zu Ende. »Das habt ihr schön gemacht, Jungeeeens. Nun nehmt einmal das Geschichtsbuch und seht euch die Daten des Großen Kurfürsten an.

Ich gehe«, hier machte der Lehrer eine Pause, »Zeugnisse holen! Das wird eine Freude dieses Jahr!«

Er griff in das schwarze, lockige Haar des Alex Menes' und forderte: »Komm mit, Menes, hilf mir, die Zeugnisse tragen. Du brauchst die deutsche Geschichte ohnehin nicht mehr!«

Alex quetschte sich aus der Bank. »Jawohl, Herr Biederbeck!«

Der Lehrer knuffte ihn in den Rücken. »Na, dann komm! Und daß ihr anderen ruhig seid, verstanden? Sonst setzt es am letzten Schultag noch mal was!«

Die Flure waren menschenleer. Auf ihnen hallten die Schritte seltsam hohl. Über dem großen Schulhaus hing etwas, das an das gereizte Summen eines wilden Bienenschwarms erinnerte.

Karl Biederbeck nahm Alex in den Arm und drückte ihn ein wenig an sich. »Du darfst nicht böse sein, wenn ich gelegentlich meinen Spaß mit dir mache, Alex. Du weißt, es ist schwer, heutzutage, auch für unsereins!« Er senkte die Stimme und sagte dann so leise, daß Alex ihn kaum verstand: »Ihr dürft heute nicht mehr an der Abschlußfeier teilnehmen. Bald werden sie euch auf eine andere Schule schicken, auf eine jüdische. Bevor sie heute das Horst-Wessel-Lied singen, schickt der Rektor die jüdischen Schüler vom Schulhof!«

»Danke, Herr Biederbeck!«

Ungeschickt, ein wenig linkisch hielt Karl Biederbeck den Alex Menes, der sich auch »Löwe von Juda« nannte und stolz war auf seine Körperkräfte, in den Armen. »Du weißt, daß ich dich mag, Menes! Sag deinem Vater, ...« er stockte und begann schließlich wieder, »sag deinem Vater, er soll mit euch auswandern, so schnell wie möglich... bevor es...« Karl Biederbecks Worte verloren sich in einem unverständlichen Flüstern.

»Ich werde es meinem Vater sagen, Herr Biederbeck, aber ich glaube nicht, daß daraus etwas wird. Mein Vater liebt Deutschland, und dann haben wir auch kein Geld, um auszuwandern. Wir sind ja arme Leute, wie alle bei uns im Viertel!«

Der alte Lehrer schwieg, lud seinem Schüler die Zeugnishefte auf die Arme.

»Ich weiß, aber ich mußte es dir sagen! Vergiß nicht, deinen Vater von unserem Gespräch zu berichten!«

Die Schulabschlußfeier fand ohne die kleine Gruppe der jüdischen Kinder statt. Die standen, wie eine Rotte verängstigter Tiere, eng zusammengedrängt am Straßenrand und hörten zu, wie die anderen »Deutschland, Deutschland über alles« und das Horst-Wessel-Lied sangen.

Ganz in der Nähe schlugen die Glocken der Josefskirche an, leise, fast unhörbar, wie vom Wind bewegt.

»Ich scheiße auf euer Deutschland«, stöhnte Alex Menes, und David stieß ihn kräftig in die Seite: »Mach nicht alles noch schlimmer!«

Alex hörte nicht. »Sie haben uns ausgeschlossen, nun will ich sie auch nicht mehr!« Er spuckte aus und sagte noch einmal: »Ich scheiße drauf!« Er griff in die Hosentaschen, suchte nach Zigaretten, zündete eine an, inhalierte mit Genuß und vergrub die Arme bis fast an die Ellenbogen in den Taschen. Dann schlenderte er sehr langsam davon.

David kam mit den anderen Kindern hinter ihm her. Es war ein trauriger Zug, der sich da durch die Friedensstraße schob, und es war, als keime schon jetzt in ihnen eine Ahnung dessen, was auf sie zukommen sollte.

Daheim warf sich der kräftige Alex, der Stärkste seiner Klasse, verzweifelt auf das Bett. Er weinte, weinte, weil er in seiner Ehre verletzt war, weil sie ihn fortgestoßen hatten, weinte, weil er Deutschland liebte.

4

An der Wohnungstür rasselte die Klingel. David rannte vor und öffnete. Hanna hörte seinen Schrei, erschrak bis an das Herz und lief auch zur Tür. »Mutter«, hörte sie David schreien, »Mutter, Onkel Daniel ist gekommen!«

Vor der Tür stand ein überschlanker Mann in leicht vorgebeugter Haltung. Grau waren die kurzgeschorenen Haare, und dies, obwohl der Mann kaum die Vierzig überschritten haben mochte.

»Daniel«, sagte Hanna Rosen und drückte den Bruder fest an das Herz, »lieber Daniel, schön, daß du wieder da bist! Komm herein!«

Mit einem lauten Knall fiel die Korridortür hinter ihnen ins Schloß, so laut, daß Frau Densch in der Nachbarwohnung zusammenschrak und ärgerlich in die Küche schlurfte. »Daniel«, brabbelte sie vor sich hin, »wer mag das wohl sein? Vielleicht der neue Mann?« Und als sie keine Antwort fand, machte sie sich an die ungeliebte Arbeit des Kartoffelschälens.

Hanna zog ihrem Bruder die klobigen Stiefel von den Füßen. Sie kniete vor ihm, während er sich in der fremden Küche umsah. »So red doch schon! Was war? Warum hast du uns so wenig geschrieben? Wie war es dort? Laß dir doch nicht alles aus der Nase ziehen!«

Daniel gab David einen Klaps auf den Arm. »Groß bist du geworden! Was macht die Schule, David?«

»Geht schon!« Kurz angebunden sagte es der Junge, denn auch er war neugierig auf das, was der Onkel zu berichten hatte. Als er sich auf dem Küchenboden niedersetzte, hingen seine Augen fragend an den Lippen des Älteren.

»Tja, was soll ich euch da erzählen? Über unseren Aufenthalt im Lager dürfen wir nicht sprechen. Dazu haben wir uns schriftlich verpflichten müssen. Reden wir doch und es kommt heraus, sind wir wieder drin!«

»Und warum haben sie dich . . .«

Daniel unterbrach die Schwester: »Warum sie mich entlassen haben? Wahrscheinlich hat denen mein Eisernes Kreuz imponiert. Ein Jud' mit dem EK und dann noch 1. Klasse . . . weißt du, Hanna, das sind doch alles mehr oder weniger echte Landsknechtsnaturen. Wenn du vor denen strammstehst, fühlen sie sich wie im Generalskittel!«

»Was habt ihr denn arbeiten müssen?« David legte seine Hand, wie die Frage unterstreichend, auf das Knie des Onkels.

»Alles, was man sich vorstellen kann. Wir haben Barakken gebaut, Straßen befestigt und exerziert, immer wieder exerziert . . . stundenlang!«

»Stimmt es, daß sie den Gefangenen so wenig zu essen geben? Der Vater meines Freundes hat es erzählt!«

»Sag deinem Freund, sein Vater soll lieber den Mund halten. Ich habe genug gesehen, die wieder ins Lager zurückkamen, weil sie draußen nicht schwiegen! Laß dir nur sagen, David, es war eine sehr schwere Zeit, und wenn ihr zwei mir versprecht, keinem Menschen davon zu erzählen, werde ich gelegentlich davon berichten!«

Hanna Rosen winkte ab. »Du brauchst uns nichts erzählen, man sieht dir an, wie es war!«

David schaute vorwurfsvoll, und er sagte hastig: »Sicher schweigen wir, das ist doch Ehrensache!«

»Was mich weit mehr interessiert, Schwesterherz, ist, wo ich wohnen kann. In meine alte Wohnung sind andere eingezogen. Die Möbel sind verkauft, und von dem Erlös wurden verschiedene Zahlungen geleistet!« Daniel stand auf, trat an das Küchenfenster und schaute hinaus auf den Hof. Jetzt erst erkannte man, wie mager, wie zerbrechlich der Mann war.

»David«, Frau Rosen klimperte mit dem Geld in der Börse, »David, geh und hole für zwei Mark Gebäck, bring aber auch ein paar gute Teilchen mit. Du siehst ja, wie ausgehungert Onkel Daniel ist!«

David steckte das Geld in die Hosentasche, jagte davon und knallte die Korridortür hinter sich zu. So laut, daß die Frau Densch in ihrer Küche die Kartoffel sinken ließ und sagte: »Nun möchte ich doch wissen, wer da zu Besuch gekommen ist!«

»Wir müssen verhindern, Hanna, daß der Junge die Wahrheit über das Lager erfährt. Er wäre zu sehr gefährdet, wenn er zu anderen davon sprechen würde, und du weißt ja, wie Kinder sind!«

»Ist schon gut, Dani! Wenn du nicht reden willst, schweige! Du wirst wissen, was richtig ist! Und du wohnst selbstverständlich bei uns, Bruder! Im Zimmer zum Hof ist Platz genügend, und einen Mann im Haus kann man immer gebrauchen, besonders in diesen Zeiten!« Sie streichelte über sein graues Haar: »Herzlich willkommen zu Hause, Daniel!«

Da legte der Mann seinen Kopf auf die verschränkten Arme und weinte lautlos, und in dieses Weinen hinein klang seine Stimme: »Es war schrecklich, Hanna, grauenhaft!«

Immer dann, wenn etwas Neues in unser Leben kommt, scheint es, als würde die Zeit rasen. So war es auch, als Onkel Daniel ins Haus gekommen war. Hanna hatte ein Gebet nach oben geschickt. Endlich war wieder ein Mann im Haus, endlich war sie nicht mehr ganz der Willkür anderer ausgesetzt.

Onkel Daniel meldete sich bei der Polizei. Er kam schnell zurück, und sein Gesicht war seltsam hell. »Da war ein Beamter auf dem Revier, der war wirklich freundlich. Der hat sich nicht daran gestört, daß ich nur die Entlassungspapiere aus dem Lager hatte.«

Diese Begegnung hatte dem Daniel Adonait so viel Kraft gegeben, daß er nach Dortmund fuhr. »Er will die Mutter eines toten Kameraden besuchen«, instruierte Hanna ihren Sohn. »Mehr weiß ich auch nicht und will es auch nicht wissen!« Sie stellte einen Eimer mit Putzwasser bereit, und als sie sich daranmachte, das Treppenhaus zu reinigen, kam Frau Densch, schwer auf ihren Stock gestützt. Weit vorgebeugt, hielt sie den Oberkörper so, als wolle sie ihre kurzsichtigen Augen schonen. »Sie haben Besuch, Frau Rosen?«

»Ja!« Hanna putzte weiter.

»Wissen Sie, in diesen schweren Zeiten muß man vorsichtig sein!«

»Ja!«

Frau Densch bohrte eifrig weiter und steckelte einen Schritt näher. »Man muß wissen, wen man neben sich wohnen hat, zumal wenn ... wenn der Nachbar ... kein ... Christ ist!«

»Wenn Sie es nun unbedingt ganz genau wissen wollen, Frau Nachbarin, der Mann, der bei uns wohnen wird, ist mein Bruder. Übrigens, angemeldet bei der Polizei ist er schon!« Hanna haute den übernassen Putzlappen so sehr auf den Boden, daß auch Frau Densch ihr Teil abbekam.

»So aufgebracht brauchen Sie doch nicht gleich zu reagieren, Frau Rosen! Ich habe nichts gegen Sie und Ihre Leute. Ich habe immer bei Juden gekauft und bin stets gut von denen bedient worden!«

»Ich bin nicht aufgebracht, und gegen Sie persönlich habe ich auch nichts, im Gegenteil, ich lege Wert auf eine gute Nachbarschaft, aber ich möchte mit meiner Arbeit fertig werden. So lieb ist mir das Treppenputzen nun auch wieder nicht!«

Am späten Abend, die Gaslaternen brannten schon und warfen ihr bläuliches Licht in die Dunkelheit der Gasse, kam Onkel Daniel heim. Er trug ein mächtiges Paket, aus dem seltsame Laute zu hören waren.

Als er die Hülle fortnahm, erschienen die Messingstangen eines großen Vogelbauers. Und dann sah David den großen grauen Vogel mit dem krummen Schnabel und dem kurzen roten Schwanz.

»Jako heißt er«, berichtete Onkel Daniel und lächelte den Neffen an. »Er gehörte einem Kameraden, der umge... der gestorben ist! Seine Mutter gab ihn mir mit, wollte durch das Tier nicht immer an den toten Sohn erinnert werden!« Kaum hörte David zu. Nur den Namen verstand er. Nun war er nicht mehr müde. Im Gegenteil, hellwach war er nun und setzte sich dicht vor den Käfig.

»Jako«, sagte er und legte in seine Stimme alle Schmeichelei, deren er fähig war. »Jako, komm doch mal her zu mir!«

Jako aber dachte nicht daran. Er prüfte ernsthaft sein Gefieder, putzte es ausgiebig und sah mit den bernsteingelben klugen Augen in das neue Gesicht, das so nahe vor seinem Käfig war.

»Der Jako ist ein Graupapagei und schon einige Jahre alt. Aber die werden uralt, achtzig, ja hundert Jahre!«

David achtete kaum auf die Worte des Onkels. Er steckte einen Finger durch die Gitterstäbe und flüsterte wieder sein schmeichelndes »Jako«.

Ehe Onkel Daniel ihn warnen konnte, hackte Jako zu. Der Finger blutete, doch das alles war so schnell vor sich gegangen, daß David nicht richtig mitbekommen hatte, was geschehen war. Verblüfft beschaute er den blutigen Finger, und dann kam es ganz klar aus dem Käfig: »Mistkrüppel, miserabler!«

David schien erstarren zu wollen, und auch Hanna konnte sich nicht genug wundern. Onkel Daniel aber lachte laut, hatte er doch mit dieser Überraschung gerechnet.

»Der spricht ja!« David schien überwältigt und leckte das Blut vom Finger. »Der spricht ja und sogar ganz deutlich!«

Es wurde ein sehr langer Abend, und der graue Vogel schien sich schnell an die neue Umgebung zu gewöhnen.

»Hau ab«, sagte er ein paarmal und »Jako ist lieb«. Er pfiff einige Mal so laut, daß Hanna um die Nachtruhe des Hauses fürchtete. David saß wie hypnotisiert vor dem Käfig.

Als der Vogel dann etwas fallen ließ und interessiert seinem Exkrement nachsah, sagte er deutlich und sehr bestimmt: »Macht der Jako ein Pups!«

An jenem Abend war eine Freude in das Haus eingekehrt, wie man sie schon lange nicht mehr kannte, und es schien, als habe die Anwesenheit des grauen Papageien die Welt wieder ein wenig heller gemacht.

5

In jenem Sommer erlebte Alex, der »Löwe von Juda«, sein großes Fest in der Synagoge. Er feierte, eben vierzehn Jahre alt geworden, seine Bar-Mizwa. Das besagte, daß er in den Kreis der Erwachsenen, der Männer, aufgenommen wurde und daß er zählte, wenn es darum ging, die zehn Männer zusammenzubekommen, die für einen Gottesdienst notwendig waren. Schon seit Wochen lernte Alex nun Hebräisch. Zuerst weigerte er sich, dann fügte er sich mißmutig, schwitzte und fluchte und erklärte, man könne alles von ihm verlangen, nur solle man davon absehen, ihn zur Thora aufzurufen und lesen zu lassen. Doch Max Menes, der dicke Wurstmaxe, bestand darauf. Noch früher als sonst ging er mit dem dampfenden Wurstkessel um den Bauch auf die Straßen und kam noch später in der Nacht heim.

»Alex«, hatte er gesagt, als es wieder einmal zu einer Auseinandersetzung gekommen war, »wenn du deine Bar-Mizwa-Feier hinter dich gebracht hast, dann kannst du tun, was immer du willst. Ich werde dir nicht hineinreden. Jetzt aber gehorchst du und folgst der Tradition, nach der unsere Familie lebt, solange ich denken kann. Sie werden dich mit deinem Namen aufrufen, und du wirst lesen, ob du nun willst oder nicht, ob du kannst oder nicht. So gut oder so schlecht, wie du das schaffen wirst, so soll es recht sein, aber du stehst vor der Kille und wirst den Talith anlegen wie schon dein Großvater und dessen Vater, so wahr ich Max Menes bin! Hast du mich verstanden, Sohn?«

Alex hatte verstanden. Diesen Ton kannte er. Dagegen gab es keine Weigerung. Alex sagte nichts mehr. Er lernte noch verbissener in den Tagen, die ihm noch blieben. Er lernte, als könne er alle versäumten Stunden des Unterrichts nachholen. David half ihm, soweit er konnte und den Abschnitt verstand, den der Freund zu lernen hatte. So kam Alex Schritt für Schritt voran. Er glaubte immer noch nicht daran, daß er vor der versammelten Gemeinde auch nur ein Wort herausbringen würde. Sicher war, daß er vor Verlegenheit einen roten Kopf bekommen würde, einen Kopf bis zum Platzen. Seine Lesung würde alles andere sein als die Sprache der Väter. Chinesisch oder Indianisch würde es sein, aber niemals Hebräisch.

Der dicke Menes führte Alex in das Geschäft des alten Herrn Rosenthal. Menes fackelte nicht lange, nahm seinen Sohn an die Hand, und sosehr der sich auch sträubte, er schleppte ihn mit. Vor dem Geschäft gab es noch einmal eine kurze Szene. Alex wollte sich davonmachen, aber die Faust des Vaters hielt ihn fest, und ehe sich Alex umsah, verpaßte ihm der Alte eine schallende Ohrfeige.

David hatte das mitbekommen und wollte sich ungesehen davonschleichen, als Max Menes ihn heranwinkte. »Komm mit zum Einkauf. Der Alex stellt sich an, als würde ihm das Fell abgezogen!«

Nun standen sie zwischen den Kleiderständern im Geschäft des alten Herrn Rosenthal.

Die Verkäuferin, ein älteres Fräulein, schleppte einen

Anzug nach dem anderen herbei, doch keiner schien dem Jungen zuzusagen. Schon schaute das Fräulein ärgerlich. Sie pries die Güte der Ware, strich aufreizend langsam über das Revers und hielt das Jackett, damit Alex hineinschlüpfen konnte. Endlich kam Herr Rosenthal selbst herbei. Aus einem Ladenwinkel hatte er den schwierigen Verkaufsverhandlungen zugeschaut. Trotz der Jahre, die er auf dem Buckel hatte, war er ein stattlicher Mann.

Er zwirbelte den grauen Schnauzbart und fragte feststellend: »Du wirst also Bar-Mizwa! Schön ist das, denn wir können jeden Mann für das Minjan gut gebrauchen. In diesen miesen Zeiten kommen immer weniger Leut' in die Schul'!«

»Ich werde auch nicht kommen, Herr Rosenthal!«

»Das mußt du ganz allein entscheiden. Kein Mensch kann dir da reinreden. Sein Geschäft mit dem Ewigen, gelobt sei sein Name, muß jeder Mensch ganz allein, auf eigene Rechnung machen. Nun aber zu unserem Geschäft, junger Herr! Hast du schon gewählt?«

»Nein, das gefällt mir alles nicht. Ich will was haben, was mehr zu mir paßt, etwas Jugendliches, verstehen Sie, Herr Rosenthal?«

Der Herr Rosenthal verstand. Er wechselte einen Blick mit dem dicken Menes, in dem zu lesen war: Der Junge weiß, was er will, das wird ein schwieriges Geschäft. »Nu«, sagte er und legte die Stirn in nachdenkliche Falten, »ich denke, du sollst feierlich aussehen an deinem Ehrentag? Also nimm einen feierlichen Anzug, ich gebe ihn deinem Vater mit fünfzig Perzent, weil ich will, daß du gut aussiehst!«

Er hielt den dunklen Anzug auf seinem linken Arm und streichelte mit der Rechten den Stoff wie ein Liebhaber die Braut. »Wie ist es, willste'n haben?«

»Nein«, bockte Alex, »ich will einen sportlichen. Bar-Mizwa ist einmal, in jeder Woche aber einmal ein Wochenend!«

Wieder wechselten Herr Rosenthal und der dicke Menes stumme Blicke.

»Einen Knickerbocker möchte ich haben!«

»So, einen Knickerbocker?«

Unmerklich schüttelte Max Menes das wuchtige Haupt.

»Fräulein Meyer, wollen Sie einen Knickerbocker für den jungen Herrn holen?«

Fräulein Meyer brachte ihn, und Alex zog ihn an. Er kleidete ihn gut.

»Der steht mir, was?« Alex strahlte und warf David einen auffordernden Blick zu.

»Und wie, Alex! Ein prima Anzug!«

»Den nehmen wir, was, Vater?«

Der alte Menes sagte nichts, schaute nur auf den grauen Schnauzbart des Herrn Rosenthal und hörte zu, wie der sagte: »Wenn du den Knickerbocker kaufst, Menes, mußt du ihn voll bezahlen. Darauf kann ich dir keine Perzente geben!«

Max Menes dachte an die schmerzenden Füße, die langen Nächte mit dem heißen Wurstkessel um den Leib, dachte daran, wie gemein oft die Betrunkenen waren, und dann sagte er fest, den Blick nicht vom Schnauzbart des Herrn Rosenthal lassend: »Wir nehmen den feierlichen, den mit fünfzig Perzent!«

An der Stimme seines Erzeugers erkannte Alex, daß da nichts mehr zu ändern war. Er wußte, daß keine Widerrede galt, und fügte sich.

Fräulein Meyer lächelte freundlich und schrieb den Kassenbon aus, packte das gute Stück in eine Papiertüte, und der Herr Rosenthal begleitete seine Kunden bis zur Tür. »Wir sehen uns am Schabbes, zu deinem großen Tag!«

»Auf Wiedersehen«, nuschelte Alex, und David deutete eine Verbeugung vor dem alten Herrn an. Herr Menes drückte ihm die Hand: »Danke, mein Freund!«

Der Sabbat war da. Daß es ein schöner Tag werden würde, kündigte sich mit dem Morgengrauen schon an. Zeitig war Alex an diesem Morgen aufgestanden. Die Nacht hatte er sehr unruhig geschlafen, wilde Träume ängstigten ihn. Er erhob sich, griff nach den Büchern und überlas seinen hebräischen Text noch einmal. Es schien ihm, als würde alles mit einem Mal besser gehen. In dieser Nacht gelobte er, freundlicher zu den Eltern zu sein, wenn es bei der Bar-Mizwa-Feier in der Synagoge ohne Blamage abgehen würde.

Frau Menes hantierte in der Küche.

Der Kaffeeduft stieg Alex anregend in die Nase. Er öffnete die Küchentür einen Spaltbreit.

»Komm rein, Junge!« sagte seine Mutter. »Setz dich! Heute ist ja nun dein großer Tag, und du wirst zum Mann nach dem Gesetz der Väter! Freust du dich etwas?«

»Puhhhh«, machte der Junge und hielt die Mutter eng an sich gepreßt, »wenn doch schon alles vorüber wäre!«

»Geht alles vorbei im Leben, mein Junge! Man darf sich nur nicht einschüchtern lassen. Das gilt für alle und alles. Nimm das mit auf deinen Weg, vielleicht wird es dir eine kleine Hilfe sein auf dem Weg durch das Leben!«

»Ich werd's mir merken, Ma«, sagte Alex und fragte sofort nach: »Wo essen wir eigentlich heute zu Mittag? Hat der Vater das mit dem Lindenhof geregelt?«

»Ja, Pa hat im Lindenhof bestellt. Sie haben ihm dort einen vernünftigen Preis gemacht, sie kennen ihn ja dort von seiner Arbeit, weißt du?!«

»Na prima, Familie Menes und die ganze Mischpoke feiert im ›Schmutzigen Löffel‹!«

»Was war das eben für ein Name?«

»›Schmutziger Löffel‹? Den Namen kennt doch jeder in der Stadt, das ist der Spitzname vom Lindenhof!«

Frau Menes lächelte. »Gut, dann feiern wir im ›Schmutzigen Löffel‹! Nichts Schlimmeres soll den Jidden im Leben geschehen!«

Frau Tichowitz, weißhaarig und geschrumpft, klopfte gerade im Fenster die Oberbetten ihrer Untermieter, als Alex Menes, gekleidet in seinen Feiertagsanzug, auf die Straße kam.

Die Wohnung der Frau Tichowitz lag im Parterre. Sie war groß, und alle Bewohner der Gasse wußten, daß die Alte schon seit Jahren ihren Lebensunterhalt durch das Vermieten von Zimmern an möblierte Herren verdiente.

Ihr Sohn, der älteste und einzige, der herangewachsen war, war vor Jahren nach den Staaten ausgewandert, noch bevor die braunen Machthaber am 30. Januar die neue Zeit verkündet hatten.

Seitdem wartete die alte Frau. Von Monat zu Monat wurde sie krummer, verhärmter, von Monat zu Monat ging sie gebückter, wurde grau und dann schließlich weiß. Sie wartete auf den Brief ihres Sohnes, der ihr die Fahrkarte bringen sollte, die Eintrittskarte in das gelobte Land Amerika.

Sie wartete vergebens. Es kamen Briefe, auch waren gelegentlich Geldscheine in ihnen, amerikanisches Geld, aber immer wieder hatte der junge Herr Tichowitz geschrieben, die Zeit sei noch nicht reif, die Mamme möchte sich noch gedulden.

Frau Tichowitz nahm das amerikanische Geld und versteckte es zusammen mit ihrem Reisepaß hinter dem Bild des verstorbenen Mannes, das in einem verschnörkelten Messingrahmen auf der Kommode im Schlafzimmer stand.

Neben diesem Bild lag auch noch eine Taschenuhr. Eine fast »echtgoldene« Uhr des Herrn Tichowitz, die er vor langen Jahren bekommen hatte, als er die Gesellenprüfung des ehrsamen Schneiderhandwerks abgelegt hatte. Und hier lagen auch, wohlgebündelt mit breiten Seidenschleifen, die Briefe des amerikanischen Sohnes.

Frau Tichowitz wartete weiter, wurde alt und älter, krumm und gebrechlicher und von Tag zu Tag müder.

Das Geld, das sie durch das Vermieten der zwei Zimmer an ihre möblierten Herren verdiente, reichte ihr zum Leben. Manchmal blieb noch etwas übrig, und das wollte sie mitnehmen in das große Land Amerika, damit der Sohn es leichter mit ihr habe, wenn er sie rufen würde.

An diesem Sabbatmorgen klopfte Frau Tichowitz die Betten der Untermieter, und sie tat dies, nachdem sie um Vergebung für die Schändung des Sabbats gebeten hatte, aber die Herren fragten nicht danach, ob nun Sabbat war oder nicht. Sie wollten ihre Ordnung, sie zahlten schließlich auch dafür.

Ihr verknittertes Gesicht war sehr ernst. Zu lachen gab es nichts in ihrem Leben. Heftig schmerzten die verschlissenen Knochen. Ihre flinken Äuglein sahen Alex sofort, als der in seinem Feiertagsanzug aus dem Haus kam. Sie gab dem Oberbett noch einen Schlag und blickte fragend über den Rand der Brille. »Bist du das, Alexander? Fein gemacht hast du dich aber! Siehst aus wie ein richtiger Herr!«

Alex zerrte an seinem Jackett, bekam einen roten Kopf und antwortete: »Ich werde doch heute Bar-Mizwa, Frau Tichowitz!«

»Huiii, das ist schon heute? Das hätte ich verpaßt. Ich muß mich beeilen, wenn ich noch rechtzeitig fertig werden will. Deine Ma hat mich auch eingeladen, heute dein Gast zu sein!«

Alex nahm es zur Kenntnis. Es interessierte ihn kaum. Sollte sie kommen, die alte Frau. Auf einen Gast mehr oder weniger kam es schon nicht mehr an. Plötzlich kam ihm der hebräische Text in den Sinn. Hebräisch, dachte er, wozu das gut sein soll. Interessiert doch keinen Menschen mehr. Viel wichtiger ist, gut deutsch und auch englisch zu sprechen. Und französisch auch, das könnte man gebrauchen, aber hebräisch? Quatsch mit Soße!

Es zog ihn aber doch wie mit unsichtbaren Stricken zurück auf sein Zimmer, wo er sich am Fenster niederließ, um noch einmal den alten Text durchzulesen. »Nur nicht blamieren«, knurrte er und las halblaut. Ein ganz schmaler Streifen Sonne hatte sich in sein Zimmer verirrt. »Es wird ein schöner Tag!«

So dachte auch Frau Tichowitz, als sie das Fenster schloß. Bevor sie es verriegelte, überlegte sie: Was soll ich dem Jungen schenken? So flüchtig dieser Gedanke auch gekommen war, so schnell war er auch wieder fort. Frau Tichowitz hatte keine Zeit. Sie mußte arbeiten.

Es war wie immer am Schabbes.

Die Männer beteten für sich, die Frauen saßen getrennt von ihnen. Sie hatten in dem Gottesdienst auch nichts zu bestellen. Alex wußte aus dem Religionsunterricht, daß sie abseits sitzen sollten, um die Andacht der Männer durch ihren Anblick nicht zu stören.

Es war ein ordentlicher Gottesdienst geworden. In die Gebetmäntel gehüllt oder auch nur die Köpfe durch Hut oder Kappe bedeckt, warteten sie auf die Herausnahme der Gebetrollen aus der Lade. Es war wie immer gewesen, als der kostbar gestickte Vorhang mit den gekrönten, stehenden Löwen zur Seite gezogen wurde und die Thorarollen, verpackt in Silber, Samt und Brokat, durch die Reihen der Gemeinde getragen wurden. Sie sangen die alten Lieder, die von der Freude, ja von der Lust am Sabbat kündeten.

Von da an war für Alex Menes an diesem Morgen alles anders gewesen. Er hörte, wie der Vorbeter ihn aufrief, und war mit weichen Knien nach vorn gewankt.

Sie drückten ihm den silbernen Zeigestock in die zitternde Hand und umhüllten ihn wie eine schützende Mauer.

Er hörte sich noch sagen: »Baruch . . .«, und dann war alles um ihn herum wie in einem Nebel versunken. Nichts sah er mehr, nichts hörte er, sah weder die Gemeinde noch den heiligen Text und war wie aus einem tiefen

Schlaf erwacht, als er herumgereicht wurde und alle ihm ihr »Massel-tow« und »Massel und Broche« wünschten.

Glück, Glück und Segen sollte er haben. Das wünschten sie ihm, und glücklich war Alex schon, glücklich, daß endlich alles vorüber war.

Ganz fest drückte der Vater ihn an seine Brust – es war mehr der Bauch – und flüsterte ihm ins Ohr: »Hast es gut gemacht! Nicht mal gestottert haste! Das war ein echtes Wunder!«

Die anderen Gäste kamen, drückten ihm die Hand und versuchten, ihm einen Kuß aufzudrücken. Als der Kiddusch vorüber war, kam die alte Frau Tichowitz. Sie ging langsam, und jeder sah, daß ihr jeder Schritt Schmerzen bereitete.

»Massel-tow«, flüsterte sie, und ihre rauhe Stimme klang gerührt. »Viel Glück und Segen auf den Weg!« Sie drückte Alex etwas in die Hand. »Sie ist noch von meinem Mann selig. Mein Sohn wird sie nicht wollen, aber es ist eine gute Uhr. Nun gehört sie dir, halte sie gut!« Sie war schon weitergeschlurft, bevor sie zu Ende gesprochen hatte.

Auf der Straße sprach der Metzgermeister Cahn sie an: »Fahren Sie mit uns zur Feier!«

»Sabbat shalom«, erwiderte die Alte, und der reiche Herr Cahn antwortete: »Gut Schabbes, Mutter Tichowitz!«

Die Feier im »Schmutzigen Löffel« war für Alex unvergeßlich. Gefillte Fisch gab es, eine köstliche jüdische Spezialität, saure Milz und vieles andere, und einen Wein hatte der dicke Menes ausgewählt, der selbst einen Fürsten erfreut hätte.

Sehr ausgelassen feierten sie an diesem Tag. Sie vergaßen alles, was mutlos und ängstlich machte, und als die alte Frau Tichowitz das Lied von der hübschen Freidel sang, die den Schneider Motel nicht zum Mann nehmen wollte und dann eine alte Jungfer blieb, da sangen bald alle Gäste mit. Frau Tichowitz sang das Lied jiddisch, und erst jetzt kam in Alex der Gedanke auf, wie wichtig es ist, eine Heimat zu haben.

Am Abend tanzten sie. Zunächst waren es Rheinländer und Polka, Tango und Foxtrott, dann tanzten sie, wie schon die Väter getanzt hatten, die Männer für sich und auch die Frauen. Sie tanzten den Reigen, immer ausgelassener, immer toller werdend.

An jenem Abend kamen Passanten am »Schmutzigen Löffel« vorüber. Sie hörten die Lieder, hörten das Stampfen der tanzenden Beine, und sie sagten: »Die Juden feiern ein Fest! Man möchte nur wissen, was die immer zu jammern haben! Es geht ihnen doch gut bei uns, diesen Juden!«

6

Einige Ereignisse gab es in jenem Sommer, die es dem denkenden Menschen schwer machten, an eine ruhige Zukunft zu glauben. An den Ladentüren, wo sonst die Hinweise hingen, daß Hunde draußen zu warten hatten, waren nun die Aushänge zu sehen: »Juden unerwünscht!« Gewußt hatten sie alle, daß es einmal dazu kommen würde, nun sahen sie es schwarz auf weiß.

»Macht nichts«, sagte Onkel Daniel, »sie werden uns schon nicht umbringen. Pogrome gab es schon zu allen Zeiten, und doch haben wir sie alle überlebt!« Das klang nach Zweckoptimismus, und selbst Harmlose der jüdischen Gemeinde glaubten nicht mehr an eine friedliche Zukunft. Man war sich gewiß, daß schwere Zeiten kommen würden.

Ganz plötzlich, wie aus heiterem Himmel, verabschiedete sich eines frühen Tages Siegfried Dicke von David. »Wir müssen fort. Irgendwo in Süddeutschland haben sie meinem Vater eine Arbeit zugewiesen, wenn er die nicht annimmt, kommt er dorthin, wo dein Onkel und Erichs Vater gewesen sind. Wir ziehen noch heute!«

Dann kam der Möbelwagen vorgefahren. Unter der Motorhaube steckten viele Pferdestärken. Einen Teil nach dem anderen trugen die Packer aus der Wohnung. Endlich, als alles verstaut war, stiegen die Mitglieder der Familie Dicke in das geräumige Fahrerhaus. Siegfried reichte David einen grellfarbigen Druck, schwarz gerahmt. »Für dich, David! Es ist der David aus der Bibel, wie er mit dem Goliath kämpft!«

Verlegen reichten sich die Jungen die Hände zum Abschied. Die »Majorin« beugte sich aus dem Fahrerhaus, winkte und rief: »Vertrau nur auf Gott, David, dann kann dir niemand etwas anhaben!«

Nun stieg auch Siegfried ein. Er sah sich nicht um.

Der Fahrer startete den Motor. Einige Fehlzündungen knallten wie Schüsse durch die Gasse, dann fuhr der Wagen und bog in die Altenhagener Straße ein.

Vor dem Haus Nummer fünf stand Davids Mutter. Frau Matzunke lag in ihrem Wohnzimmerfenster und starrte dem Möbelwagen nach. »Ein schönes Andenken an Siegfried«, meinte Frau Rosen und strich David über das Haar. »Das waren nette Leute. Ich habe ihre Lieder gern gehört!«

»Schöne Lieder?« höhnte Frau Matzunke. »Wir werden in Deutschland neue Lieder singen, Lieder, die uns in eine bessere Zukunft begleiten, eine Zukunft, in der der Glaube an den Führer der einzige sein wird!«

Hanna Rosen drehte sich um und ging weg. Sie war schon im Hauseingang, als sie leise sagte: »Das möge Gott verhüten!«

Die Zeit der Luftschutzübungen kam. Fast jede Woche gab es eine Übung. Da wurden die Feuerklatsche, der

Wassereimer, der Eimer mit Sand vorgestellt. Die Übungen wurden auf Plätzen und Schulhöfen, Straßen und Dachböden abgehalten. Mal legten die Luftschutzbeauftragten Übungsbrände, ein anderes Mal mußten die Helfer ohne Brände üben. Immer aber galt es, Feuer zu ersticken.

Dann verteilten sie die Volksgasmasken. Sie wurden in weißen Pappkartons geliefert und kosteten fünf Mark. Jeder Volksgenosse sollte eine solche Gasmaske in seinem Besitz haben, so stand es immer wieder in den Zeitungen.

Die ersten Übungen mit der Gasmaske fanden statt, und es gab viele, die unter der Gummimaske in Ohnmacht fielen. Der aufdringliche Gummigeruch verteilte sich in allen Räumen, immer hatte man ihn in der Nase und dachte an Krieg, Brand, Bomben und Gas.

Einige Tage nachdem die Gasmasken geliefert worden waren, gab es die erste Übung, zu der sich alle Bewohner der Stiege einzufinden hatten. Ein Instrukteur erklärte den Gebrauch der Masken.

Die Leute schwiegen, als David mit seiner Familie hinzukam, als dann aber auch noch der dicke Menes mit Frau und Sohn kam und die alte Frau Tichowitz, wurden sie unruhig.

Endlich schrie Frau Matzunke: »Wer kann mir sagen, was hier geschieht? Wer hat eigentlich angeordnet, daß auch die Juden die Gasmasken bekommen?«

Der Blockwart, ein älterer Mann mit einem Hitlerbärtchen unter der Nase, zuckte hilflos die Schultern: »Das ist nicht meine Sache. Ich soll nur vorführen, wie die Maske anzulegen ist, mehr nicht. Wenn Sie Fragen haben, gehen Sie zur Partei oder zur Gestapo! Dort wird man schon Antwort wissen!«

Da schwieg Frau Matzunke, denn der Name Gestapo hatte im Viertel keinen guten Klang.

Die jüdischen Bewohner der Stiege standen entschlußlos. Als keiner sie aufforderte, bei der Übung dabeizusein, gingen sie wieder.

Die Musik kam näher und näher. Fanfaren jubelten hell, und dazwischen war immer wieder das dumpfe Dröhnen der Trommeln zu hören. Gesang aus Jungenkehlen kam hinzu. Schon waren Brocken des Textes zu erkennen. »Unsere Fahne flattert uns voran... in die Zukunft... für Freiheit und Brot...« Bald verstanden alle, was da gesungen wurde:

> »Uns're Fahne flattert uns voran,
> in die Zukunft ziehn wir,
> Mann für Mann...«

»Die singen, und ich habe die Arbeit«, schimpfte Frau Freudewald ärgerlich und wischte die vom Stallmist verdreckten Hände an der Schürze ab. »Helfen sollten sie lieber, anstatt zu singen und zu marschieren!« Die kräftige Frau, der man auch noch nach den vielen Jahren, die sie nun schon im Viertel lebte, deutlich anhörte, daß sie aus Ostpreußen kam, schob die mit Kuhmist beladene Schubkarre auf den Misthaufen, der immer wieder daran erinnerte, daß hier, mitten in der Stadt, ein Kuhstall stand.

Die Kühe brüllten. Frau Freudewald kam mit der nächsten Karre Mist aus dem Stall. Sie blieb einen Moment stehen und wischte sich mit dem Ärmel den Schweiß vom Gesicht. Zur selben Zeit kam eine Person auf den Hof, ein untersetzter Mann von nicht schätzbarem Alter, in graue Drillichkleidung gehüllt. Grob und unmodelliert war das Gesicht, kurzgeschoren die Haare, eine verschwitzte Schirmmütze ins Genick geschoben. An den Augen des Mannes erkannte jeder sofort, daß es sich bei ihm um einen geistig behinderten Menschen handelte.

Der Mann schleppte einen prallgefüllten Sack auf den Schultern. An mehreren Stellen rann aus diesem Sack eine braune, faulig stinkende Brühe. Es roch nach verfaulenden Kartoffelschalen. Der ganze Mann schien danach zu riechen.

Unaufhaltsam quollen unter der Schirmmütze Schweißperlen hervor, sie liefen über Gesicht und Nakken, verschwanden im karierten Baumwollhemd. Die Zunge hing ihm wie einem erschöpften Hund aus dem Mund. Und diese Zunge fiel auf. Sie war von vielen Bissen durchbohrt, wenn den Mann epileptische Anfälle zu Boden geworfen hatten.

Mit einer leichten Schulterbewegung warf er den schweren Sack vor dem Eingang zum Stall ab. Noch einmal wischte er sich mit den riesigen Pranken den Schweiß, putzte sich mit zwei Fingern die Nase. Ohne ein Wort nahm er der Frau Freudewald die Schubkarre aus den Händen und karrte deren Inhalt, leicht und ohne jede Mühe, auf den dampfenden Misthaufen.

Viel Kraft mußte in diesem Mann stecken. Frau Freudewald sah ihn an wie einen Fremden. Da war nichts von mütterlicher Zuneigung zu erkennen, und doch war sie die Mutter dieses Mannes, das wußte jeder im Viertel.

»Essen steht auf dem Herd, nimm dir, Kalla«, sagte sie mit der singenden Sprache der Ostpreußen. »Wenn du fertig gegessen hast, mußt du noch mal los, Schalen holen. Die Kühe haben nichts mehr zu fressen!«

»Tatuffleschalen«, kam aus seinem Mund, und nur wer sehr genau hinhörte, konnte in etwa verstehen, was er sagte.

»Geh essen, Kalla«, befahl Frau Freudewald und schob ihn zur Seite. Der ging, schwerfällig, wie mit dem Boden verwachsen. Kaum hob er die Beine, und doch erkannte man die Kraft, die in ihm war.

Frau Freudewald gönnte sich kaum Ruhe. Auch sie besaß Kraft, machte sie doch nach dem Tod des alten Freudewald dessen Arbeit mit. Geschickt beförderte sie den Sack mit Kartoffelschalen in den Stall zu einem

Wassertrog. Flüchtig spülte sie den Schmutz unter dem fließenden Wasser fort.

Kaum zehn Minuten dauerte es, bis Kalla, x-beinig und schwer, die Stufen zum Hof zurückkam. Auch jetzt sprach er kein Wort, schien seine Mutter nicht einmal zu bemerken, die mit einem Reisigbesen das Kopfsteinpflaster des Hofes fegte. Er griff den leeren Sack, rollte ihn zusammen und warf ihn sich über die Schulter. Dann stapfte er hinunter zur Stiege.

Frau Oberlaß drehte verschämt und zaghaft die Türklingel. Unter der bedruckten Kattunschürze hielt sie eine Tasse verborgen, die sie herausnahm, als Hanna Rosen ihre Wohnungstür öffnete. »Ich wollte Ihnen nur den Zucker zurückbringen, den ich neulich bei Ihnen geborgt habe!«

»Kommen Sie herein!« Frau Rosen kannte ihre Nachbarin und wußte, daß nun wieder eine Bitte um Hilfe kommen würde.

Schnell hinkte Frau Oberlaß den langen Korridor entlang, der Küche zu, wo sie sich seufzend niederließ. »Hier ist der Zucker!« Sie stellte die Tasse auf den Tisch, und Hanna Rosen leerte sie in die Zuckerdose aus Keramik.

Zwischen den beiden Frauen war es still. Sichtlich druckste Frau Oberlaß herum und war froh, als Hanna Rosen endlich fragte: »Und was haben Sie noch auf dem Herzen?«

Sehr schnell kam es von der anderen: »Ich wollte Sie bitten, mir einen Dreier zu leihen. Ich brauche das Geld dringend, nur bis zum Wochenende. Wissen Sie, ich habe nicht einen Pfennig im Haus. Ich kann nicht mal eine Suppe kochen, weil die Gasuhr leer ist und ich nichts nachwerfen kann!« Frau Oberlaß fuhr sich über das grausträhnige Haar.

»Zum Wochenende muß ich ihn aber zurück haben,

Frau Oberlaß, denn mit meiner Hinterbliebenenrente lange ich vorne und hinten nicht hin, und mein Bruder bekommt den ersten Lohn erst Ende der nächsten Woche!«

»Dann hat er schon Arbeit?« Wer genau hinhörte, spürte ehrliche Anteilnahme in Frau Oberlaß' Worten. »Mein Hans hat immer noch nichts!«

»Ja, Daniel arbeitet bei Finke als Härter!«

»Eine schwere Arbeit, eine Hundekläge. Kann er das denn schaffen, so verhungert, wie der ist?«

»Er sagt ja, und man kann viel, wenn man muß.« Hanna kramte in der Geldbörse, die sie aus dem Küchenschrank nahm, wo sie zwischen den Kaffetassen versteckt lag. Ein Dreimarkstück wechselte den Besitzer.

Frau Oberlaß stand lange stumm. Ihr krankes Bein schmerzte. »Wenn doch mein Mann oder der Hans auch endlich etwas finden würden?! Immer nur diese gelegentlichen Tapezierarbeiten, die machen den Kohl auch nicht fett. Wissen Sie, mein Alter sagt immer, er kann nicht mehr so recht, und ich glaube ihm!« Vertraulich fügte sie hinzu: »Er hat sich in Rußland 1914/18 die Zehen erfroren, und sie mußten sie ihm abnehmen!«

»Er wird schon eine Arbeit finden. Die neuen Herren in Deutschland bemühen sich sehr, jeden Arbeitslosen von der Straße zu bekommen!«

Frau Oberlaß setzte sich wieder, ließ das Geldstück von einer Hand in die andere gleiten und sagte leise, so, als habe sie Angst, gehört zu werden: »Ja, Arbeit schaffen sie schon, aber sie rüsten und rüsten, und wer rüstet, will eines Tages das Kriegsspielzeug auch ausprobieren. Denken Sie nur an Spanien. Da hat es angefangen, und bald wird es weitergehen, und zwar so, wie wir es uns heute noch nicht vorstellen können!« Es schien, als sei Frau Oberlaß zur Seherin geworden. »Aber nun zurück zu meinem Ollen. Der hätte wahrscheinlich auch schon Arbeit, wenn er nicht so saufen würde! Der dumme Kerl säuft sich noch um das bißchen Verstand!«

Hanna Rosen wußte nicht, welches tröstende Wort sie der anderen sagen sollte.

Frau Oberlaß stand auf. »Na, dann will ich mal wieder. Freitag bekommen Sie das Geld zurück!«

7

So, wie David und Erich zu Freunden geworden waren, so freundeten sich Onkel Daniel und Otto Zettlau an. Die zwei hatten sich viel zu sagen, machten weite Wanderungen miteinander, und beide schienen gern in der freien Natur zu sein.

Wenn sie spätabends zurückkehrten, trennten sie sich, bevor sie das Viertel erreichten, so, als wären sie nie gemeinsam durch den Fleyer Wald gegangen.

Eines Tages änderte sich das. Da sagte Otto Zettlau: »Weißt du, wir machen uns erst recht verdächtig, wenn wir so tun, als würden wir uns nicht kennen. Die Spitzel der Nazis könnten uns auf den Spaziergängen sehen und daraus alles mögliche schließen. Du weißt doch, wie sie sind, diese neuen Herrenmenschen. Komm also ruhig zu uns wie alle anderen, die ich noch aus der Zeit vor dem Lager kenne und die ihren Mantel nicht nach dem Wind gehangen haben!«

Daniel nickte nur still, sehr nachdenklich und antwortete: »Hauptsache, es macht dir nichts aus, mit mir gesehen zu werden, Otto!«

»Wollen Sie nicht eine Brosche kaufen, Frau Rosen?« Frau Oberlaß zog eine Granatbrosche unter der Schürze hervor. »Mein Oller hat sie mitgebracht. Sie gehört einem Saufkumpan! Nein, nein«, wehrte sie ab, »die ist nicht geklaut, die gehört dem Suffkopp schon. Wissen Sie, der stammt aus einem guten Haus, ist so was wie das schwarze Schaf. Jetzt sitzen sie beim Gerken in der Kneipe und haben keinen Pfennig mehr, um weiterzusüppeln. Da haben sie meinen Ollen geschickt, der soll die Brosche verkaufen, und der ist ja so dämlich, daß er für einen Wacholder deren Geschäfte macht!« Frau Oberlaß ließ die roten Steine der Brosche glitzern, sie leuchteten wie Blutstropfen. Hanna Rosen betrachtete das Schmuckstück. Echt schien es zu sein. »Was wollen die denn dafür haben?«

»Zwei Taler, haben sie meinem Ollen gesagt!«

»Das ist sie wert. Hier haben Sie die sechs Mark!«

Frau Oberlaß schlurfte hinkend davon. Sie brummte noch was, das wie »alter Suffkopp« klang, und stieg die Stufen hinauf. Auf dem Treppenabsatz stand Herr Oberlaß. Hochaufgeschossen, mit ungekämmter Mähne hing er halb über dem Treppengeländer. Er schwankte bedenklich, ob vom Alkohol oder wegen der fehlenden Zehen, die im Krieg in Rußland geblieben waren, konnte niemand genau sagen.

Laut rumpelte er die Treppe hinab, so laut, daß Frau Densch die Tür einen Spaltbreit öffnete und um die Ecke schielte. Flink, wie es niemand der alten Frau zugetraut hatte, huschte sie durch den Flur und schellte an der Tür der Nachbarwohnung.

»Was wollte der besoffene Anstreicher von Ihnen? Haben Sie schon wieder Geld verliehen? Ich an Ihrer Stelle würde das nicht, denn die da verlassen sich auf das Mitleid der anderen. Ihre Hilfsbereitschaft wird nur ausgenützt!«

Frau Rosen gab keine Antwort. Da schwieg auch Frau Densch und zog sich zurück.

In Altenhagen waren Flugblätter verteilt worden. Primitiv waren sie hergestellt, ganz einfach mit einem Holzstempel schienen sie gemacht. Überall in den Wohnungen der Stiege und in den anderen Gassen machte man sich Gedanken, woher sie stammen mochten.

NIEDER MIT HITLER!

stand auf den Blättern, nicht mehr und nicht weniger. Nur wenige der Flugblätter fanden den Weg zum Polizeirevier. Mancher Zettel verschwand zwischen der Bettwäsche im Kleiderschrank oder wurde im Abort fortgespült.

»Pockenemil« richtete es so ein, daß er Daniel Adonait treffen mußte, wenn der von der Arbeit heimkam. »'n Abend, Adonait! Gut, daß ich Sie treffe, Sie haben doch bestimmt von den Flugblättern gehört, die überall im Viertel gefunden wurden?«

»Gehört habe ich davon, Herr Wachtmeister!« Daniel zündete sich eine Zigarette an.

»Und können Sie sich vorstellen, wer für die Verbreitung in Frage kommt?«

»Nein! Unter meinen Freunden und Bekannten ist niemand, der dafür in Betracht käme!«

»Im Vertrauen, Adonait, wenn Sie etwas wissen, warnen Sie den oder die Täter. Die sollen die Finger von diesen Spielereien lassen, denn sie ändern doch nichts und kommen in Deubels Küche. Die da«, er wies mit dem Kopf in die Richtung der Stadt, »die da werden ganz hart an die Aufklärung des Falles herangehen ... und Sie wissen doch aus eigener Erfahrung, wie es im Lager ist!«

»Schon verstanden, Herr Wachtmeister«, unterbrach Davids Onkel, »ich kann Ihnen nicht helfen. Ich habe keinen Draht dorthin, und ich werde mich hüten, denn noch einmal möchte ich nicht fort von daheim!«

»Na, dann guten Abend, Adonait«, grüßte »Pockenemil« und legte lässig die Hand an den Tschako.

»Heil Hitler, Herr Wachtmeister!« Daniel war in allen Fasern seines Körpers gespannte Aufmerksamkeit.

»Pockenemil« grinste breit. Ein gerissener Hund, dieser Adonait, dachte er, nicht einmal den Hitlergruß verweigert er. Ich verwette meinen Kopf, daß diese Flugblätter in der Stiege gedruckt wurden. Aber was geht es mich eigentlich an? Das ist die Sache der Gestapo. Soll die sich darum kümmern.

»Der Mann sieht gar nicht gefährlich aus«, stellte Onkel Daniel fest, als Otto Zettlau in seiner Küche den Nagel für das neue Führerbild in die Wand schlug.

»Stimmt, aber er hat es in sich! Wenn es einem gelingt, in Deutschland wieder Sicherheit und Ordnung herzustellen, dann ist es dieser Anstreichergeselle. Aber mit welchen Mitteln er das schaffen wird, darüber brauchen wir zwei nicht zu diskutieren, das haben wir ja schon am eigenen Leib erlebt!«

Daniel sog nachdenklich an der Zigarette. »Und das waren Kuraufenthalte, verglichen mit dem, was da noch kommen wird!«

»Nun malt mal nicht zu schwarz!« Frau Zettlau wischte über den Rahmen des Hitlerbildes. »Jedenfalls hat er dem Land wieder Arbeit gebracht, und jeder kann wieder ohne Angst nachts auf die Straßen gehen. Die Parteienkämpfe gibt es nicht mehr, und ich glaube ganz fest daran, daß es die Übergriffe, die jetzt noch gelegentlich vorkommen, auch bald nicht mehr geben wird!«

Otto Zettlau winkte ab. »Habe ich vielleicht Arbeit? Und spüren wir nicht Tag für Tag, wie sie hinter uns herschnüffeln? Du bist doch eine politisch interessierte Frau und willst nicht bemerken, daß die Schnüffelei, die Lager ihre Methode sind? So blind kann man doch nicht sein!« Otto Zettlau griff das Hitlerbild, nahm es in beide Hände und sah es lange an. Dann hängte er es auf, tippte es an, hängte es gerade. »Wo gibt es das sonst noch? Man hängt das Bild eines Mannes auf, den man aus ganzem Herzen haßt, nur damit die lieben Mitbürger glauben sollen, man habe die Gesinnung geändert. Ich finde das pervers!«

»Aber es wird dir Ruhe und bestimmt auch eine Arbeit verschaffen«, erwiderte Frau Zettlau.

»Ich glaube nicht mehr an die von dir verheißene Ruhe. Ich habe zu viel gesehen und erlebt!«

»Der Erich jedenfalls wird bei der Hitlerjugend bleiben. Er soll es einmal leichter haben!«

Herr Zettlau kannte seine Frau. Er wußte, daß es keinen Zweck hatte, gegen ihre einmal gefaßte Meinung anzugehen. So ruckte er nur noch einmal am Bild des Herrn Hitler und fragte Daniel, ihn wie um Entschuldigung anschauend: »Komm, Daniel, machen wir unseren Spaziergang? Das Wetter ist zu schön, um hier in der Bude zu bleiben!«

Frau Zettlau schaute den Männern noch eine Weile durch das Fenster nach, dann nahm sie wieder Aufstellung vor dem Führerbild, schaute es lange Zeit grübelnd an und sagte leise, fast flehend: »Hoffentlich behalte ich recht!«

8

Der Sommer 1938 ging seinem Ende entgegen. Schon zogen Wolken auf und trübten den blauen Himmel. Oft hatte Frau Zettlau inzwischen den Staub vom Hitlerbild in ihrer Küche gewischt und so dem braunen Machthaber Auge in Auge gegenübergestanden. Ihre Wünsche und Träume erfüllten sich nicht. Die Nachrichten, die in den vergangenen Wochen auf geheimen Wegen die Bewohner des Viertels erreichten, wurden immer ernster. Da waren die Berichte von den Leuten, die aus den Lagern gekommen waren und nicht über die Zustände dort schwiegen, da gab es Nachrichten über Festnahmen und Folterungen, und aus dem Hagener Gestapohaus wußten Eingeweihte die greulichsten Geschichten zu berichten.

So stand Frau Zettlau vor dem Bild und wischte Staub, wo längst keiner mehr war. »Wenn ich nur wüßte, was ich von deiner Bewegung halten soll?« Sie rückte energisch das Hitlerbild gerade und schüttelte den Staublappen am Fenster aus, dann machte sie sich an die Arbeit und begann zu plätten. Beim Bügeln kann man den Gedanken freien Lauf lassen. Frau Erika Zettlau kamen alle möglichen Gedanken in den Sinn. Sie dachte daran, daß ihr Mann unterwegs war, um sich bei einer Firma vorzustellen. Endlich hatte der Beamte vom Arbeitsamt eine Stelle für ihn gehabt, und nun hoffte sie, daß man ihren Mann einstellen würde.

Der Beamte, die Hakenkreuznadel am Rockrevers, hatte Otto Zettlau klargemacht, wie großzügig die Geste des neuen, nationalen Staates sei, ihm, dem kommunistischen Aufrührer, eine Arbeit zu vermitteln.

Ja, dachte Erika Zettlau, irgendwie hat er ja recht, aber der Otto will ja nichts geschenkt, er will ja seine Arbeitskraft dafür einsetzen, daß man ihn bezahlt. Das Bügeleisen zischte über die feuchte Wäsche, als Frau Zettlau leise sagte: »Er wird die Stelle wohl bekommen, denn die schicken ja nicht gleich ein paar Leute dorthin!« Als das heiße Eisen über das Braunhemd des Sohnes glitt, überlegte sie weiter. Es ist nicht gut, daß der Erich sich so mit dem Judenjungen versteht! Die werden das an den zuständigen Stellen mißbilligend vermerken. Vielleicht gefährdet es sogar seine Lehre? Heiß war es ihr durch den ganzen Körper gefahren. Sie nahm sich vor, sofort mit ihrem Jungen zu reden.

Die Gestapozentrale war in der geschmackvoll eingerichteten Villa eines emigrierten jüdischen Bürgers untergebracht. Hektisch ging es an jenem Tag in dem weiträumigen Haus zu. Die Beamten reagierten übernervös. In der Hagener Stadtmitte waren wieder Flugblätter gefunden worden. Sie trugen die Aufschrift NIEDER MIT HITLER! Die Spitzel, die es überall in allen Schichten der Bevölkerung gab, fanden nichts heraus. Die Beamten wußten nur, daß die Flugblätter mit einem einfachen Holzstempel hergestellt worden waren. Jede weitere Spur fehlte.

Von der übergeordneten Dienststelle erhielt der Leiter der Hagener Gestapo einen kräftigen Rüffel, und nun stand einer seiner Untergebenen vor ihm und bekam den Rüffel weitergereicht. »Innerhalb einer Woche erwarte ich von Ihnen Erfolgsmeldung. Es kann und darf nicht möglich sein, daß im Jahre 1938, fünf Jahre nach der nationalsozialistischen Machtergreifung, eine derartige Sauerei vorkommt! Haben Sie verstanden, Köster?«

»Jawohl, Hauptsturmführer!«

»Wenn nichts anderes hilft, dann greift man sich ein paar von den alten Kommunisten, Sozis und dem anderen Gesocks und runter mit ihnen in den Keller! Dort hat bisher noch jeder gesungen! Kapiert, Köster?!«

»Jawohl, Hauptsturmführer!«

»Dann raus mit Ihnen!«

Zackig knallten die Hacken des Parteigenossen Köster zusammen, und seine schweren Schritte dröhnten auf dem glänzenden Parkett.

Gestapomann Köster gab den Rüffel weiter an die, die ihm untergeordnet waren. Es war wie eine Kette, die endlich im Altenhagener Polizeirevier ihr Ende fand.

»Ich benötige Namen und Anschriften von drei Roten, die in unserem Bezirk wohnhaft sind, Bolle!«

»Pockenemil« zuckte zusammen, als der Leutnant, wie aus dem Boden geschossen, vor seinem Schreibtisch stand. Er ahnte, wozu diese Auswahl dienen sollte, aber er sah keine Möglichkeit auszuweichen. Lange überlegte er. Endlich stand auf dem Papier:

Alfred Pieschke (KPD)
Otto Zettlau (SPD)
Daniel Adonait (SPD/Jude)

Irgendwas in »Pockenemil« zwang ihn, sich diese Namen immer wieder anzusehen. Es war ihm, als würden sie ihm entgegenspringen. Er stand auf, klopfte an die Tür zum Zimmer des Reviervorstehers und legte ihm, ganz dienstlich und mit undurchsichtigem Gesicht, die Namensliste auf den Schreibtisch.

»Danke, Bolle! Sollen sich die von der Gestapo mit denen unterhalten!« Er winkte »Pockenemil« lässig zu. »Schönen Feierabend, Bolle!«

»Danke gehorsamst, Herr Leutnant!«

Bis zum Verbot der Kommunistischen Partei durch die neuen Herren im Land war Alfred Pieschke Vorsitzender des Ortsverbandes gewesen. Pieschke galt als sensibler Mann. Gleich nach dem furchtbaren Krieg und dem Zusammenbruch des Kaiserreiches war er zu den Kommunisten gestoßen. Sie kämpften konsequent gegen den Krieg, und weil auch Alfred Pieschke wollte, daß der große Krieg der Jahre 1914/18 der letzte Krieg in der Geschichte der Menschheit gewesen sein sollte, hatte er sich als Genosse einschreiben lassen und trug stolz die Uniform des roten Frontkämpferbundes.

Sofort nach dem Reichstagsbrand in Berlin erhielt Pieschke von der Parteiführung den Befehl, aus der Partei auszutreten. Konspirativ sollte seine weitere Arbeit sein. Pieschke befolgte den Befehl aus der Berliner Zentrale, und doch galt er für die braunen Machthaber weiterhin als Roter, als einer, der heimlich den alten Zielen anhing.

Nur Pieschkes Frau wußte, wie es in ihm aussah. Sie kannte den Mann, den die Schlachten des Krieges verwundet, seine Seele so sehr zerstört hatten, daß er sich nie mehr recht davon erholen konnte. Oft mußte sie ihn nachts zur Ruhe bringen, wenn er, ein Koppel über das Nachthemd geschnallt, seine Männer zum Angriff führte. Nur sie wußte, wie grauenhaft in diesen dunklen Nächten das »Sprung auf, marsch, marsch!« klang. Er brüllte sich die Lunge aus dem erhitzten schwitzenden Leib, sie hielt ihn in ihren Armen wie eine Mutter ihr verängstigtes Kind. Sie schwieg. Schwieg selbst ihrem Mann gegenüber, der an den Tagen, die diesen Nächten folgten, nichts mehr von den großen Ängsten wußte. Vor allem schwieg Frau

Pieschke anderen gegenüber, und so galt Alfred Pieschke bei den Bewohnern des Viertels immer noch als der »Rote Leutnant«, der tapfere Mann mit den beiden Eisernen Kreuzen.

Pieschke stand als erster auf »Pockenemils« Liste, und alles ging seinen Gang. Schon in den frühen Stunden des nächsten Tages lag die rote Akte mit dem Vermerk »Eilt. Streng geheim« auf dem Arbeitstisch des zuständigen Gestapobeamten. Köster kam gegen acht Uhr zum Dienstantritt. Noch bevor er sich niedersetzte, las er, was die einzelnen Reviere an Namen geliefert hatten. Er verglich die Namen mit denen in seiner Kartei und knurrte mißmutig: »Alles nur unbedeutendes Pack, das wir selbst viel besser kennen!«

Er setzte sich, knöpfte den Uniformkragen auf und machte es sich bequem. Einem silbernen Zigarettenetui entnahm er eine Zigarette, eine Senussi mit Goldmundstück, und rauchte genüßlich.

Freitagabend. Am Nachmittag war ein Regenschauer niedergegangen, und der Regen war so stark gewesen, daß die Kanäle das Wasser kaum hatten fassen können. Nun war es kühler geworden.

Daniel Adonait kam von der Arbeit heim. Er warf die Kleidung ab und wusch sich. Durch das offenstehende Fenster hörte er, wie der gelähmte Junge von gegenüber auf dem Akkordeon spielte.

. . . ist meiner Heimat Haus,
   da zog ich manche Stunde
   ins Tal hinaus.

»Dich, mein stilles Tal . . .« summte Onkel Daniel mit und überlegte, ob er sich vom Wochenlohn ein neues Oberhemd erlauben konnte. Sauber und die Haare mit Wasser fest an den Schädel gekämmt, stieg er in seine Feierabendhosen. Er beeilte sich, denn Hanna rief bereits ungeduldig.

David saß schon, als er in die Küche kam. Hanna stand am weißgedeckten Tisch, hielt in der Rechten ein Zündholz und rieb es an der Schwefelfläche. Nun erst wußte Daniel, daß Sabbatvorabend war. Er griff in die Schublade und packte die gestickte Kappe, setzte sie auf und sah seine Schwester an, die jetzt die Kerzen anzündete. »Gepriesen bist du, Ewiger, unser Gott, der uns befohlen hat, das Sabbatlicht anzuzünden«, sagte sie, und das Licht der Kerze leuchtete hochauf. Hanna machte diesen Sabbatbeginn kurz, denn sie war alles andere als religiös. Sie sah alles nur im Licht der Tradition. Bald klang das Amen, und dann griffen sie zu.

»Das Geld für die Woche habe ich auf den Nachtkasten gelegt, nimm dir, was du brauchst, das übrige leg wie vereinbart fort!«

David grinste.

»Was guckst du so unverschämt? Ist was?«

»Du bist ein seltsamer Jud, Onkel Daniel! Wie kann man am Sabbat von Geld reden?«

Daniel Adonait winkte nur ab, ließ sich bei seiner Abendmahlzeit nicht stören.

In der Wohnung auf der anderen Straßenseite spielte immer noch das Akkordeon. Es waren die schönen, alten Volkslieder, die an diesem Freitagabend durch die enge Gasse tönten. Daniel schluckte einen Bissen hinunter. »Ich soll vielleicht eine bessere Arbeit bekommen, eine Arbeit, für die mehr gezahlt wird!«

»Das wäre schön für dich!«

»Übrigens tun die in der Firma, als wüßten sie nichts von meinen Sorgen!«

»Vielleicht sind sie zu anständig?«

»Kann schon sein. Der Mann von der Arbeitsfront geht mir nämlich aus dem Weg. Sie wissen also, daß ich...« Daniel zögerte, und Hanna blitzte ihn mit ihren dunklen Augen an: »Was stockst du, Dan? Fällt es dir so schwer zu sagen, daß du Jude bist? Du bist einer und damit basta. Niemand nimmt dir oder einem anderen von uns diese Last ab. Also sprich es aus und drucks nicht herum!«

Der Vorwurf in ihrer Stimme war nicht zu überhören. Daniel akzeptierte es durch sein stummes Kopfnicken.

»Am Brunnen vor dem Tore« klang es nun durch die Gasse. Das Gespräch verstummte. Nur David sagte: »Das Lied spielt er heute nun schon zum drittenmal!«

»Ist ja auch ein wunderschönes Lied!« Hannas Stimme war immer noch gereizt.

Sie schwiegen wieder, dann sagte Daniel: »Mir scheint, der Sommer geht seinem Ende entgegen!«

»Das ist heute das letzte Mal, daß ich Milch an Sie verkaufe. Ich habe nicht mehr genug für meine anderen Kunden. Ich hoffe, Sie verstehen das?« Frau Freudewald sagte das so laut, daß es alle Frauen, die vor dem Stall in langer Schlange nach der Milch anstanden, auch hörten.

»Da kann man nichts machen!«

Frau Freudewald tauchte das Litermaß in die Kanne und raunte dabei so leise, daß selbst Hanna sie kaum verstand: »Kommen Sie heute abend zu mir, ich muß Ihnen etwas sagen!« Sie richtete sich auf, füllte die Milch in den Topf und sagte geschäftlich kühl: »So, das macht zweiundzwanzig Pfennig!«

Hanna Rosen zahlte.

Kaum war sie außer Hörweite, da begann es in der Reihe der Wartenden: »Endlich! Das wurde ja auch Zeit! Die nehmen nur unseren Kindern die Milch fort. Überall haben sie ihre Hände drin, überall machen sie sich mausig. Es sind doch alles nur Schmarotzer!«

Kein gutes, vermittelndes Wort für Hanna und ihre Leute kam da auf. Nur Frau Erika Zettlau sagte leise und zögernd: »Was habt ihr denn bloß gegen die Rosen und die anderen Juden in der Stiege? Das sind doch genauso arme Teufel wie wir selbst!«

Eine Frau keifte hysterisch los: »An Ihrer Stelle würde ich mich nicht so für die Juden einsetzen. Wir alle wissen ganz genau, *wo* Ihr Mann gewesen ist und daß er mit dem Bruder von der Rosen befreundet ist. Halten Sie besser den Mund!«

Da schwieg Erika Zettlau und dachte daran, daß ihr Mann gesagt hatte, die Zeiten werden so schlecht, daß wir uns wünschen werden, nicht mehr zu leben!

Es war noch vor Sonnenaufgang. Ganz plötzlich war in den Morgenstunden der Nebel da und ließ überdeutlich den Herbst ahnen. Wie silberne Perlen hing er in den Spinnweben an Freudewalds Scheune. Schon spürte man die herbstliche Kühle, ganz tief in sich drin. Die Bewohner des Viertels drehten sich in ihren Betten noch mal auf die andere Seite, froh, noch kurze Zeit schlafen zu dürfen. Im Eckhaus an der Altenhagener Straße, einem guten Haus, denn hier wohnte der rothaarige Lebensmittelhändler Schilling und der alte Judendoktor Hersch, stiegen drei Männer sehr leise die Treppen hinauf. Sie trugen die langen, dunkelgrauen Ledermäntel der Gestapo.

Vor der Wohnungstür des »Roten Leutnants« blieben sie lauschend stehen. Wie auf ein unhörbares Kommando begann einer der drei, mit der Faust gegen die Tür zu schlagen. Die Schläge dröhnten durch das schlafende Haus, schreckten auf, beunruhigten.

Mit einem Sprung war Alfred Pieschke aus dem Bett. Seine Frau schaute angstvoll. Leise fragte sie ihn und schlüpfte dabei in einen großblumigen Morgenmantel: »Können die dir was anhaben?«

»Nein! Sie können nicht, Frau!« Herr Pieschke stieg in die Hosen.

Draußen vor der Tür schlug der Beamte immer noch gegen die Tür. Dazu hörte man die heisere Stimme: »Aufmachen!«

»Du mußt dich damit abfinden, daß sie mich mitnehmen, denn warum kommen sie sonst vor Sonnenaufgang?«

Irene Pieschke zitterte vor innerer Erregung. Kalte Schauer trieben ihr über den Rücken.

Das Klopfen wurde lauter, fordernder.

»So gebt doch endlich Ruhe und weckt nicht alle im Haus! Ich komme ja schon!«

Pieschke schloß auf. Schnell drangen die Ledermänner in den Korridor. Eilig sahen sie sich in jedem Zimmer gründlich um. Während dieser Zeit stand einer von ihnen vor Alfred Pieschke und hielt eine schußbereite Pistole auf ihn gerichtet. Pieschke wollte seine Frau in ein Zimmer drängen, als die beiden Beamten zurückkamen. Die Männer verhinderten es. »Deine Frau bleibt hier stehen. Sie soll alles sehr genau mitbekommen! Und nun zu dir, Pieschke! Wir haben den Auftrag, dich zu einer Vernehmung vorzuführen. Zieh dich an, pack Waschzeug und Wäsche zum Wechseln ein. Es kann sein, daß es länger dauert!«

Alfred Pieschke knöpfte das Oberhemd zu. Er war wieder ganz ruhig, ganz Offizier, als er fragte: »Und warum nehmen Sie mich fest?«

»Wir sind nicht dazu da, dir deine Fragen zu beantworten, verstanden?!«

Auch Irene Pieschke schien nun ihren Schock überwunden zu haben. Sie fragte: »Soll ich dir das einpacken, was du mitnehmen sollst, Alfred?« Sie legte den Arm um ihn.

»Beeilen Sie sich, Frau! Wir haben nicht den ganzen Tag Zeit!«

Pieschke zog sich die Schuhe an. Das ging langsam; seit der Verwundung vor Verdun konnte er sich nicht mehr richtig bücken.

»Vorwärts, Mann, nicht so lahmarschig. Du bist doch selber Soldat gewesen, Offizier sogar!«

»War ich! Und daher kommt's, daß ich mich nicht

mehr recht rühren kann«, antwortete der »Rote Leutnant« und hatte, noch bevor er ausgesprochen, einen Faustschlag im Gesicht. Seine Lippe begann zu bluten und schwoll an.

»Nicht frech werden, du rote Sau. Und beeil dich, sonst bringen wir dir die Flötentöne bei!«

Als die vier Männer das Haus verließen, standen die Mieter hinter den Gardinen und schielten hinab, sorgsam darauf bedacht, nicht gesehen zu werden.

Auf der Straße parkte ein schwarzglänzender, geschlossener Horch. Einer der Gestapoleute setzte sich an das Steuer, der zweite schob Alfred Pieschke auf den Rücksitz und setzte sich neben ihn.

Der dritte blieb noch eine Zeitlang neben der Beifahrertür stehen, sah sich eingehend um und stieg erst dann ein. Der schwere Wagen fuhr an, entfernte sich fast geräuschlos. Die ängstlichen Blicke der Menschen hinter den Gardinen folgten ihm.

Die Ruhe war fort. Mit Händen greifbar erschien die Angst im Haus an der Altenhagener Straße.

Doktor Hersch langte nach einer Kognakflasche und schenkte sich ein. Ohne abzusetzen, trank er aus, goß nach und streichelte seinen Hund. Der Setter sah ihn mit fragenden Augen an, als Doktor Hersch sagte: »Es wird Zeit, Hasso, daß wir aus diesem unfreundlichen Land verschwinden! Das alles ist erst das Vorspiel!« Hasso bellte zweimal kurz und legte sich vor seinen Herrn nieder, bettete den Kopf auf dessen Füße.

Der Tag war noch nicht da, als schon alle im Viertel wußten, was geschehen war. Die Menschen waren von diesem Tag an noch mißtrauischer als ohnehin schon.

Die Sonne brauchte lange, bis sie den Bodennebel vertrieben hatte.

Der Graupapagei Jako war aus dem Leben der Rosens kaum mehr fortzudenken. Besonders Hanna erschien der

Vogel wie ein Symbol der Lebensfreude. Jako verstand es, sich in die Herzen aller im Viertel einzuschmeicheln. Schon bald nach seiner Ankunft war er nicht mehr im Käfig zu halten. Kaum hatte ihn Hanna frühmorgens gefüttert, riß der graue Vogel mit seinem spitzen, kräftigen Schnabel heftig an der Käfigtür. »Komm raus, komm raus«, sagte er mit rauher Stimme, nicht eher endend, bis er auf dem Käfig saß und das Gefieder putzte.

Er beobachtete seine Umgebung genau, musterte mit klugen Augen Hanna Rosen und sprach sie endlich an, das Köpfchen drollig auf die Seite gelegt: »Komm her, mach Schmus, komm, Köpfchen kraulen!«

An die Brust seiner neuen Herrin gedrückt, saß dann der Vogel minutenlang unbeweglich. Er schien auf den Schlag des Herzens zu lauschen. Er plusterte sich auf und hielt solange still, wie sie ihm das Gefieder kraute. Erst, wenn Hanna sich zurückzog, hangelte sich Jako hinab in den Käfig, machte sich über das Futter her und verrichtete endlich sein Morgengeschäft, begleitet von dem tiefsinnigen Satz: »Macht der Jako ein Pups!«

Eine besondere Freude schien es ihm zu bereiten, auf dem siebenarmigen Leuchter aus Messing zu sitzen, wenn Hanna diesen auf das Fensterbrett stellte. Jakob starrte dann hinab auf die Gasse, alles, was sich dort tat, aufmerksam beobachtend.

Der Doktor Hersch, selbst sehr tierliebend, lachte schallend, als er das sah, und meinte: »Da habt ihr einen eigenen Wappenvogel! Und wenn der Ewige will und uns in das Land unserer Väter zurückbringt, könnt ihr das als Staatswappen anbieten, Papagei auf Menorha! Jüdisch genug sieht er ja aus, bei dem Schnabel!«

Jako sträubte nur die Federn, knurrte lauter als ein Hund und schreckte den Setter Hasso so sehr, daß der unter dem Tisch Schutz suchte. Jako fauchte noch ein paarmal furchterregend, und der Hund klemmte den

Schwanz zwischen die Beine. Der Vogel drehte sich wieder zur Straße, reckte die rechte Kralle vor, streckte sich und sagte laut: »Hau ab!«

Als Doktor Hersch dies seiner Praxishilfe erzählte, lachte die bloß und erklärte: »Was Sie auch immer für verrückte Geschichten erfinden, Herr Doktor!«

Eines Tages erschrak Hanna Rosen sehr. Jako saß wieder einmal auf dem Leuchter am Fenster, schaute hinaus und war sehr still.

Plötzlich pfiff da jemand laut und markerschütternd die »Internationale«.

»Wacht auf, Verdammte dieser Erde« klang es schrill vom Fensterbrett. Hanna wußte sofort, daß es nur Jako gewesen sein konnte. Verblüffend schnell brachte sie den Vogel in den Käfig, bevor der zum drittenmal seinen Pfiff, der ihm zu behagen schien, loslassen konnte. Sie warf eine Decke über das Bauer. Da schwieg Jako, denn das kannte er noch nicht. Diese so plötzlich einsetzende Dunkelheit war ihm unheimlich. So plusterte er sich auf und richtete sich für die vermeintliche Nacht.

Jakos Pfiff hörten nicht nur einige Kinder, auch ein paar Bewohner runzelten ärgerlich die Stirne oder grinsten vergnügt, je nach Humor und politischer Einstellung.

Eine Woche lang ließ Hanna den Vogel nicht auf das Fensterbrett. Jako hatte verschärften Arrest in seinem Käfig. Sie alle sahen, daß der Vogel um die verlorene Freiheit trauerte. Als dann aber alle der Meinung waren, der Vogel sei nur ein dummes Tier und nicht verantwortlich, ließ Hanna ihn wieder frei, und sofort flatterte Jako mit unbeholfenem Flügelschlag auf den Leuchter.

Von dort sahen die scharfen Augen des Tieres David auf der Straße mit anderen Jungen zusammenstehen. Mit lockender Stimme schmeichelte er: »Komm her, mach Schmus!«

Als David ihn nicht hörte, kreischte er laut, flatterte

wie toll auf dem Leuchter herum, und als das alles nichts nutzte, stieß er schließlich noch die »Internationale« aus. Da blieb niemand taub, richteten sich alle Augen auf das Wohnzimmer der Rosens. David pfiff zurück und sagte dann zu Erich Zettlau: »In drei Tagen beginnt die Schule wieder! Hast du deine Bücher schon gerichtet?«

»Nein!«

»Ich auch nicht! Meinetwegen könnten die Ferien noch mal sechs Wochen dauern!«

»Wem sagst du das!« Und nach einer Weile fügte Erich Zettlau nachdenklich hinzu: »Wenn ihr bloß keinen Ärger mit dem Jako bekommt!«

»Denk so was nicht, Erich!«

»Wir müssen mit den Flugblättern aufhören. Die haben den ›Roten Leutnant‹ festgenommen und werden bestimmt auch noch andere einlochen, wenn sie keinen Erfolg haben mit ihrer Suche nach den Tätern!« Erich Zettlau sagte das am Abend vor dem Schulbeginn, als er mit Alex und David zusammensaß. Sie trafen sich bei Rosens, um Musik zu hören.

»Da geh' ich ins Maxim, da ist es so intim«, jubelte der Tenor und übertönte fast die Worte des Jungen. Dann reagierte Alex Menes: »Ich denke auch, daß das besser ist. Wenn die erst mal die Leute in die Mangel nehmen, dann wird es gefährlich. Auch für deinen Onkel, David, und für deinen Vater, Erich!«

David schreckte auf. »Das darf auf keinen Fall so kommen! Ich habe noch fünfzehn Zettel, die verteile ich morgen und übermorgen, und dann verbrenne ich den Stempel!«

»Gut so! Dabei bleibt es dann!«

Die drei Jungenfäuste stießen zusammen, als Garant für das gegebene Wort. Sie hörten noch eine Zeitlang Radio. Dann kam Onkel Daniel und sagte: »Deine

Mutter sucht nach dir, Erich! Ich soll dir sagen, du möchtest heimkommen!«

Als gehorsamer Sohn stand Erich Zettlau sofort auf: »Menschenskind, ich muß noch meine Schultasche packen! Also, schlaft gut! Bis morgen!«

Auch Alex blieb nun nicht länger. Als im Radio eine Falsettstimme loslegte: »Kannst du küssen, Johanna«, schob er den Stuhl zurück, stand auf und winkte David zu: »Paß auf dich auf und werde nicht leichtsinnig!«

Pieschke schwieg bei den Vernehmungen. Über die Flugblätter wußte er ohnehin nichts. Zwei Männer, in schwarze Uniformen gekleidet, an den Mützen der silberne Totenkopf, schleiften ihn aus dem Dienstzimmer, die breite Marmortreppe hinab. Kaum wollten ihn seine Beine tragen.

Der Keller lag tief unter der Erde. In den früheren, friedlichen Jahren war er als Weinkeller genutzt worden. Nun schluckten seine Wände das Schreien und Stöhnen der Gefolterten.

»Dann wollen wir mal«, sagte einer der schwarzuniformierten Männer und öffnete einen der winzigen Zellenräume. Nur eine trübe Lampe, schirmlos an der Decke angebracht, brannte hier und ließ kaum erkennen, daß sich außer einer Holzpritsche und einem Kotkübel nichts in dem Raum befand.

Sie hielten Alfred Pieschke nicht mehr. Für Sekunden stand er noch mit eigener Kraft, dann sackte er zusammen und lag, einem Bündel Lumpen gleich, auf dem feuchten Steinboden. Sehr langsam legten die Uniformierten die Jacken ab. Der Ältere von ihnen grinste: »Viel verträgt der nicht mehr! Wir müssen uns vorsehen, sonst verreckt er uns, bevor er ausgesagt hat!«

»Köster hat befohlen, daß wir ihn reif machen sollen!«
»Alsdann, fangen wir an!«

Sie schlugen auf den »Roten Leutnant« ein, die

Schläge immer wieder durch ihr Brüllen unterbrechend: »Willst du wohl endlich auspacken, du rote Mistsau?!«

Als der Gefolterte sich nach einiger Zeit nicht mehr rührte, warfen sie ihn auf die Holzpritsche, dann leerten sie über seinen Körper einen Eimer Wasser.

»Laß ihn erst wieder zu Kräften kommen, Kurt, so erfahren wir doch nichts von ihm!«

Sie ließen Pieschke allein, knallten die eiserne Tür zu. Das Licht an der Decke verlosch. Sackdunkel war es in der Zelle.

Der »Rote Leutnant« war allein, allein mit den heftigen Schmerzen, allein aber auch mit seinem Stolz, trotz aller Folterungen geschwiegen zu haben. Er sank in eine Ohnmacht, fiel immer tiefer und tiefer in die Dunkelheit.

»Heil Hitler«, grüßte Karl Biederbeck mit erhobener Hand. »Jungeens, ist das schön, euch alle gesund wiederzusehen!«

Auch die Schüler in Karl Biederbecks Klasse schienen sich zu freuen, den hageren Lehrer gesund vor sich stehen zu sehen. Wie ein Mann brüllten sie ihr »Heil Hitler, Herr Biederbeck«, und dann mußten sie noch ein Lied singen, wie es Karl Biederbeck seit Menschengedenken praktizierte.

David und Alex, aber auch einige der anderen Jungen wunderten sich über den neuen Gruß des Lehrers, denn so lange sie ihn kannten, grüßte er jeden Morgen mit einem fröhlichen »Guten Morgen«. Nun stand sein »Heil Hitler« als etwas Neues, Bösartiges im Raum, und alle spürten, daß sich etwas verändert hatte, ohne zu wissen, was es war.

»Wir wollen uns den ersten Tag des neuen Schuljahres angenehm machen, das Jahr wird noch schwer genug werden!«

Die Jungen lachten pflichtschuldig.

Karl Biederbeck setzte sich und forderte die Klasse

auf: »Schreibt über eure Ferien, wie ihr sie verbracht habt, was ihr erlebt habt, verstanden?«

»Jawohl, Herr Biederbeck«, kam es im Chor von den Bänken, und die Jungen kramten ihre Hefte hervor.

»Eure unterschriebenen Zeugnisse legt auf die linke Bankseite, und du, Rosen, sammelst sie ein und bringst sie zum Katheder!«

David tat, wie ihm aufgetragen. Als er die Zeugnishefte auf dem Katheder niederlegte, befahl der Alte: »Am Ende der Stunde trägst du mir die Zeugnisse zum Lehrerzimmer!«

»Gerne, Herr Biederbeck!«

Die Minuten dieser ersten Stunde nach den Schulferien schlichen dahin. Die Jungen schwitzten und kauten nachdenklich an den Federhaltern. Sie kritzelten ihre Ferienerlebnisse auf das Papier. Dann kündete der schrille Klang der Glocke in der hohen Haupthalle das Ende der ersten Stunde. David griff sich den Stapel Zeugnishefte und trug sie hinter Herrn Biederbeck her, der mit schnellen, stakenden Schritten voranging. In seiner zu kurzen, sehr engen schwarzen Hose sah er aus wie ein großer trauriger Vogel.

Mitten im Gang blieb der Lehrer plötzlich stehen. Er starrte David, der ihn fast umgerempelt hatte, wie einen Fremden an, und dann sagte er sehr betont, leise und beschwörend: »Haut ab, David Rosen, haut schnell ab aus Deutschland! Junge, ich meine es wirklich gut mit euch! Nehmt doch den guten Rat eines alten Mannes an und geht schnell, solange das noch möglich ist! Es kommt eine böse Zeit auf euch zu!«

David stand regungslos, wie angewurzelt. Er wußte nicht, was er antworten sollte. Zögernd hielt er dem Lehrer die Zeugnishefte hin. »Ich werd's meiner Mutter sagen, Herr Biederbeck!«

»Ja, Junge, sage es ihr, und sag ihr auch, daß dein alter Lehrer dir den Rat gibt! Die Zukunft . . . für uns alle . . . wird furchtbar!«

Er nahm die Zeugnishefte entgegen und scheuchte David mit einer Handbewegung fort. Dann stakte er mit großen Schritten weiter.

»Das alles hat er mir schon vor den großen Ferien gesagt! Der Gute wird alt und vergeßlich«, lachte Alex und setzte dann, ernster werdend, hinzu: »Wohin sollen wir denn schon gehen, ihr und wir und die anderen im Viertel? Wir sind alle keine Rothschilds, und ohne Geld bist du überall in der weiten Welt beschissen dran!«
»Habt ihr niemand im Ausland?«
»Doch, einen Onkel, einen Bruder von der Mutter, in Amerika, aber dem geht es auch nur so lala, der ist auch nur ein armer Hund, wie eben die meisten!«
»Wir haben eine alte Tante in Paris«, nuschelte David und wälzte den sauren Drops in der Backentasche.
»Willst du auch ein Klümpchen?«
»Gib schon her, aber 'ne Zigarette wäre mir lieber!«
»Hab' keine, und wo willst du hier auf dem Schulhof denn rauchen?«
»Wo? Auf dem Klo natürlich, wo alle rauchen!«
Da rasselte die Glocke zum Pausenende.

Alex berichtete seiner Mutter, was Herr Biederbeck David aufgetragen hatte.
Frau Menes setzte sich, zog ihren Sohn auf den Stuhl neben sich und sagte: »Ich habe an Onkel Chaim geschrieben, habe angefragt, ob wir dich nicht nach Amerika schicken können, aber du weißt ja, dem Onkel geht es nicht rosig, und er muß seine sechs eigenen Kinder versorgen! Also, wir müssen abwarten, was er antworten wird!«
Alex schluckte nervös, war erstaunt und erfreut zugleich, denn dieses Wort Amerika besaß für ihn eine magische Kraft, wie kein anderes Wort auf der weiten Welt.
Als Alex das David erzählte, staunte auch der. Hanna

Rosen hatte mitgehört. Sie sagte leise: »Es wäre gut für dich, Alex! Amerika ist das Beste für uns!«

Auch David nickte ein wenig altklug, wurde aber traurig, als er daran dachte, daß er dann ohne den Freund sein würde.

Alex ging wieder, immer wieder an das ferne Land Amerika denkend.

Nach langem Betteln bekam David von seiner Mutter fünfzig Pfennig für einen Kinobesuch. Schnell rannte er die Treppe hinab. In seiner Hosentasche verborgen steckten fünfzehn Flugblätter, die letzten, die er verteilen wollte, um dann endgültig mit dem gefahrvollen Unternehmen aufzuhören.

Im Lipa spielten sie einen Harry-Piel-Film.

So spannend waren die Abenteuer des Kinohelden, daß David fast vergaß, warum er eigentlich ins Kino gegangen war. Als er den Hauptfilm schon zum zweitenmal gesehen hatte, verteilte er die Flugblätter mit der Aufforderung: NIEDER MIT HITLER!

Er legte die Zettel in den Sitzreihen und auf der Herrentoilette ab, dann ging er, obwohl er den spannenden Film gerne noch ein drittes Mal gesehen hätte. Die Abendvorstellung hatte schon begonnen, und in der war Kindern und Jugendlichen der Besuch des Filmes nicht erlaubt.

An jenem Abend warteten die Besucher des Lipa vergeblich auf den Beginn der Vorstellung. Kaum war David fort, gab ein Mann gleich zwei Flugblätter an der Kinokasse ab. Die Kassiererin wurde blaß. Sie erinnerte sich an ein Rundschreiben, suchte es und wählte sofort die Nummer der Gestapo. Die Beamten sagten sofortiges Kommen zu.

Bis zum Lipa, dem Kino am Bahnhof, war es nicht weit. Die Männer in den Ledermänteln kamen schnell. Sie standen im Hintergrund, als die Platzanweiserin mit lauter Stimme ansagte: »Bitte, haben Sie Verständnis, daß die Abendvorstellung ausfällt. An der Kasse bekommen Sie Ihr Eintrittsgeld zurück. Die gelösten Karten behalten ihre Gültigkeit. Sie können damit eine andere Vorstellung besuchen!«

Die Gestapomänner kontrollierten die Ausweise von einigen Besuchern, schrieben ihre Namen auf und ließen sie laufen. Sie durchsuchten das Kino gründlich, fanden zehn Zettel und legten sie sorgsam in eine rote Akte.

Es war später geworden als sonst üblich. Die Gaslaterne am Haus Nummer fünf brannte flackernd mit bläulichem Licht. Der Straßenlärm, der von der Altenhagener Straße die Stiege hinaufbrandete, wurde leiser und erstarb dann.

Es war ein milder Abend im Altweibersommer. Auch über der engen Gasse flimmerten ewigkeitsfern die Sterne, und der Mond tauchte alles ringsumher in milden silbernen Glanz.

Als der große Junge plötzlich, wie aus dem Boden geschossen, vor ihm stand, schrak David zurück. Er kannte diesen Heinz Stein. Im Viertel galt der als einer der stärksten Schläger. Bald würde er zum Militär einrücken. Damit hatte er geprahlt, und David hörte es mit an.

»Woher kommst du Kröte denn noch so spät?« Heinz hielt David mit hartem Griff.

»Ich . . . ich war bei einem . . . Freund! Bitte, laß mich los, Heinz, ich muß heim, meine Mutter wartet auf mich!«

»Laß sie warten, sie gewöhnt sich dran!« Heinz Stein machte sich daran, Davids Taschen zu durchsuchen. »Hast du kein Geld oder Zigaretten?«

»Nein, habe ich nicht!«

»Was sind das da für Zettel?«

David erschrak bis ganz tief innen. »Das . . . das sind . . . meine Hausaufgaben!«

Achtlos reichte sie Heinz Stein zurück. »Phh, Hausaufgaben!«

David steckte die Zettel wieder ein. Immer noch hielt ihn der Ältere am Rockkragen fest. »Los, komm«, sagte er und schleppte David die Kellertreppe hinab. Er zog David auf eine leere Kiste. Der wehrte sich nicht, war wie erstarrt. Die Angst, die ihn wegen der Flugblätter erfaßt hatte, war noch nicht verschwunden.

Heinz Stein kam mit den Händen immer näher, sie tasteten über Davids Körper. Der fühlte den Atem des anderen unangenehm in seinem Gesicht. Heinz Stein legte seine Hand auf das Knie des Jüngeren und tastete an dessen Schenkel hinauf. Sehr rauh sagte er: »Hab dich nicht so, faß auch bei mir an!«

Als David nicht reagierte, nahm er dessen Hand und schob sie sich zwischen die Schenkel: »Reib schon!«

»Nein!«

»Soll ich dir die Fresse polieren? Los! Und immer mit Gefühl!«

David gehorchte. Immer wieder dachte er an die zwei Flugblätter, die noch in seiner Tasche steckten, und mechanisch tat er, was der andere wollte.

»Na also, das ging doch ganz gut«, raunzte Heinz Stein und knöpfte sich die Hose zu. »Und daß du mir die Schnauze hältst... sonst mach ich dich fertig!«

David schwieg. Seine Nerven flatterten. Endlich stotterte er: »Ich sag' schon nichts, Heinz, bestimmt nicht! Laß mich gehen, bitte!«

»Hau ab und halts Maul!«

David jagte die Kellertreppe hinauf, an seiner Mutter vorbei, als die ihm die Wohnungstür öffnete. Sofort riegelte er sich auf der Toilette ein. Hier wusch er sich so lange und gründlich, daß Hanna Rosen ihren Bruder fragend ansah und sagte: »Ich möchte nur wissen, was der Junge heute hat?«

Daniel Adonait lächelte nur: »Was wird er haben? Einen Sommerdurchmarsch wird er haben, und nun kommt er nicht von der Schüssel hoch!«

Da verzog auch Hanna lächelnd ihr Gesicht.

David aber, eingeschlossen in den engen Raum, weinte. Es beutelte ihn heftig. Wütend zog er die beiden Flugblätter hervor, zerriß sie und warf sie in den Abtritt. Er nahm sich vor, den Druckstempel sofort zu vernichten. Immer wieder rannen Tränen über das Gesicht. Er war ärgerlich darüber, konnte aber nicht aufhören. Er weinte, weil er entwürdigt worden war.

9

Nun kann ich Ihnen auch hintenherum keine Milch mehr verkaufen. Ich habe ein Schreiben erhalten, von der Behörde! Deutsche Kinder dürfen nicht benachteiligt werden durch den Verkauf von Milch an Ihre Leute!« Frau Freudewald erklärte es ganz ruhig.

»Schon gut! Ich habe verstanden. Warum sagen Sie nicht ganz einfach: an Juden? Warum dieses: an Ihre Leute? Mir macht das nichts. Wir sind Juden, das haben die neuen Herren uns deutlich gemacht, obwohl wir es fast vergessen hatten in den langen Jahren der Ruhe, und so soll man uns auch nennen!«

»Ich wollte Sie durch dieses Wort nicht beleidigen!«

»Was gibt es denn da zu beleidigen?« Hanna Rosen wollte gehen, als die Frau im grauen Kittel sie zurückhielt: »Ich hoffe nicht, daß es auffällt, aber kommen Sie weiter, wenn es dunkel ist. Ich gebe Ihnen dann Milch!«

»Danke! Es ist nicht für mich, aber der Junge braucht sie schon, wo er so sehr im Wachsen ist!«

»Ein netter Kerl«, bestätigte Frau Freudewald, »immer freundlich und zuvorkommend! Sagen Sie, Frau Rosen, warum gehen Sie eigentlich nicht fort aus Deutschland? So schön ist es doch, weiß Gott, nicht mehr bei uns!«

»Wohin sollen wir denn? Wir sind doch Deutsche! Wie

Sie, Frau Freudewald, wir fühlen deutsch, denken deutsch, reden deutsch, ja, wir träumen selbst deutsch! Sagen Sie mir, wohin sollten wir gehen?« Hanna sah der Frau aus Ostpreußen offen in die Augen. »Abgesehen davon haben wir kein Geld, um auszuwandern und in irgendeinem Land wieder neu zu beginnen!«

»Ich hätte Angst an Ihrer Stelle, ganz einfach Angst!« Frau Freudewald flüsterte es und sah sich dabei verstohlen um. »Ich würde gehen, und wenn es sein müßte, mit dem, was ich auf dem Leibe trüge!«

Hanna brach das Gespräch ab. Es erregte sie zu sehr. »Dann komme ich wie bisher nach der Milch! Gute Nacht!«

»Auf Wiedersehen!«

»Kommt der Kalla noch die Kartoffelschalen holen, oder dürfen Sie die auch nicht mehr an deutsche Schweine verfüttern?«

»Der Kalla kommt!« Frau Freudewald wischte sich die rauhen Hände an der Sackschürze.

Das heftige Winken der alten Frau Tichowitz hielt Hanna zurück. Kaum stand sie unter deren Fenster, sprudelte die hervor: »Stell dir vor, Hanna, ich soll nach Amerika. Mein Sohn hat endlich geschrieben. Ich kann kommen. Bis Chanukka soll ich noch warten, dann hat er die Einreise für mich. Ich soll schon den Reisepaß hervorkramen und nachschauen, ob er noch gültig ist!« Hochrot vor innerer Erregung, die dunklen Augen blitzend wie in ihrer Jugend, schwenkte Frau Tichowitz den Paß. »Als ob ich das nicht schon längst geprüft hätte. Er ist gültig, und in ein paar kurzen Monaten ist Chanukka!«

»Das freut mich für Sie, Frau Tichowitz, freut mich sehr! Dann hat es der Sohn doch noch geschafft!«

»Ja, endlich! Weißt du, ich hatte die Hoffnung darauf schon aufgegeben, hatte meinen Sohn sogar in Verdacht, daß er mich gar nicht in Amerika haben wollte, mich altes Weib, dumm und ungebildet!«

»Nun ist ja alles in Ordnung!«

Es schien, als wäre der alten Frau eine Wagenladung Steine vom Herzen gefallen. »Hoffentlich geht alles gut bis dahin!«

»Was soll denn schon groß geschehen? Sie werden sehen, wenn wir die Chanukkalichter anzünden, schwimmen Sie schon auf dem großen Teich, und Amerika kommt immer näher heran!«

»O je ... wo ich doch so leicht schwindelig werde! Das wird was werden!«

»Ach was, alles halb so wild! Die Freude, Ihren Sohn wiederzusehen, wird Sie alles andere vergessen lassen!«

Vertraulich neigte sich Frau Tichowitz aus dem Fenster hinab und hauchte Hanna zu: »Im Vertrauen, ich gehe nicht gern. Wenn sie uns auch jetzt noch so mies behandeln, ich habe dieses Land lieb, es ist doch meine Heimat!«

»Wem sagen Sie das, Frau Tichowitz!« Eilig überquerte Hanna die Gasse und winkte der alten Frau in ihrem Fenster noch einmal zu.

»Pockenemil« legte den Federhalter in die Schale zurück und stand auf. Er reckte sich, denn die Knochen waren ihm steif geworden vom langen Sitzen am Schreibtisch. Dabei kam ihm in den Sinn: Es geht doch nichts über einen soliden Streifendienst! Da tut man etwas für die Gesundheit, sieht Menschen und kann seinen Leuten beweisen, daß der Staat allgegenwärtig ist, wenn auch nur in seiner Person.

Die Stimme des Reviervorstehers rief ihn aus den Gedanken: »Bolle, kommen Sie mal her zu mir!«

Als er vor dem Vorgesetzten stand, der mit strenger Miene in einer Akte las, deutete Emil Bolle eine knappe Verbeugung an: »Herr Leutnant befehlen?!«

»Sehen Sie sich einmal diesen Bericht an, Bolle! Wir haben da eine anonyme Zuschrift erhalten. Da beschwert sich ein Unbekannter, daß noch nicht alle jüdischen Kinder von den deutschen Schulen entfernt wurden! Es geht dabei um Personen, die in Ihrem Revier wohnen! Hier, sehen Sie sich die Akte mal an!« Er schleuderte sie sehr geschickt dem Untergebenen zu.

Bolle fing sie auf, knallte wieder mit den Hacken und erwiderte: »Jawoll, Herr Leutnant!« Ungelesen legte er die Akte in die Schreibtischlade. Es war kurz vor Dienstschluß. Schon wollte er gehen, da trieb ihn die Neugierde, doch noch nachzuschauen. Er griff sich die Akte, schlug sie auf und sagte leise, nur zu sich selbst: »Der größte Lump im ganzen Land, das ist und bleibt der Denunziant!«

> *... so ist es uns, wie vielen deutschen Männern und Frauen, unverständlich, daß immer noch zwei Judenbengel auf der deutschen Horst-Wessel-Schule anzutreffen sind und unsere Kinder durch ihre Anwesenheit beleidigen. Ich verlange die sofortige Entfernung dieser Untermenschen von der Schule. Sie sollen dort lernen, wo sie hingehören, in der Judenschule.*

Warum der bloß seinen Namen verschwiegen hat? Eine Anerkennung wäre ihm sicher gewesen, wenn der Name bekannt wäre. Oder hatte er doch noch eine Spur von Scham in sich gehabt? So überlegte der Polizeibeamte und klappte die rote Eilakte zu: »Das Geschmiere hat Zeit bis morgen, und heute ist ohnehin keiner mehr in der Schule anzutreffen!« Er setzte die Dienstmütze auf: »Jetzt muß ich mir erst einmal den schlechten Geschmack mit ein paar Glas Bier herunterspülen!« Kaum stand er auf der Straße, spuckte er kräftig aus.

Die Detonation war so laut, daß jeder dachte, das Trommelfell wäre ihm geplatzt. Der Luftdruck ließ die Fensterscheiben klirrend bersten. Kaum eine Handbreit neben Hanna Rosen schlug ein Stück vom Fensterkreuz auf. Es blieb neben dem Bett am Fenster liegen. Jetzt erst kam Hanna wieder zu sich. Eingehüllt in eine graue Staubwolke, schaute sie ungläubig auf, ließ das Oberbett, in dem nun ungezählte kleine Glassplitter steckten, sinken. Es gab kein Fenster mehr in der Schlafstube. Die Gardine wehte in Fetzen herab, und über allem hing der Staub. Ein widerlicher Brandgestank breitete sich aus.

Ein Attentat, dachte Hanna zuerst und machte einen zitternden Schritt auf das Loch zu, in dem einmal das Fenster gewesen war. Sie sah hinaus. Das Haus gegenüber sah noch weit trauriger aus. Im zweiten Stockwerk fehlte ein großes Stück Hauswand. Wohin sie auch sah, überall waren die Fensterscheiben geborsten.

Ganz gemächlich setzte sich die Staubwolke. Sie überzog alles mit einer weißlich grauen Hülle.

Nun traten auch die ersten Menschen an die Fenster. Sie gestikulierten wild, schrien, wußten nicht, was passiert war. Der Brandgeruch wurde durchdringender. Endlich raffte sich einer der Schichtarbeiter auf und schlug das Glas des Feuermelders in der Altenhagener Straße ein.

Minuten später hörten sie schon in der Ferne die Signalhörner der anrückenden Wehren.

Als die Detonation kam, wollte »Pockenemil« genüßlich das dritte Bier antrinken. Er stellte das Glas so hastig zurück, daß es umkippte.

Gerken, der Wirt, war so verblüfft, daß er vergaß, den Bierhahn zuzudrehen. Er schaute unentwegt auf die schaukelnden Lampen über den Tischen und sagte, daß alle Gäste verstanden: »Da haben die Roten eine Bombe gelegt!«

Die Behauptung machte Wachtmeister Bolle sofort munter. Er griff hastig nach Koppel und Dienstmütze. »Ich zahle später, Gerken«, rief er über die Schulter und rannte aus dem Gastzimmer.

Dort, wo die Stiege in die Altenhagener Straße einmündet, wälzte sich eine gewaltige graue Staubwolke heran. Wieder einmal in meinem Revier. Immer auf die Kleinen, dachte »Pockenemil« und legte einen Schritt zu.

Die Sirenen der Feuerwehr wurden deutlicher. Jetzt konnte man schon unterscheiden, daß es mehrere Wagen waren. »Pockenemil« erreichte inzwischen die Stiege. Ungläubig, so, als traute er seinen Augen nicht, schaute er auf die Verwüstungen. Aus dem zweiten Stockwerk von Nummer neun schlug hell lohend der Brand. Die erste der Wehren bog mit kreischenden Bremsen in die Stiege ein.

Der Lärm und das Durcheinander nahmen nun noch zu. Die Feuerwehrmänner sprangen von den Quersitzen, ließen die Schläuche ausrollen und schlossen sie an die Stutzen der Hydranten. Kaum einige Minuten waren vorbei, als schon der Ruf »Wasser marsch« kam.

Der Schock, die erste Angst, schien bei den Nachbarn bereits vergangen. Die beschützende Staatsmacht war ja bereits da in der Gestalt der Feuerwehr, und auch »Pockenemil« sorgte durch sein Nahesein dafür, daß alle Angst der Neugierde wich.

Das Wort vom Attentat machte auch hier die Runde. Aus einem der Fensterlöcher schrie die Stimme eines Mannes: »Das haben bestimmt die Kommunisten getan!«

Eine andere Stimme brüllte zurück! »Du spinnst, Karl, so ein Blödsinn! Ausgerechnet bei uns armen Heinis werden die eine Bombe werfen!« Die Menschen achteten nicht auf die Glassplitter, nahmen in Kauf, daß sie sich die Haut ritzten, wichen aber nicht aus den Fensterhöhlen.

Die Männer an den Wehren arbeiteten schnell. Sie waren gründlich. Als die Beamten der Kriminalpolizei eintrafen, war das Feuer bereits gelöscht, und als die Gestapo, leise und unauffällig, durch das Haus schlich, standen die Wehrmänner bereits Brandwache. Nur noch einige Qualmwölkchen deuteten an, wie gierig das Feuer gewesen war. Das Löschwasser drang durch die Zimmerdecken und ruinierte das, was die Detonation verschont hatte.

Nun endlich bahnte sich der Wagen des Rettungsdienstes den Weg durch das Gewirr von Schläuchen und Schutt. Auf einer Trage schafften sie die alte Frau Schulz aus dem zweiten Stock fort. Sie hatte Brandwunden überall am Körper, und das Haar war von den Flammen weggeschmort.

»Die arme Frau«, sagte Hanna vor sich hin und schaute dem Krankenwagen nach, »schlimm hat es sie erwischt!« Wieder wußte eine Stimme, die aus den Fensterhöhlen kam, Neues zu berichten: »Die haben die Schulzen erst ganz spät gefunden, sie hat unter einer Tür gelegen!«

Die Gestapo wies »Pockenemil« an, die Gasse gegen alle Neugierigen abzuriegeln. Der Polizist tat seine Pflicht, schwitzte vor Eifer und fluchte still vor sich hin.

Endlich verließen zwei Wehren den Brandort. Die militärisch gedrillten Wehrmänner hatten die Schläuche aufgerollt und das Gerät zusammengepackt. Die Wehren fuhren diesmal ohne Sirenengeheul.

Die Neugierigen am Zugang zur Stiege verliefen sich. »Pockenemil« bekam Luft und atmete auf. Dann endlich fuhr auch die dritte Wehr. Zurück blieb nur die Brandwache.

Als zwei der Kriminalbeamten an Emil Bolle vorüberkamen, hörte der, wie einer sagte: »Immer wieder diese verfluchte Nachlässigkeit, wenn es um Gas geht. Die Leute müßten viel mehr aufgeklärt werden, dann käme so was wie hier nicht mehr vor!«

Die Kriminalpolizei und die Gestapobeamten rückten nun auch ab. Sie hatten den Bewohnern versichert, daß noch am selben Tag die Glaser kommen würden.

Jetzt machte das Wort von der saudummen Schulzen

die Runde, und die Männer schärften den Frauen ein, vorsichtiger mit Gas umzugehen.

Nun ging auch »Pockenemil«, dachte daran, daß er schon lange Dienstschluß hatte, und zog sich an seinen Stammtisch bei Gerken zurück.

»Laß mal die Luft raus«, rief er und hing die verstaubte Mütze an den Kleiderhaken und das Koppel mit der Waffe an die Stuhllehne. Bevor er sich setzte, versicherte er sich, daß das Pistolenhalfter geschlossen war.

Gerken brachte das Bier und stellte es vor Emil Bolle. »Warum hast du mich eigentlich nicht durchgelassen, Emil? Ich hätte mir das gerne aus der Nähe angesehen!«

»Dienst ist Dienst«, antwortete der Polizist nur kurz und nahm einen kräftigen Schluck, um den Staub hinunterzuspülen. »Zapf' schon mal auf Verdacht ein neues Bier. Ich habe einen Brand in der Kehle wie ein Neger am Äquator!«

Als die Sonne hinter den Häusergiebeln versank, hatten die Schreiner und Glaser aus allen Stadtteilen die meisten Schäden an Fenstern und Türen repariert.

Onkel Daniel kam von der Arbeit heim. Er mußte sich mit einer Suppe zufriedengeben, denn das Gas war in allen Haushalten abgedreht, und die Frauen waren auf das Herdfeuer angewiesen.

»Du mußt dich heute kalt waschen, Dan, das Gas ist noch nicht wieder angestellt, und erst wenn die vom Gaswerk genau wissen, daß keine weiteren Brüche in den Rohren sind, drehen sie wieder auf!«

»Macht nichts, kalt waschen ist eine meiner Leidenschaften!«

»Dann mußt du dich aber sehr geändert haben«, lachte Hanna, wurde aber sehr schnell wieder ernst. »Frau Tichowitz hat Nachricht von ihrem Sohn. Sie soll im Dezember nach Amerika kommen!«

»Dann hat er es doch geschafft? Ich nahm an, er wolle

die Mutter gar nicht bei sich in dem reichen Amerika haben!«

»Ist aber nicht so! Er ist ein guter Sohn!«

»Die Alte hat es verdient. Sie schindet sich genug mit ihren kranken Knochen!«

»Vor einer Stunde hättest du kommen sollen, da war hier Arbeit in Massen . . . und die Gardinen sind auch in Fetzen!«

»Nicht wichtig, alles ist zu ersetzen, und wenn wir keine Gardinen vor den Fenstern haben, macht das auch nichts! Wir haben nichts zu verbergen! Wichtig allein ist, daß niemand zu Schaden gekommen ist!«

»Die Frau, bei der die Gasexplosion war, hat es sehr mitgenommen. Aber im Viertel weiß man schon zu berichten, daß es ihr bereits wieder recht gut geht!«

»Und wo ist der Junge?«

»Gut, daß er nicht hier war. Er ist mit Alex Menes nach Dortmund gefahren. Da wandert jemand aus und will seine Briefmarkensammlung verschenken, und weil der Alex ein leidenschaftlicher Sammler ist, sind sie hin!«

»Warum nicht! Wenn es nur Freude macht! Du kannst das Essen schon auftragen, ich bin gleich soweit!«

Jako, der graue Papagei, hörte das Wort Essen, plusterte sich auf und erklärte laut und sehr fordernd: »Das schmeckt gut!«

David hatte einen aufregenden Tag hinter sich, als er sich an jenem Abend niederlegte. Die beiden Jungen konnten in der Dortmunder Gemeinde ein paar gute Briefmarken schnorren und erfuhren, daß die Vornehmen, die Reichen der Gemeinde sich aufmachten, Deutschland so schnell wie möglich zu verlassen.

Am Abend berichtete er es der Mutter und Onkel Daniel. Onkel Daniel blieb sehr ruhig. Er hörte zu, den Kopf in die Hände gestützt. Gelegentlich nickte er, und als David mit seinem Bericht zum Schluß gekommen war, meinte er: »Tja, mein Lieber, so ist das nun mal in der Welt. Wer Geld hat, der sieht zu, daß er sich damit ein neues Leben erkaufen kann. Würden wir es anders machen?«

Mißbilligend runzelte Hanna die Stirne. »Ich weiß nicht, Dan, ich glaube, ich würde auch dann nicht fortgehen, wenn ich nicht wüßte, wohin mit dem Geld! Kessef allein macht das Leben auch nicht lebenswerter!«

»Aber, aber, Mädchen! So kenne ich dich gar nicht! Du redest wie Moische Pusch aus dem finstersten Galizien!«

»Warum sollte ich nicht? Ich rede so gut deutsch wie nicht jeder dieser blonden Siegfrieds und Heidelindes, und doch bin ich für die nur eine Artfremde, ein jüdisches Großmaul! Also red' ich, wie ich mag!«

»Siehst du, so gefällst du mir!« Daniel drückte seiner Schwester fest die Hand. David nahm die Mutter in die Arme: »Da kann kommen, was will, wir lassen nicht voneinander!«

Kaum lag er in seinem Bett, da schreckte er hoch. Ein Glassplitter hatte ihn am verlängerten Rücken geritzt. Er zog den Splitter heraus, legte ihn auf den Nachttisch und fragte sich, leise lächelnd: »Ob die Ma wohl Toches gesagt hätte?« Und noch im Einschlafen lag das friedliche Kinderlächeln auf dem Gesicht des Burschen.

»Der Herr Rektor kommt sofort!« Die Schulsekretärin, Fräulein Schülke, deutete mit einer einladenden Bewegung auf einen Stuhl. »Setzen Sie sich inzwischen, Herr Wachtmeister!«

»Pockenemil« ließ sich nieder, nestelte ein wenig an dem zu engen Koppel und entnahm dann einem versilberten Etui eine Zigarette.

Bevor er sie anzünden konnte, kam der Herr Rektor in das Büro. Am Jackettrevers blitzte das Abzeichen mit dem Hakenkreuz neben dem Frontkämpferehrenkreuz. Ein wenig zu kurz geraten war der Herr Rektor, und sein

Atem ging schwer. »Entschuldigen Sie, wenn ich Sie warten ließ, aber Sie wissen ja, Dienst ist Dienst . . .«

». . . und Schnaps ist Schnaps«, ergänzte Wachtmeister Bolle, grinste den Rektor an und zeigte dabei eine Reihe gelber Zähne.

»Tja, dann kommen Sie mal, Herr Wachtmeister, und berichten Sie mir, was Sie auf dem Herzen tragen! Haben meine Schüler wieder einmal etwas ausgefressen?«

»Nein, auf dem Herzen habe ich nichts, aber hier in der Akte!« »Pockenemil« folgte dem Herrn Rektor. Als er vor dessen Schreibtisch saß, zündete er sich endlich die Zigarette an und fragte: »Wollen Sie auch eine?«

Der dickliche Schulleiter zierte sich ein wenig, griff dann aber in das Etui. »Nur zur Gesellschaft«, sagte er wie entschuldigend und paffte hastig. »Also, dann lassen Sie mal die Katze aus dem Sack! Was gibt es denn Wichtiges, daß Sie hierherkommen müssen?«

»Sie, Herr Cossak, haben auf Ihrer Schule noch zwei Jungen, die hier nicht mehr sein dürften, zwei jüdische Schüler! So will es jedenfalls ein anonymer Schreiber wissen, dessen Schrieb hier in der Akte vorliegt!« Emil Bolle sagte das sehr kurz, sehr dienstlich.

»Unmöglich!« Das runde Gesicht des Schulleiters lief tiefrot an.

»Doch möglich!«

»Wir sind judenfrei! Das haben wir bereits gemeldet!«

»Das haben Sie gedacht! Angeblich sind zwei Schüler noch hier. Sie scheinen Ihnen durch die Maschen gefallen zu sein!«

»Mir scheint, Sie freuen sich darüber, Herr Bolle?!«

»Wie kommen Sie darauf? Warum sollte ich mich freuen?«

Ergeben zog Herr Cossak die runden Schultern hoch. »Wer sollen denn diese zwei sein?«

»Pockenemil« schlug den roten Aktendeckel auf. Er las: »Menes, Alexander, und Rosen, David!«

»Fräulein Schülke!« brüllte Herr Cossak. Sofort war die Sekretärin an der Tür. Arbeitsbereit hielt sie Stenoblock und Bleistift in der Hand. »Bringen Sie mir die Unterlagen über Menes, Alexander, und Rosen, David!«

»Menes und Rosen«, hauchte Fräulein Schülke und verschwand.

»Ich kann mir nicht vorstellen, daß das stimmt«, sagte der Rektor, nun schon vorsichtiger.

Bolle sog nur an seiner Zigarette, gab keine Antwort.

Fräulein Schülke brachte zwei Karteikarten. »Menes und Rosen«, flüsterte sie heiser und streckte die Karten dem Chef entgegen.

»Menes und Rosen«, echote der Rektor überrascht und nahm die grauen Pappen entgegen. Kaum hatte er einen Blick darauf geworfen, als er auch schon fortfuhr: »Wie ist das möglich, Fräulein Schülke? Wie konnte es geschehen, warum wurden die zwei nicht von unserer Schule entfernt?«

Sehr unschuldig fragte Fräulein Schülke zurück: »Entfernt? Warum, Herr Rektor?«

»Was für eine Frage! Weil es Juden sind!«

»Juden? Das ist hier nicht bekannt! Aus den Einschulungsunterlagen geht hervor, daß die beiden als konfessionslos gemeldet wurden!«

»Konfessionslos?« Herr Cossak war verblüfft, schluckte heftig und befahl: »Sie können wieder an Ihre Arbeit gehen, Fräulein Schülke! Die Karteikarten lassen Sie mir bitte hier!«

Das Fräulein nickte, dann ging sie. Sie war verärgert und in ihrem beruflichen Stolz getroffen, und das zeigte sie Herrn Cossak deutlich.

»Also doch zwei durch Ihre Maschen geschlüpft!« Wachtmeister Bolle sagte es sehr trocken, sehr bemüht, eine innere Häme zu verbergen.

»Ja, mein Lieber, wenn die auch ihre raffinierte Verschleierungstaktik anwenden, kann so was schon einmal vorkommen. Aber schon morgen sind sie nicht mehr an meiner Schule!«

»Das will ich auch hoffen!« Der Polizist stand auf, zog sich den Tschako in die Stirn. »Danken Sie Gott oder wem auch immer, daß ich gekommen bin und daß dieser anonyme Schrieb bei uns gelandet ist und nicht bei der Gestapo, wo er eigentlich hingehört!«

Der Herr Cossak erblaßte nun wie auf Kommando. »Dann danke ich Ihnen auch, Herr Bolle, und ich verspreche Ihnen . . .«

»Geschenkt . . .«, unterbrach »Pockenemil« den dicklichen Herrn und verstaute die rote Akte in der abgegriffenen Aktentasche.

»Dann bis zum nächstenmal, Herr Cossak!«

»Heil Hitler«, antwortete der Rektor.

»Hitler«, meinte Wachtmeister Bolle nur, sehr kurz angebunden, denn er spürte, daß er es sich erlauben durfte.

Karl Biederbeck vernahm den Ruf seines unmittelbaren Vorgesetzten. Er kam, so schnell, wie es seine alten Beine erlaubten. »Sie haben nach mir gerufen, Herr Rektor?«

»Kollege Biederbeck, ist Ihnen nicht aufgefallen, daß in Ihrer Klasse noch zwei Judenjungen sind, obwohl schon längst die Verfügung heraus ist, daß Juden deutsche Schulen nicht mehr besuchen dürfen!«

»Judenjungen?« Karl Biederbeck war die Einfalt in Person. »Ich wüßte nicht, von wem Sie reden, Herr Rektor!«

»Ich rede von Menes und Rosen!«

»Und die beiden sind Juden?«

»Sagen Sie bloß, das wollen Sie nicht gewußt haben?«

»Nein! Woher auch! Aus meinen Unterlagen jedenfalls geht nichts davon hervor!«

»Aber Sie kennen die Jungen doch persönlich, sind jeden Tag mit ihnen zusammen!«

Der Lehrer grinste offen und stellte sich sehr gerade vor den Rektor hin: »Ich hatte keine Ahnung. Für mich ist ein Junge wie der andere. Nur gewundert habe ich mich ein wenig über das Wissen und den Eifer dieses Rosen. Der paßt so gar nicht auf unser ›Brettergymnasium‹!«

»Ich muß doch sehr bitten, Herr Biederbeck!«

»Verstehen Sie keinen Spaß mehr, Herr Cossak?«

»Schon gut, Biederbeck, die zwei sind uns durchgewischt, aber nun ist Schluß damit. Sorgen Sie dafür, daß der heutige Tag für die Jungen der letzte an unserer Schule ist. In der Potthofstraße wird man auch für die beiden noch einen Platz haben! Müssen eben zusammenrücken.«

»Jawohl, Herr Rektor«, stimmte der Lehrer zu und legte die Hand auf die Klinke, als ihm Herr Cossak nachrief: »Also, sorgen Sie dafür, daß die beiden heute abgehen. Schicken Sie die zwei nach Unterrichtsschluß ins Sekretariat. Da bekommen sie die Abgangspapiere! Heil Hitler, Herr Biederbeck!«

»Heil«, sagte Karl, der Pädagoge, und bekam bei Hitler einen entsetzlichen Hustenanfall. Schnell schloß er die Tür von außen, Fräulein Schülke zuwinkend.

Karl Biederbeck nahm die beiden Jungen nach Schulschluß beiseite. Es schien, als wären Tränen in seinen Augen, unter denen mächtige Tränensäcke hingen. Umständlich versuchte er, den Jungen zu erklären, was geschehen war.

Alex unterbrach die stammelnden Versuche des Lehrers. »Machen Sie es sich und uns doch nicht unnütz schwer, Herr Biederbeck. Wir verstehen schon, worum es geht. Wir haben uns lange genug gewundert, daß wir an dieser Schule bleiben durften, während doch alle anderen von unseren Freunden sie verlassen mußten!«

David nickte zu den Worten. »Wir haben Sie sehr gemocht, Herr Biederbeck! Wir möchten Ihnen danken für alles, was wir bei Ihnen lernen durften!«

Die Augen des alten Mannes standen noch reichlicher unter Wasser. »Jungeeens«, schnarrte er und schnäuzte sich in ein großkariertes Taschentuch, »Jungeeens, geht fort aus diesem Land. Es wird sonst euer Grab!« Karl Biederbeck ging, ohne sich auch nur ein einziges Mal umzuwenden.

Fräulein Schülke steckte den Schülern Menes und Rosen achtlos die Briefumschläge zu, in denen die Überweisungen an die jüdische Schule enthalten waren. Nachlässig steckten die zwei sie ein.

Noch auf dem Schulhof zündete sich Alex eine Zigarette an. »Ist alles furzegal! In deren Augen sind wir sowieso nur ein minderwertiges Pack!« Er wirkte traurig und niedergeschlagen. David murmelte Beifall. Erst als sie die Hälfte des Schulweges geschafft hatten, sagte er: »Ob wir uns in der jüdischen Schule einleben werden?«

»Warum nicht? Andere mußten es auch. Wir werden dort anderes lernen, aber wer weiß, vielleicht brauchen wir es eines Tages einmal!«

»Ich gehe nicht gern dorthin!«

Alex lachte. Es klang gezwungen. »Was macht das schon aus? Morgen früh melden wir uns bei Herrn Abst!«

»Kennst du den etwa?«

»Ja! Bei ihm hatte ich hebräischen Unterricht, für die Bar-Mizwa, weißt du!« Alex schien verschämt.

»Was wird Mutter dazu sagen?«

»Winseln wird sie, aber meine wird es schon verstehen. Sie hat mich schon oft gefragt in der letzten Zeit, warum ich noch auf der deutschen Schule bin!«

»Meine auch, Alex, und eine Antwort konnte ich ihr nicht geben!«

»Jetzt bekommt sie die Antwort!«

Vor dem Haus Nummer fünf trennten sie sich. David stieg die Treppe sehr langsam hinauf, den Schulranzen hinter sich herziehend.

In der darauffolgenden Nacht schlugen sie den dicken Menes zusammen, als er mit seinem Wurstkessel durch die Straßen der Stadt ging.

Sehr schnell hatte sich das abgespielt. Einer der Kunden des Wurstmaxen brüllte laut: »Betrug! Der verdammte Würstchenjude will mich um mein schwerverdientes Geld bescheißen. Zehn Mark habe ich ihm gegeben, und nur auf eine Mark gibt er mir heraus!«

Aus Torbögen und Büschen kamen sie herbeigerannt. Fast alle waren einfache Menschen, die hier etwas erleben wollten, Menschen, die nicht viel nachdachten.

Zwei Prostituierte kamen hinzu und hetzten mit keifenden Stimmen, lauter noch als die Männer.

Schon schlug einer dem dicken Menes die hohe Kochmütze vom Kopf. Die Riesenglatze des Mannes leuchtete fahl im Licht der Straßenlaternen. Ein zweiter Mann trat ihm gegen den Wurstkessel. Das heiße Wasser spritzte heraus und verbrühte Menes am Bauch. Und dann schlugen sie zu. Nicht einer aus der Meute hielt sich zurück. »Verdammte Judenbrut«, brüllten sie, und: »Schlagt ihn tot, den Betrüger!«

Besonders arg trieben es die Nutten. Sie standen am Straßenrand und stachelten die Männer mit ihren sich überschlagenden Stimmen an.

Der dicke Menes lag in der Gosse. Sein Schädel blutete, aber immer noch traten die Männer auf ihn ein. Sie schienen keine Gnade zu kennen.

Schon hatte der angeblich Betrogene Menes die Geldkatze vom Leib gerissen und entnahm ihr Mark für Mark, und auch andere Hände griffen gierig nach dem Silbergeld, steckten die Münzen ein und gaben dem stöhnenden Mann noch einen Tritt in den Leib.

Da drang eine Stimme durch den Lärm: »Haut ab, der Jud' kratzt ab!«

Wie aufgescheuchte Ratten huschten die Schläger davon. Die Dunkelheit der Nacht schluckte sie. Zurück blieben die Nutten. Eine spuckte Menes ins Gesicht, bevor sie sich davonmachte. Die andere stand noch eine Weile, raffte den Wollschal fester um die Schultern und verließ nachdenklich und still den Schauplatz. Von einer öffentlichen Fernsprechzelle aus rief sie den Unfallwagen herbei.

Die Sirenen jaulten durch die Nacht. Ihr Klang ging unter die Haut. Auch der dicke Menes in seinem Blut hörte sie, dann aber verlor er das Bewußtsein, noch bevor ihn die Sanitäter auf die Trage wuchteten.

Gegen sechs Uhr in der Frühe stand »Pockenemil« vor der Wohnungstür der Familie Menes. Er zögerte, wartete noch eine Weile, dann gab er sich sichtbar einen Ruck und klingelte.

Sekunden später war Frau Menes an der Tür. Ein Erschrecken lief über ihr besorgtes Gesicht. Es war noch härter als sonst. »Was ist, Herr Wachtmeister, was ist geschehen?« Frau Menes schien zu ahnen, daß etwas unendlich Schweres auf sie zukam.

»Darf ich hereinkommen?«

Sie lud mit einer knappen Handbewegung dazu ein. »Pockenemil« schloß die Tür. »Ich habe eine sehr schlechte Nachricht für Sie, Frau Menes! Ihr Mann hatte in der Nacht einen Unfall!«

Erschreckt faßte die Frau sich ans Herz. »Ist es sehr arg?«

»Setzen Sie sich!«

Sie folgte seinen Worten.

»Es ist sehr schlimm! Sie müssen nun alle Kraft zusammennehmen, Frau, Ihr Mann ist ... tot!«

Da schrie Frau Menes auf. Sie schrie so gellend, so voller Trauer, daß Alex mit einem Sprung aus dem Bett war und in die Küche rannte. Beschützend stellte er sich vor die Mutter.

»Der Vater ist tot ... tot ... tot ... tot!« Sie sagte es

immer wieder, dann zerriß sie sich das Hauskleid, raufte sich die Haare, so sehr, daß Büschel von ihnen zu Boden fielen, und setzte sich auf einen Fußschemel. »Du bist nun ein Kadischnik, mein Jingele!«

Sehr still verließ der Wachtmeister Emil Bolle die Wohnung. Niemand bemerkte es. In seiner Magengrube hatte er ein schlechtes Gefühl. »Schade«, sagte er und trat gegen eine leere Konservendose, die im Weg lag, »schade, daß der Gerken noch nicht geöffnet hat. Dies verflixte Leben ist nur im Suff zu ertragen!«

10

Alle waren gekommen. Kaum einer aus der jüdischen Gemeinde schloß sich aus, als es darum ging, Max Menes, den Würstchenverkäufer, unter die Erde zu bringen.

Sehr feierlich wurde es auf dem kleinen jüdischen Friedhof. Dieser Friedhof lag in einem Vorort der Stadt, dort, wo das Volmetal beginnt. Hier waren die Straßen noch enger als anderswo in der Stadt.

Die Bewohner des Viertels reckten die Hälse, machten große Augen und blieben neugierig an den Gartenzäunen stehen.

»So viele sind bei den Juden noch nie mitgegangen!«

»Wird wohl ein Rabbi gewesen sein, der den Hintern zugekniffen hat!«

»Schämst du dich nicht, im Angesicht des Todes so zu reden?«

»Wieso? Ist doch nur ein toter Jud!«

»Schau mal, sogar Autos haben sie dabei!«

»Guck nur mal den dicken Horch! Das ist ein Wagen!«

»Da sag noch einer, den Juden ginge es schlecht bei uns!«

Die »Chawerusse«, Männer, die für eine ordentliche, dem Gesetz der Väter entsprechende Beisetzung sorgen, senkten den rohgezimmerten Brettersarg in die Grube. Der Chasan sang die religiösen Gesänge, und alles war sehr feierlich. Tief in den schwarzen Schleier gehüllt, standen die Witwe und Alex, der Sohn, an der Grube. Alex sprach das Kadisch, das Totengebet, unterstützt von den Männern der Chawerusse und dem Chasan.

Für Alex war alles wie ein böser Traum. Wie durch milchiges Glas sah er den Sarg in der Erde, sah die Mutter, weinend und zitternd, sah seinen Freund David, der einen viel zu großen Hut auf dem Kopf trug und komisch aussah. Fast hatte er lachen müssen, sprach aber unbeirrt das Totengebet zu Ende.

Die Männer der Chawerusse schaufelten zu. Das ging schnell. Die Trauergäste drückten sich an Alex und seiner Mutter vorbei, die Beileidsbezeugungen murmelnd. Bald schmerzte dem Jungen die Hand, so oft mußte er Hände schütteln. Ihn wunderte, daß auch christliche Bewohner des Viertels gekommen waren, Menschen, die als Nachbarn neben ihnen lebten. Diese Menschen schienen keine Furcht zu haben, bei der Beerdigung dabeizusein.

Da sagte die Mutter und brachte ihn zurück in die Gegenwart: »Eine große Leich' war das. Wer hätte wohl gedacht, daß der Vater so viel Freunde gehabt hat!«

»Ja«, sagte Alex nur und dachte, daß ihre Leut' wohl nur gekommen waren, um in den schlechten Zeiten Gemeinschaft zu dokumentieren.

Die Trauergäste wanderten ab. Vor dem Friedhof sprach der behäbige Pferdeschlachter Cahn Frau Menes an: »Nur eine Straße von unserem Haus entfernt ist es geschehen, liebe Frau Menes. Hätten meine Söhne und ich es gewußt, wir wären zu Hilfe geeilt!«

Da horchte Alex auf: »Wieso zur Hilfe gekommen? Ich denke, mein Vater starb durch einen Unfall?«

»So sagt man!« Meister Cahn war betreten. »Inzwischen habe ich aber erfahren, daß er vom Straßenpöbel zusammengeschlagen wurde, so sehr, daß keine Rettung mehr war!«

Frau Menes sagte still: »Der Junge sollte nichts davon erfahren! Danke, daß Sie helfen wollten! Der Ewige, gelobt sei sein Name, wird es Ihnen lohnen!«

Alex war sehr still. Wie eine blutrote Wolke stieg es in ihm hoch, ergriff ihn, schüttelte ihn körperlich: »Vierteilen müßte man sie ... diese Hunde, diese verdammten Hunde!«

»Das ist erst der Anfang«, sagte Herr Cahn. »Wir werden weit mehr erleben, dagegen wird der Tod deines Vaters eine harmlose Episode gewesen sein. Ich und meine Familie, wir werden jedenfalls auswandern, sobald unser Kontingent an der Reihe ist!«

Er schüttelte Frau Menes noch einmal die Hand und fuhr Alex väterlich über den Kopf. »Wenn Sie wollen, nehme ich Sie gerne im Wagen mit!«

»Wir gehen zu Fuß! Es ist viel zu klären!«

»Überlegen Sie alles sehr reiflich. Shalom!«

»Shalom, lieber Freund«, sagte Frau Menes und verbeugte sich ungeschickt. »Sie kommen doch zur Nachfeier?«

»Wir werden uns nicht mehr so oft sehen können, Dan! Mich haben sie für den Westwallbau dienstverpflichtet. Organisation Todt nennt sich das wohl. Es heißt, wieder einmal von Frau und Sohn Abschied zu nehmen und auch von den Menschen, die zu Freunden wurden!«

»Das ist kein Beinbruch! Hauptsache, du hast wieder eine Arbeit, und schlecht bezahlt wird die bestimmt nicht. Von der französischen Grenze nach Hagen ist es ja nicht weit!«

»Ich gehe ungern, Dan! Das alles dient doch nur einem neuen Krieg, und ich will nicht mitschuldig werden, verstehst du? Aber wenn ich mich weigere, verschwinde ich wieder im Lager. Die Tore stehen schon offen!«

»Du mußt gehen, Otto, denn einmal werden wir dich wieder brauchen, dann, wenn diese verfluchte Zeit vorbei ist!«

»Ob wir das erleben werden? Weißt du, Dan, auch wegen Erich wäre ich gerne geblieben, er ist in dem Alter, in dem er den Vater braucht!« Otto Zettlau kratzte sich am Schädel. Schon bereute er, Gefühl gezeigt zu haben.

»Wann geht es los, Otto?«

»Montag! Sie haben einen ganzen Transport zusammengestellt. Viele Genossen sind dabei!«

»Kein Wunder. Viele von ihnen haben wie du noch keine Arbeit!«

»Und so bringen sie alle von der Straße und haben sie zusätzlich unter Kontrolle. Die kennen sich aus. Wenn nichts mehr auf dem Teller liegt, geht auch die beste politische Überzeugung zum Teufel!«

»Wir jedenfalls sehen uns, wenn du zum Urlaub nach Hagen kommst.« Daniel klopfte dem Freund den Rücken, »jedenfalls so lange, wie sie uns lassen, solange wir noch in Deutschland sind!«

»Wollt ihr denn auch fort?«

»Wollen? Von Wollen kann nicht die Rede sein. Weißt du, was kommt und was wir alles erleben werden?«

»Viele von euch gehen raus aus dem Land!«

»Ja, viele haben Verwandte im Ausland, die bürgen und die Kosten zahlen, andere, und das ist eine Sauerei, können raus, weil sie reich sind und es ihnen nichts ausmacht, tief in die Tasche zu fassen. Wir jedenfalls haben das Geld nicht, aber das brauche ich dir ja nicht zu sagen, und dann kommt hinzu, daß Hanna mit ihrem Dickschädel nicht fort will. So unverständlich es auch ist, aber sie wird mit jedem Tag sturer. Sie liebt dieses Land, sagt, ihr Mann sei für Deutschland in den Krieg gegangen und als

Krüppel heimgekommen, um bald zu sterben, und schon allein aus diesem Grunde würde sie nie gehen!«

»Wirst du dich ein wenig um meine Familie kümmern, wenn ich fort bin? Ob meine Frau das will, weiß ich nicht. Ich glaube, sie hat Angst, mit Juden gesehen zu werden, aber dem Erich mußt du helfen, wenn er kommt und Sorgen oder Fragen hat!«

»Versprochen, Otto! Wenn dein Junge kommt, wird er einen Freund in mir finden!« In den Augen Otto Zettlaus stand Dankbarkeit. »Das vergesse ich nicht, solange ich lebe, Freund!«

»Da kommen die letzten der Mohikaner«, lachte Lehrer Abst, als David und Alex im Klassenzimmer der jüdischen Schule standen und die Briefe auf das Pult legten. »Lange habt ihr unter den Gojim ausgehalten!«

»Wir waren gerne auf der Schule«, antwortete David nur kurz und bemerkte mit einem schnellen Seitenblick, daß auch Alex befällig nickte.

»Nun seid ihr auf der Judenschul, dort, wo ein jeder von uns hingehört. Beweist mit eurer Leistung, daß ihr was gelernt habt. Ihr wißt, wir werden immer mehr können müssen als die anderen, wenn wir überleben wollen. Das ist nun mal unser Schicksal, das Schicksal aller, die in der Galut leben! Das versteht ihr doch, oder?«

David schüttelte den Kopf. »Ich nicht! Wir sind daheim sehr liberal, und über Religion wird nur selten bei uns geredet!«

»Ob liberal oder orthodox, Jud ist Jud und wird es immer mehr und mehr in den deutschen Landen. Also, ich werd' es erklären: Galut, damit ist jedes Land gemeint, außer Erez Israel, jedes Land, in dem Juden leben, verstanden?« Der Lehrer Abst sprach sehr kurz und abgehackt und begleitete seine Worte wie im Takt mit einem Lineal.

»Werd's schon noch verstehen!«

»Dann sucht euch freie Plätze und setzt euch, damit wir im Unterricht fortfahren können!«

Die zwei setzten sich, hörten zu und fühlten sich fremd in dieser Schule.

»Heute«, dozierte Herr Abst, »wollen wir aus der Mischna klären. Da sagt Jehuda, ein Sohn des Temas: Sei scharf wie ein Leopard und behende wie ein Adler, eilend wie eine Gazelle und kühn wie ein Löwe, den Willen deines Vaters, der im Himmel ist, zu tun! Kann mir jemand sagen, was wir darunter verstehen?«

Nicht einer in der Klasse schien fähig oder willens zu sein, die Worte auszulegen.

So quälte Herr Abst sich durch diesen Morgen. Ein wenig Sonnenschein drang durch die bleiverglasten Butzenscheiben und warf buntglänzende Farbtupfer auf das Katheder.

Der Oktober hielt seine Palette der warmen Farben allen hin, die sehen wollten. Durch die milder werdende Sonne vergoldete er das Land und ließ den Abschied vom Sommer leichter werden.

In der jüdischen Schule, neben der Synagoge mit ihren beiden Türmen, die gekrönt wurden durch Sterne, gab es an diesem Morgen ein rechtes Tohuwabohu. Es schien, als würden viele der Kinder fortgehen. Immer wieder klang das Wort von der Ausreise auf.

Herr Abst kam, und ein anderer Mann, den niemand zu kennen schien, war in seiner Begleitung. Als er endlich Ruhe geschafft hatte, stellte Herr Abst den Fremden vor: »Das ist Herr Hartmann, Kinder. Er wird euer neuer Lehrer werden. Er tritt schon morgen seinen Dienst an. Ich verabschiede mich jetzt schon von euch allen. Mein Visum ist da. In den nächsten Tagen fahre ich über Genua nach Australien. Ich wünsche, daß es euch allen gutgehen möge und daß auch ihr herauskommt aus diesem Land!«

Die Klasse äußerte sich lautstark. Es wollte keine Ruhe aufkommen. Viele Schüler berichteten von ihren Reiseplänen, und einige wußten auch schon den Tag ihrer Abreise. Der neue Lehrer blieb gleich in der Klasse, und Herr Abst nahm Abschied. In der Tür schaute er noch einmal zurück und zuckte mit den Schultern, als wolle er sich entschuldigen. Dann ging er. Die Klassentür schlug laut hinter ihm zu.

Otto Zettlau war an den Westwall abgereist. Frau und Sohn begleiteten ihn zum Bahnhof, zum Sonderzug. Viele bekannte Gesichter waren zu sehen aus der Zeit, als die demokratischen Parteien noch aktiv waren. Sie kamen, um Abschied zu nehmen. Sie grüßten verstohlen mit den Augen, so, als kenne man sich nur flüchtig. Ihnen allen saß die Angst im Nacken.

Die dienstverpflichteten Männer stiegen ein. Frauen in der Uniform des Roten Kreuzes verteilten dampfenden Kaffee. Otto Zettlau nahm seinen Sohn kurz in die Arme und drückte ihn fest. »Achte auf Mutter, sie braucht dich. Und wenn irgendwas ist, mit dem du nicht klarkommst, dann geh' zu Dan, verstanden, Junge?!«

Der blonde Erich, jetzt schon hochaufgeschossen und fast ein Mann, machte sich von der Umarmung frei: »Paß du nur auf dich auf! Das ist viel wichtiger als deine Sorge um mich! Um Mutter kümmere ich mich schon! Du kannst ohne Sorgen fahren!«

Otto Zettlau kam nicht mehr dazu, von seiner Frau Abschied zu nehmen, denn aus den Bahnsteiglautsprechern hallte es: »Einsteigen bitte. Der Sonderzug fährt sofort ab!«

Durch ihre Tränen sah Frau Zettlau alles nur wie durch einen Schleier, sah die Zurückbleibenden winken, sah den Zug immer schneller werden, und dann war nur noch das rote Schlußlicht zu sehen.

Sie stand wie versteinert. Wie ein Kind nahm Erich sie

bei der Hand und tröstete: »Nun wird's aber Zeit, nach Hause zu gehen, ich bekomme Hunger!«

Willig ließ Frau Zettlau sich von ihrem Sohn führen.

In der großen Bahnhofshalle standen einige andere Angehörige. Stumm grüßend ging Frau Zettlau an ihnen vorbei.

Doktor Hersch packte seine Überseekoffer. Zwei dieser Riesen standen mit offenen Türen im Wohnzimmer und verstärkten die Unruhe der Abreise.

Hasso saß mit gespitzten Ohren und fragenden Augen vor den Koffern und beobachtete genau, was sich um ihn herum tat. Gelegentlich blieb Doktor Hersch vor ihm stehen und kraulte ihm das Fell. »Armes Tier«, sagte er und beeilte sich, einen Stapel Hemden einzupacken. »Ich darf dich nicht mitnehmen, aber du wirst es gut haben. Weißt du, der Schilling ist zwar ein Nazi, aber doch ein guter Kerl, und Hunde mag er!«

Hasso schien alles zu verstehen. Er winselte und drückte sich ganz fest an die Beine des alten Doktors. Der sagte mit rauher Stimme: »Schmeichel dich nicht ein, Hasso, es geht ja doch nicht! Aber vielleicht dauert der ganze Spuk nur eine kurze Zeit, und wir sehen uns bald wieder, was, alter Knabe!«

Hasso bellte kurz und ließ den Doktor nicht einen kurzen Augenblick aus den Augen.

Das schrille Klingeln der Türglocke ließ Doktor Hersch die Arbeit unterbrechen. Als er zur Tür kam, stand Hasso schon dort und ließ ein drohendes Knurren hören. »Gib Ruhe, Hasso«, mahnte der Arzt, und sofort legte sich das Tier.

Doktor Hersch öffnete. Mit rochrotem Kopf stand David auf der Matte: »Kommen Sie, Doktor Hersch, die alte Frau Rothstein hat sich das Leben genommen!«

»Ich hole nur meine Tasche!« Der Doktor war jetzt

so schnell wie ein Junger. Das Alter schien von ihm abgefallen. »Paß gut auf, Hasso, ich bin bald wieder da!«

Hasso schniefte und kam sich sehr wichtig vor. Doktor Hersch schloß hinter sich ab. David lief schon die Treppe hinab.

»Da kann ich nur noch den Totenschein ausfüllen!« Doktor Hersch schloß die Instrumententasche. Lange verharrten seine Blicke auf der stillen Frau, die, gekleidet in ihre Sonntagskleider, auf dem Bett lag. Das graue Haar war ordentlich in der Mitte gescheitelt und zu einem Knoten gesteckt. Die klobige Nase ragte im Tode noch beherrschender hervor. Am Kopfende des Bettes stand Erna Rothstein. Immer wieder streichelte sie das Gesicht der Toten. »Schlaf gut, Mutter, und Gott gebe, daß du nun endlich Frieden findest!«

»Wollen Sie nicht das Sch'ma Israel sprechen, Erna?«

»Bin ich ein Mann? Und selbst, wenn ich wollte, ich könnte es nicht. Wir sind nicht fromm!«

»Willst du nicht, David?« Doktor Hersch schien viel daran zu liegen.

»Ja, Doktor Hersch, ich will!« Der Junge trat vor und zitierte sehr laut, ruhig und fest: »Sch'ma Israel, adonai elohenu, adonai echod!«

Es war, als würde ein Lächeln über die Züge der Toten gleiten, wie ein Dank aus der Ewigkeit.

Erna Rothstein zerriß mit ihren fahrigen, groben Händen nervös das Taschentuch: »Und wie geht es nun weiter, Doktor?«

»Ich schreibe jetzt den Totenschein aus, und dann mußt du beim Standesamt Meldung machen. Und von dort aus geht dann alles seinen Gang. Sie werden auch noch einen Beamten der Kriminalpolizei schicken. Das ist so üblich, wenn eine Selbsttötung vorliegt. Und für die Beisetzung deiner Mutter werde ich die Kosten tragen. Sie soll eine Beisetzung haben wie eine Fürstin. Das wird dann das Letzte sein, was ich in diesem Land unternehme!«

Bewegt drückte Erna die Hand des Arztes. »Wie soll ich Ihnen danken?«

»Danken? Wofür? Aber vielleicht betest du, daß eines Tages einer da ist, der mich unter die Erde bringt, wenn es soweit ist!«

»Wenn es einen Gott gibt, wird er diese Wohltat danken!«

Ein wenig zynisch kam die Antwort: »Hoffentlich hört er dich, Erna! Ich glaube, er ist in den vergangenen Jahren taub geworden!«

Doktor Hersch schrieb den Totenschein aus.

Todesursache stand da, und der alte Arzt dachte: Eigentlich müßtest du schreiben: aus Angst vor der Zukunft, aber er schrieb: Suizid durch Schlafmittelvergiftung.

Als er seinen Namen unter das Schriftstück setzte, sagte er fast unhörbar: »Meine letzte Handlung in Deutschland – die Beurkundung eines Selbstmordes! Wenn das keine Bedeutung hat?!«

Zur Beisetzung von Frau Rothstein kamen schon weit weniger Trauergäste. Man spürte, der große Auszug jüdischer Menschen aus Deutschland war in vollem Gange.

Verloren stand die kleine Schar im Nieselregen am Grab, und es war nicht nur der kalte Regen, der sie frieren ließ.

Ein Trupp junger Menschen in der Uniform der Hitler-Jugend marschierte am Friedhofszaun entlang. Sie blieben stehen, gafften, hörten zu, wie das Totengebet gesprochen wurde, und brüllten laut in die Kulthandlung ihr: »Juda verrecke!«

Da scharten sich die am Grab noch enger zusammen und lauschten aufmerksamer dem Vorbeter.

Die Trauerfeier war kaum vorüber, da rannten die

Trauergäste auseinander wie eine verängstigte Herde Schafe, in die der Wolf eingebrochen ist.

Zum Schluß stand Erna Rothstein allein am Grab. Ungeschickt drückte sie die großen Hände vor den Leib, so, als wären sie ihr im Wege. »Schlaf gut, Mutter!« Sie glättete eine Kranzschleife. »Ich glaube, du hast den besseren Weg gewählt!«

Der »Kartoffelkalla« – David nannte ihn heimlich so – stand vor der Tür und verlangte laut und kaum verständlich: »Tatuffleschalen!«

Kartoffelschalen sollte das bedeuten, das wußte David inzwischen. David blieb in angemessener Entfernung, denn der grobschlächtige Debile war ihm irgendwie unheimlich, und dann roch er so, daß es ihm immer wieder übel in seiner Nähe wurde.

David leerte die Schüssel mit den Schalen in den Sack und war sehr erstaunt, als er Kalla sagen hörte: »Jungen sin all so böse, ärgern Kalla un werfen Sack von Schulter!«

Ich habe ihn verstanden, jubelte David innerlich und antwortete: »Du darfst dir das nicht gefallen lassen, Kalla. Du bist doch sehr stark. Wehr dich, wenn sie dich ärgern, und hau ihnen eine kräftige Ohrfeige!«

David wußte nicht, ob Kalla ihn verstanden hatte, denn der warf sich, als sei der Schalensack nur ein leichtes Bündel, die schwere Last auf die Schultern und stieg eine Etage höher. David vernahm noch, wie er bei der Familie Oberlaß klingelte, dann überrannte ihn Alex beinahe.

»Stell dir vor, David, wir haben einen Eilbrief bekommen. Ich kann durch die Jugendauswanderung raus aus Deutschland. Eine Gruppe von hundert Mädchen und Jungen sind für Amerika vorgesehen, und einer der Jungen ist so erkrankt, daß er nicht mitfahren kann, und da kann ich als Ersatzmann mitfahren. Sie brauchen aber schnell meine Entscheidung. Schon übermorgen geht der Zug nach Hamburg!«

»Und?« Davids Stimme klang bange.
»Ich weiß nicht! Ma will, daß ich mitfahre. Sie wollte sofort zurücktelegrafieren, aber ich habe sie erst einmal beruhigt!«
»Und was habe ich mit der Sache zu tun? Ich kann dir weder zu noch abraten, das mußt du ganz allein entscheiden, Alex!«
»Ich dachte ... als Freund ...!«
David überlegte lange. Es war still zwischen den beiden Jungen. Nur oben im Treppenhaus rumorte Kartoffelkalla.
Schon wurde Alex unruhig und begann, von einem Fuß auf den anderen zu treten.
David wirkte überlegen und ruhig, als er sagte: »Fahr, Alex! Ich glaube, es ist das Beste für dich, und schick mir eine Karte, wenn du drüben bist! Und vergiß deinen alten Freund nicht!«
»Nie, old boy! Wie könnte ich das?!«
»Du sprichst schon wie ein Amerikaner!«
Alex lachte. Ihm schien eine schwere Last vom Herzen gefallen. Er schob beide Hände in die Hosentaschen und sagte: »Weißt du, wir waren eigentlich so unzertrennliche Freunde wie David und Jonathan in der Schrift! So was bindet für alle Zeiten!«
Kalla Freudewald stapfte die Treppen hinab. Schwer hing der Schalensack auf seiner Schulter.
»Wir sehen uns später, David! Ich muß heute noch das Telegramm abschicken, sonst klappt es vielleicht nicht mehr!«
Er rannte hinab, nahm gleich zwei, drei Stufen auf einmal. Er war so laut, daß Frau Densch wieder einmal ihre Wohnungstür öffnete, um nach dem Rechten zu sehen.
»Was gibt's denn da wieder für einen Lärm?«
»Mein Freund freut sich. Er wandert aus, nach Amerika!«

»So? Dahin paßt ihr Juden auch besser! Da habt ihr Platz!«

Sie schloß ihre Tür leise, sehr zivilisiert.

Alex fuhr allein. Niemand durfte ihn zum Zug bringen. Er wollte es nicht. Angst hatte er, ganz einfach Angst, Gefühle zu zeigen, Gefühle, die dem »Löwen von Juda« zu unmännlich schienen. Als er in den Zug stieg, den kleinen Koffer in der Hand schlenkernd, fühlte er sich innerlich kaputt und zerschlagen. Er wußte nicht wohin mit dem Zwiespalt der Gefühle. Einerseits freute er sich, in das Land seiner geheimen Träume zu kommen, andererseits wußte er, daß er Mutter und Freund vermissen würde.

Der Zug ruckte an. Laut rief der Zugführer sein »Einsteigen zum Eilzug nach Hamburg« und pfiff durchdringend auf der Trillerpfeife. Die Wagentüren schlugen krachend zu. Dann hörte man die Stimme aus dem Lautsprecher, und schon huschten die ersten Häuser an seinem Abteil vorüber. Erst jetzt hörte er das rhythmische Schlagen der Weichen, das Rollen der Räder, und das alles versetzte ihn in einen niegekannten Taumel. Hoch am Berg sah er seine alte Schule zurückbleiben. »Adieu, Hallenschule, adieu, Hagen, adieu, ihr alle, die ich liebe!« Aber schon war in seinen Gedanken etwas Neues.

»Amerika-Amerika-Amerika-Amerika«, sangen die Räder im Takt. Der Zug erreichte die Ruhrbrücke. Hier, dachte Alex und beugte sich weit hinaus aus dem Abteilfenster, hier habe ich mit David viel Spaß gehabt, wenn wir beim Baden waren.

Der Zug aber ratterte sein Amerika-Amerika-Amerika und brachte ihn auf andere Gedanken.

Als der Zug sich Dortmund näherte, hatte Alex schon viel von dem vergessen, was er in Hagen zurückgelassen hatte. Zu groß war die Freude an der weiten Reise.

Die Masse der Kinder und Jugendlichen stieg in Dortmund in den Zug. Es waren junge Menschen, die von der

Jugend-Alyah ausgewählt worden waren, um weit weg von Deutschland zu überleben. Das aber wußten sie damals noch nicht, sie hätten es sich auch nicht vorstellen können.

Laut war es im Zug, sehr laut und lustig, und wieder einmal sagten die Mitreisenden: »Was wollen die Juden eigentlich? Es geht ihnen doch gut bei uns!«

11

David war einsam. Er versuchte, sich mehr an Erich Zettlau zu halten, doch der war jetzt Lehrling bei der Reichsbahn und mußte jeden Morgen früh aufstehen. Abends war er müde und wollte seine Ruhe. Gelegentlich kam Erich doch über die Straße ins Haus Nummer fünf und unterhielt sich mit Onkel Daniel und David. Dem aber schien, als wäre der Freund zu schnell zum Mann gereift.

Von Rosens Wohnungstür kam das bekannte Klingelzeichen des Freundes. »Das ist Erich«, rief David und rannte zur Tür.

»Ist dein Onkel da?« Erich schlug dem Kleineren so stark auf die Schulter, so männlich kumpelhaft, daß dieser vornüber wankte. David spürte in diesem Verhalten das Gönnerhafte, Überlegene und nahm es Erich übel.

»Onkel Dan ist im Wohnzimmer«, sagte er kurz angebunden und überließ den Gast sich selbst.

Der klopfte kurz an und trat ein, reichte Dan die Hand und setzte sich. »Hoffentlich störe ich nicht?«

»Nicht im geringsten! Hast du Nachricht von deinem Vater?«

»Ja, hier ist der Brief!« Erich zog das Schreiben aus der Tasche. Es war zerknittert und nicht mehr ansehnlich. Wie entschuldigend sagte der Junge: »Ich hatte den

Brief mit auf der Arbeit, und da ist es nicht sehr sauber: Ich mußte die Kessel der Loks saubermachen!«

»Setz dich, Junge! Wichtig allein ist, daß es ein Lebenszeichen von deinem Vater gibt!« Daniel Adonait las, las langsam und gründlich, versuchte, zwischen den Zeilen zu lesen. Endlich legte er den Brief auf den Tisch. »Dein Vater hat bestimmt keine Langeweile da unten am Westwall!«

»Bestimmt nicht! Und Geld schickt er auch regelmäßig an Mutter, schon zweimal ist was gekommen. Mir scheint, er ist mit seiner Arbeit und der neuen Zeit ganz zufrieden!«

Es gab eine lange Pause. Die Stille wurde nur unterbrochen durch die Geräusche, die aus Jakos Käfig kamen.

»Das ist Tarnung, Erich! Ich kenne diese Art Briefe aus dem Lager. Dort wurden ähnliche geschrieben, um möglichst schnell entlassen zu werden!«

»Als ich der Mutter sagte, ich wolle den Brief zu euch mitnehmen, da wollte sie mir das doch ganz einfach verbieten! Kannst du dir das vorstellen, Dan?«

»Sie hat Angst, daß die Leute reden und ihr in Schwierigkeiten kommt!«

Erich Zettlau schüttelte energisch den Kopf. »Ich glaube, daß sie zu den Nazis übergelaufen ist! Wenn das der Vater wüßte! Aber man kann es ihm nicht einmal schreiben. Wer weiß denn schon, ob die Briefe nicht zensiert werden?«

»Das ist vernünftig, Junge! Schreib um alles in der Welt nicht, du bringst dadurch den Vater in große Gefahr. Glaub nur nicht, die Braunen hätten vergessen, daß er auf der anderen Seite gekämpft hat, die sind so nachtragend wie alte Elefanten!«

»Ich schreibe schon nicht, und ich hoffe, ihr seid nicht böse, wenn ich nicht mehr so oft bei euch vorbeischaue. Einmal bin ich abends fertig von der ungewohnten Arbeit, und dann möchte ich nicht, daß die Mutter sich aufregt!«

»Wir sind nicht böse. Bist ein guter Sohn, Erich, bleib nur so!«

David stand abseits am Papageienkäfig und flüsterte so leise, daß nur der Vogel ihn hören konnte: »Feigling!«

Am Mittag kam Frau Oberlaß hereingehumpelt. Sie hatte mehrere Male geklingelt und keine Ruhe gegeben. Unsanft schob sie Hanna zur Seite, als diese öffnete.

»Haben Sie im Radio gehört? Einer von Ihren Leuten hat in Paris einem hohen Bonzen den Kragen umgedreht!«

»Aber, aber, Frau Oberlaß«, rügte Frau Rosen und schloß sofort die Tür, darauf bedacht, daß nichts nach außen drang. »Pssst! Die Wände haben Ohren!«

»Ja, stimmt schon, aber ich mußte es loswerden, es hat mir fast das Herz abgedrückt!«

»Kommen Sie herein! Sie trinken doch eine Tasse Kaffee? Es sind sogar ein paar Bohnen drin!«

»Gern! Bei Ihnen weiß man wenigstens, daß es Kaffee ist. Meiner schmeckt immer mehr nach Spülwasser. Also, haben Sie was von der Pariser Sache gehört?«

»Ja! Ein Herschel Grynspan soll einen Botschaftsangehörigen der deutschen Botschaft in Paris ermordet haben. Der Grund ist bisher nicht bekannt!«

»Frau Rosen«, unterbrach die Nachbarin, »ich habe Sorge um Ihre Leute. Denken Sie mal an den Reichstagsbrand 33. Sie werden die Unbeliebten wieder zu Paaren treiben, und die Juden sind diesmal bestimmt mit von der Partie! Verdrücken Sie sich für ein paar Tage, bis sich alles wieder beruhigt hat!«

»Ich habe auch Angst, aber ich renne nicht davon! Ich habe in meinem Leben niemals jemandem auch nur ein Haar gekrümmt, und nun soll ich fortlaufen, mich verkriechen wie jemand, der schuldig ist? Nein! Niemals!«

»Aber wissen Sie, wie die Nazis reagieren? Die sind doch unberechenbar in ihrer Wut!«

»Wir leben in einem zivilisierten Land!« Wie Hanna Rosen das sagte, klang es abschließend, und Frau Oberlaß verstand und akzeptierte. Sie trank ihren Kaffee, leckte genüßlich die Lippen und schlurfte nach einer Weile zurück zum Ausgang. Auf halbem Weg blieb sie stehen und flüsterte, so, als wüßte sie, daß auf der anderen Seite der Wand Frau Densch lauschte: »Wenn es nötig sein sollte . . . Sie wissen, wo wir wohnen! Unsere Tür steht Ihnen immer offen!«

»Das vergesse ich Ihnen nicht!«

Die Korridortür schloß sich. Hanna Rosen stand noch Minuten unbeweglich. Sie konnte die Stille körperlich spüren und meinte, aus der Nachbarwohnung den Atem der lauschenden Frau Densch zu hören. Etwas Unheimliches stieg in ihr auf, wollte von ihr Besitz ergreifen, wollte sie einfangen, lähmen. Hanna Rosen schüttelte sich, und mit dieser Bewegung schien die Angst von ihr zu weichen. Wie beschwörend sagte sie für sich: »Alles Blödsinn! Wir leben doch in einem zivilisierten Land!«

Herr Hartmann, der Lehrer der jüdischen Schule, schien nervös. Das bleiche Gelehrtengesicht war an diesem Novembertag blasser als sonst. Als die Uhr elfmal schlug, schickte er die Schüler nach Hause. Ins Klassenbuch schrieb er: Wegen der Pariser Ereignisse Unterricht um elf Uhr beendet. Hartmann, Klassenlehrer.

Gegen halb zwölf kam David heim. Entgegen allen Gewohnheiten fand er die Mutter in einem Sessel im Wohnzimmer. Das Radio hatte sie sehr laut eingestellt.

Sofort nach seinem Eintritt drosselte der Junge die Lautstärke. Hanna blickte auf und schrie David an: »Hände weg, der Apparat bleibt so laut! Nicht ein Wort will ich überhören!«

»Was gibt es denn? Haben wir Krieg?!«

»Da sei Gott vor! Ein Attentat gegen einen führenden Mann von der deutschen Botschaft in Paris!«

Die Trauermusik im Rundfunk wurde leiser, verstummte, und dann las der Sprecher, nun schon zum drittenmal, die Meldung vom Attentat und nannte wieder den Namen des Attentäters.

»Das ist eine miese Sache, Mutter!«

»Ja, eine sehr böse Angelegenheit. Wenn doch schon Onkel Dan hier wäre!«

»Gegen vier ist er zurück!«

Die Stunden schlichen an diesem Tag. Jedesmal, wenn neue Meldungen kamen, kauerte Hanna vor dem Lautsprecher. Und wie es im Hause der Rosens war, so bangten an diesem Tag in allen Städten und Dörfern ringsum in allen deutschen Landen die jüdischen Menschen. Jahrhundertelang war die Angst vor den Pogromen in ihnen gewesen. Überall stellten sie sich die bange Frage, was kommen würde.

Gegen vier am Nachmittag begann es zu nieseln. Es war ein richtiger Novemberregen, ein Regen, der frieren läßt, obwohl er nicht sehr näßt. Mit dem Regen kam auch Daniel Adonait von der Schicht. Er war durchgefroren und rieb sich die Hände warm.

Hanna kam ihm entgegen, doch bevor sie ihn ansprechen konnte, winkte ihr Bruder ab. »Ich weiß schon! Hat sich alles bereits herumgesprochen. Pack ein paar Dinge ein, die man braucht; die wichtig sind. Nimm auch den Schmuck von der Mutter und die anderen Gegenstände, die Wert haben. Nimm einen kleinen Koffer . . .!«

». . . du denkst . . .?«

»Ich denke gar nichts! Ich bin genauso klug oder so dumm wie du oder alle anderen . . . aber wir wissen nicht, was kommt, wissen nicht, wie sie reagieren, und müssen daher auf alles vorbereitet sein. Auf alles, das verstehst du doch?«

Hanna verstand. Sie packte den kleinen Koffer, den sie

vom Kleiderschrank nahm, mit Papieren und den wenigen Wertsachen. Aus dem Rundfunkgerät kam immer noch ernste, getragene Musik.

Am Abend sagte David, daß er gerne ins Kino gehen wolle. Ein spannender Film mit Hans Albers sei zu sehen.

Ganz gegen seine Art fuhr Daniel ihm über den Mund. David war schockiert. »Setz dich und halt den Rand! Der heutige Tag ist kein Kinotag!«

»Was ihr alle für ein Theater macht! Alles wegen dieses Grynspans! Was haben wir mit dem polnischen Jidden zu schaffen?«

»Geh zu Bett!« Hanna Rosen sagte es kurz und bündig, und es war wie ein Befehl. Diesen Ton in der Stimme der Mutter kannte David, dagegen gab es keinen Widerspruch. Er stand auf, streichelte dem Papagei über die glänzenden grauen Federn und sagte: »Gute Nacht, Jako, schlaf gut!«

Jako plusterte die Federn, riskierte ein schläfriges Auge und antwortete: »Gute Nacht, schlaf gut!«

Es dauerte lange Zeit, bis David einschlief. So früh zu Bett zu gehen, war nicht seine Sache.

Der Zeiger der Uhr wies auf die neunte Abendstunde.

»Steh auf, David, zieh dich an, schnell, schnell!« Zitternd vor Erregung stand Hanna vor dem Bett des Sohnes. Sie riß dem Schlaftrunkenen das Deckbett fort. »Wach doch endlich auf, Junge! Sie scheinen was gegen uns zu unternehmen! Ein Pogrom!«

Dieses Wort ließ David sofort hellwach werden. Viel war ihm vom Judentum nicht bekannt. Er hatte gelebt wie seine Eltern und Verwandten, als Deutscher unter Deutschen. Lediglich die Religion unterschied sie, und auch das war immer mehr verflacht. Das Wort Pogrom aber war ihm in Fleisch und Blut, in Herz und Seele eingegangen. Jahrhunderte der Verfolgung ließen dieses Wort lebendig bleiben.

Nun war David sofort auf. Immer noch halb im Schlaf zog er die Hose an und zog sich die Jacke über.

Auf der Straße lärmten Männer. In der Ferne klirrte Glas. Kommandos klangen laut bis in die Schlafstube, brachen sich an den Häuserwänden der engen Gasse. Sie ließen die Herzen bang schlagen und den Angstschweiß auf die Stirn treten, ließen die Knie zittern.

»Bist du soweit?«

»Ja!«

Hanna Rosen nahm ihren Sohn bei der Hand, und der ließ es zu, als wäre er noch ein kleiner Bub. Hanna rannte mit ihm den langen Korridor entlang, den kleinen Koffer mit sich schleppend.

Onkel Daniel stand schon an der Tür. Er stand wie ein Soldat auf Posten. In seiner Rechten hielt er einen schweren Tourenstock, den er sich einmal selbst zurechtgeschnitzt hatte, als er noch jung gewesen war. Daniel stand vorgebeugt, lauernd. Nur kurz sah Hanna ihn an: »Kommst du mit zu Oberlaß? David und ich gehen hinauf!«

»Ich bleibe in der Wohnung!«

Hanna kannte ihren Bruder. Sie wußte, daß jedes weitere Wort verschwendet war, also schwieg sie. Erst als sie die Wohnungstür hinter sich zuziehen wollte, sagte sie: »Schließ ab und dreh' das Licht aus, halte dich still! Vielleicht ziehen sie vorüber!«

»Kümmere dich um den Jungen, Hanna! Ich bin alt genug, um für mich selbst zu denken!« Daniel drückte seiner Schwester kurz die Hand und ließ die zwei hinaus. Hart drehte sich der Schlüssel im Schloß. Auch die Sperrkette legte Daniel Adonait vor. Die zwei stiegen die Treppe hinauf. Oben schien Frau Oberlaß schon auf sie gewartet zu haben. Sie öffnete sofort, ohne erst das Klingeln abzuwarten. Sie trug eine geflickte Kittelschürze, und ihr hing das graue Haar strähnig ins Gesicht.

Im Treppenhaus roch es aufdringlich nach Kohl und Petroleum.

»Kommt herein und setzt euch! Ich werde Kaffee kochen! Es ist nur Muckefuck, aber er ist schwarz und heiß, und wenn man will, schmeckt er auch nach Kaffee!

Ganz leise, nachdem sie noch einen scheuen Blick ins Treppenhaus geworfen hatte, schloß sie die Tür.

Sie saßen kaum auf den weißgescheuerten Küchenstühlen, da kam Hans, der Sohn der Oberlaßens, ein junger Mann von zwanzig Jahren. »Ich war bis vorhin bei Gerken. Die Nazis scheinen überall in der Stadt verrückt zu spielen. Sie schlagen Juden die Schaufenster ein und plündern die Auslagen. Immer wieder brüllen sie ihr ›Deutschland erwache – Juda verrecke!‹ daß einem angst und bange wird!«

Frau Oberlaß stellte den Wasserkessel auf den Gaskocher. Vergeblich knipste sie immer wieder mit dem Anzünder, doch das Gas wollte nicht brennen. Resigniert stellte sie ihre Versuche ein. »Gib mir doch mal einen Groschen, Hans, die Gasuhr will gefüttert werden!«

Wortlos reichte der ihr das Geld. Sie warf den Groschen in die Automatenuhr, knipste erneut, und nun brannte der Gasbrenner bläulich mit einem leisen Plopp. Frau Oberlaß stellte den Kessel auf die Flamme.

»Das war mein letzter Groschen, Mutter. Ich bin jetzt so blank, daß mich die Hunde anpissen können!«

Frau Oberlaß tröstete ihn: »Morgen gibt es ja wieder ein paar Mark Stütze!«

»Das reicht doch nicht vorne und nicht hinten«, winkte Hans ab. Nach einer Weile, als das Kaffeewasser schon siedete, öffnete er das Küchenfenster. Der Lärm der Straße drang von unten herauf. Hans Oberlaß lehnte sich weit hinaus.

»Die nehmen sich die jüdischen Wohnungen vor, aber Ihre Wohnung, Frau Rosen, scheinen sie vergessen zu haben!«

Er stockte. »Nein, doch nicht, jetzt werfen sie auch bei Ihnen die Fenster ein!«

Frau Oberlaß stand hinter ihrem Sohn, der sich immer weiter hinauslehnte, und hielt ihn am Hemd fest. »Komm zurück, die haben es nicht gern, wenn sie jetzt gesehen werden! Bring dich nicht auch noch in Gefahr, Junge!« Hans Oberlaß hörte nicht. Zu sehr interessierte ihn, was er auf der Straße beobachten konnte. »Da kommen wieder andere. Heute nacht haben sie wohl alle losgelassen!«

Resolut drückte Frau Oberlaß ihren Sohn zur Seite und schloß das Fenster. »Das Fenster bleibt zu, verstanden? Oder soll Frau Rosen einen Herzschlag kriegen?«

Hans zog sich eine Joppe über. »Ich gehe runter und berichte dann, was ich gesehen habe!«

David schaute ihm nach. Ihn fror ordentlich, die Nerven machten nicht mehr mit.

Der Kaffee war fertig. Frau Oberlaß versuchte, ihre Nachbarin zu beruhigen: »Kommen Sie, Frau Rosen, wir trinken eine Tasse Kaffee, der tut uns sicher gut. Und zittern sie doch nicht so sehr, Sie sind doch hier in Sicherheit!«

David saß neben der Küchentür. Auf den Knien hielt er den Fluchtkoffer. Er saß auf der Stuhlkante, wie auf dem Sprung.

Laut gellte eine verzweifelte Frauenstimme herauf. Auch Hanna mußte sie gehört haben, denn sie war sehr blaß geworden. David horchte der Stimme nach. In ihm stärkte sich die Gewißheit, daß es der entsetzte Angstschrei der alten Frau Tichowitz gewesen war.

Wie immer, wenn es dunkel wurde, waren auch an diesem Abend die Gaslaternen aufgeflammt. Sie warfen ihr Licht auf heimwärts eilende Menschen. Nieselregen hatte den Straßenstaub gebunden, ihn aber nicht fortgewaschen.

Wie so oft in den letzten Tagen stand Frau Tichowitz

vor dem Foto ihres toten Mannes. Zum tausendsten Mal schaute sie nach dem Reisepaß und den wenigen Dollar, die der Sohn aus dem reichen Amerika geschickt hatte und die sie für die weite Reise zurücklegte. Wohl verwahrt waren Geld und Paß im Bilderrahmen hinter dem Foto, und der alten Frau schien, als würde hier alles besonders sicher sein.

Beruhigt hatte sie ihr Oberbett aufgeschlagen. Müde war sie vom langen Tag, müde vom Alter, müde vom Leben.

Sie schreckte aus dem Schlaf, als die ersten Steine flogen und die Fensterscheiben splitterten. In Bruchteilen von Sekunden stand vor ihrem inneren Auge die Erinnerung an die Pogrome in Russisch-Polen, als sie noch ein Kind gewesen war. Sie versuchte, in den Schlafrock zu schlüpfen. Das machte Mühe und dauerte, denn ihre Gelenke schmerzten, und die zitternden Finger wollten dem Befehl des Gehirns nicht recht folgen.

Sie griff sich den Reisepaß und das amerikanische Geld, raffte im Vorbeirennen einen siebenarmigen Messingleuchter, und dann lief die alte Frau Tichowitz, lief, als wüßte sie, daß es um ihr Leben ging.

Draußen tobten sich die Männer aus. Ihr »Deutschland erwache« hallte immer wieder durch die enge Gasse. Andere Gruppen kamen hinzu. Sie zogen weiter zur Altenhagener Straße, und wieder splitterten dort Schaufensterscheiben.

Als Frau Tichowitz die Äxte und Stangen in den Händen der Männer sah, drückte sie ihren dürren alten Körper in den Schatten der Hausmauer.

Mit genagelten Stiefeln kam ein neuer Trupp die große Treppe hinab. »Juda verrecke!« brüllten die Braunen. Laut und drohend klang das und ließ Schauer der Angst über den Rücken jagen. Glasscherben lagen überall auf der Straße herum. Daneben zerbrochenes Mobiliar, Möbel, die sie aus den Fenstern geworfen hatten.

Mit ihren leichten Hausschuhen lief Frau Tichowitz über die Scherben. Sie schien die Splitter nicht zu spüren, die sich in ihre Fußsohlen gruben. Ihr Ziel war die »Himmelsleiter«, die Treppe, die zur Oberstadt führte.

Irgendwo in der feuchten Dunkelheit stand ein Polizist. Gelangweilt schaute er den Ausschreitungen zu, regungslos wie eine große Puppe. Er hatte Befehl, auf keinen Fall einzugreifen.

Die Plünderer kamen dicht an ihm vorbei. Viele schleppten Stoffballen und anderes Beutegut mit sich, hatten Anzüge und Kleider gerafft und trugen sie auf den Schultern. Einige grölten in die frühe Nacht, und das Lied stieg an den Häuserwänden hoch bis zu den Dachtraufen: »Wenn das Judenblut vom Messer spritzt, geht's uns noch mal so gut!« Der Anführer der Männer blieb vor dem Haus Nummer fünf stehen und schrie: »Hier wohnt nur armes Pack! Kommt, wir marschieren zur Innenstadt, da sind die großen Geschäfte, da gibt es genug für uns alle!«

Mit dem Schrei »Juda verrecke!« stiegen sie die Treppe zur Oberstadt eilig hinauf.

»Da läuft eine alte Judsche«, schrie der Anführer, und in seinem Gesicht war nichts als Haß. »Schlagt das Weib tot, schlagt sie tot!« Sie schlugen auf die Greisin ein, schlugen mit dem zu, was sie in den Händen hielten. Frau Tichowitz verlor die Besinnung. Immer unwirklicher wurde es, immer mehr war es ihr wie damals, als die Kosaken kamen, damals in Russisch-Polen, als sie noch ein Kind war. Und dann stürzte sie in ein helles, endloses Nichts. Sie spürte nichts mehr.

Fasziniert standen die Totschläger und stierten auf die blutende Frau, die da vor ihnen auf dem nassen Treppenabsatz lag.

Neben der Alten flatterte der Reisepaß im kalten Novemberwind, er war geöffnet und ließ die wenigen Dollarscheine frei, die in ihm lagen. Bevor der Wind sie greifen und fortwehen konnte, griffen gierige Hände zu und steckten das amerikanische Geld in die Taschen. Unter lautem Gegröle stiegen die Männer weiter. Bald waren sie in der Düppelstraße verschwunden.

Neben der sterbenden Frau Tichowitz lag der Leuchter. Wirr und blutverklebt hing ihr das Haar ins Gesicht. Der Regen wässerte das Blut und schaffte immer neue Rinnsale. Die Geschundene gab kein Lebenszeichen mehr von sich.

Neue Trupps stiegen die breite Treppe hinauf. Mit ihren Stiefeln stießen sie das Bündel Mensch zur Seite. »Die Judensau ist schon verreckt«, sagte einer, bevor sie weiterstiegen, und ein anderer gab zurück: »Eine weniger von der Brut!«

Ganz tief in ihrem Unterbewußtsein hatte Frau Tichowitz es gehört, und dann sprach sie mit dem Herzen, mit stummen Lippen das Glaubensbekenntnis, wie es seit Tausenden von Jahren immer wieder im Angesicht des Todes gesprochen wird, und es war ihr gewiß, daß dieser Schrei bis an die Tore des Ewigen dringen würde. Der Regen spülte ihr Blut die »Himmelsleiter« hinab. Und noch ein Wort formten ihre Lippen: »Amerika«, kam schwer und stöhnend aus ihrem Mund, dann hatte die alte Frau ihre Reise in die andere Welt angetreten.

Als sie schon starr zu werden begann, blieben zwei Männer neben der Leiche stehen, Männer, die vielleicht von der Spätschicht gekommen waren. Einer bückte sich und legte seine Finger um ihr Handgelenk. »Die Alte ist mausetot, sie wird schon steif!«

»Nimm den Leuchter mit, sie braucht ihn nicht mehr!«

»Was willst du mit dem jüdischen Gelump?«

»Und wenn er aus Gold ist? Bei denen kann man nie wissen!«

»Ich nehm' ihn schon mit!«

Das, was einmal die Frau Tichowitz gewesen war, lag bis in die Frühe des nächsten Tages auf der Treppe, die die Oberstadt vom Viertel der armen Leute trennt.

Die Unpolitischen hielten ihre Fenster dicht geschlossen. Sie ignorierten alles, was um sie herum vorging. Sie benahmen sich so, als würde das Schreien und Splittern des Glases nicht bis an ihre Ohren dringen. Sie drehten den Regler an den Radiogeräten nach rechts und überließen es der Musik, alles zu übertönen. Nur gelegentlich ging einer dieser Menschen auf die Straße, um zu sehen, was dort geschah.

Eine Nacht wie diese hatte es in Deutschland bisher nicht gegeben. Das war die Meinung derjenigen, die sich herausgetraut hatten unter die zivilen und uniformierten Schläger und Plünderer.

Hans Oberlaß war hinter den verschiedensten Trupps hergezogen. Er hielt sich im Hintergrund und beobachtete. Endlich fragte ihn einer der Anführer, ob er vielleicht Angst habe, den jüdischen Betrügern und Mördern eine Lektion zu erteilen.

Hans Oberlaß erkannte ihn sofort. Es war der Bannführer der Hitler-Jugend, Rolf Bechert. Er verneinte und nahm einen Pflasterstein in die Hand. Er warf, direkt in das Schaufenster des kleinen Schneiders Koslawski.

»Bravo«, kam da die Stimme des Bannführers an sein Ohr. Sobald es ihm möglich war, zog sich Hans Oberlaß zurück. Er stand allein auf der Straße, in der Mitte der Fahrbahn, dort, wo die Geleise der Straßenbahn lagen, und starrte dem Trupp der braunen Uniformträger hinterher. Nach einer Weile ging er zurück auf den Bürgersteig. Da lag, direkt vor der zertrümmerten Auslage des Juweliers Weiss, eine Kette aus Gold mit glitzernden weißen und grünen Steinen. Offensichtlich hatten Plünderer sie verloren. Hans Oberlaß schaute rundum, niemand schien da zu sein, der ihn beobachtete. Er bückte sich hastig und schob den Fund in die Tasche seiner Joppe. Dann ging er schnell weiter und bog in die Stiege ein.

Herr Hartmann lebte mit seiner Familie in einer Wohnung im Gemeindehaus, direkt neben der Synagoge. Das Bethaus lag versteckt in einer Gasse in der Nähe des Marktplatzes. In dieser Gegend wohnten viele der Hagener Juden, denn es war schon immer so gewesen, daß man sich um das Bethaus herum niederließ.

Auch an diesem Abend, das hatte Herr Hartmann durch das Fenster gesehen, kamen einige der frommen Männer und sprachen die Abendgebete. Herr Hartmann war nicht fromm. Er gehörte zur Gemeinde wie schon Vater und Großvater, und er sang das jüdische Lied, weil er das jüdische Brot der Gemeinde als Lehrer essen mußte. Für die wenigen Beter war es im kalten, ungeheizten Bethaus nicht sehr angenehm, und so verrichteten sie ihre Gebete schneller als üblich. Sie sehnten sich nach der Wärme ihrer Wohnungen.

Als der braune Spuk losbrach, war nur noch der Lehrer in den schmucklosen Räumen der Synagoge. Gegen eine Zulage von ein paar Mark war ihm die Aufgabe überkommen, das Bethaus jeden Abend zu verschließen. Er übernahm die Arbeit des Schammes, weil die geringe Bezahlung als Lehrer eine solche Aufbesserung verlangte.

So entledigte er sich mißmutig seiner Arbeit, und die Gemeinde sah über vieles hinweg. Es war ohnehin nicht die Zeit, besonderen Wert auf Äußerliches zu legen. Herr Hartmann fegte gelegentlich den Boden und schloß allabendlich die Tür. So auch an diesem Novemberabend. Hartmann schaute flüchtig in den Betsaal, versicherte sich, daß niemand zurückgeblieben war, denn schon einmal war von ihm ein Beter über Nacht eingeschlossen worden. Über dem Thoraschrein brannte trübe das rote Licht der Ewigen Lampe. Alles in Ordnung, dachte Herr Hartmann und ging schon zur Tür zurück, als er den

Lärm hörte, der von der Straße kam. Der Lärm wurde bedrohlicher, kam näher und näher.

»Ein Pogrom«, flüsterte Hartmann und schloß hastig die Eingangstür von innen.

Herr Hartmann, wahrlich ein hartgesottener Mann, verharrte hinter der Tür. Wild sprang das Herz in der Brust. Er fürchtete sich vor dem, was sich da – schreiend und splitternd – auf der Straße tat. Seine Gedanken waren bei Frau und Kind, die im Nebenhaus hockten und doch unerreichbar waren für ihn. Äxte donnerten krachend gegen die Eingangstür. Als sie das Holz splittern ließen, kam Leben in den Lehrer zurück. Er rannte zurück in den Betraum. Alles, was er jetzt tat, geschah mechanisch, unbewußt. Seine Gedanken waren auf die heiligen Schriften gerichtet, auf die Thorarollen. Sie gedachte er zu retten. Mit einem Ächzen, das fast menschlich klang, brachen die Bohlen der Tür.

Hartmann riß die Gesetzesrollen aus der Lade. Wirr schaute er sich um. Das Silbergehänge, das die Rollen umhüllte, glänzte prächtig im Lampenlicht. Hartmann legte eine Rolle ab, um sich andere zu greifen. Keine wollte er zurücklassen, aber er hatte doch nur die beiden Hände, konnte nur zwei der Schriftrollen greifen. Eine der silbernen Kronen, die alle Rollen schmückten, fiel herab, rollte durch den Betraum. In einer dunklen Ecke blieb sie liegen. Hartmann suchte nach einem Versteck. Er fand keines.

Dann standen sie vor ihm. Hartmann sprang auf einen Stuhl, der unter einem Fenster an der Ostseite des Betraumes stand. Mit dem Ellenbogen drückte er die Scheibe ein und warf eine der Rollen in die Volme. Lieber sollte sie von dem Wasser davongetragen werden als in die Hände der Nazis fallen. Grölend holten sie ihn vom Stuhl, sinnlos prügelten sie auf ihn ein, rissen ihm die Hosen herab. Dann jagten sie ihn ohne Hose davon, sich köstlich amüsierend.

Herr Hartmann rannte, rannte, als ginge es um sein Leben – und das ging es ja wohl auch. Die braunen Plünderer zerschlugen alles, was ihnen in die Finger fiel, dann legte einer von ihnen Feuer.

Kurze Zeit später schlugen die Flammen mit wütender Kraft aus den buntverglasten Fenstern. Es brannte wie Zunder. Mit irren Augen standen die Brandstifter vor der Synagoge. Sie ließen die Flasche mit dem klaren Schnaps kreisen. Lauthals johlten sie: »Den Saujuden haben wir ein Licht aufgesteckt, das ihnen ewig leuchten wird. Und nun auf, zum Pferdejud Cahn!«

Zitternd stand Herr Hartmann neben Frau und Kind im dunklen Schlafzimmer. Sie lauschten bang auf die Abziehenden. Frau Hartmann raffte das Notwendigste zusammen. Ehe die Flammen die Türme der Synagoge erreichten, verließen die Hartmanns, sich im Schatten der Häuser haltend, die Stadt. Sie suchten Zuflucht im Leichenhaus des Friedhofes, weit vom Zentrum entfernt.

»Die Synagoge brennt!« Schnell wie der Wind machte die Nachricht die Runde unter den verstörten Juden. Die Angst in ihnen wurde nun riesengroß. Sie werden uns alle umbringen, war die Meinung vieler, und immer häufiger stellten sie sich die Frage, warum man geblieben war in diesem Land.

Als Hans Oberlaß die Tür zur elterlichen Wohnung aufschloß, erklärte er verunsichert: »Die Synagoge in der Potthofstraße brennt. Überall reden sie davon. Den Feuerschein sieht man bis hierher!« Er öffnete das Fenster und wies hinaus in die Nacht. »Da, seht selbst. In Richtung Markt ist es taghell!«

Hanna schaute hinaus. Hinter ihr stand David und sah seine Mutter mit fragendem Blick an, als die sich umwandte. »Ja, David, Hans hat recht. Das ist die Synagoge, die dort brennt!«

Frau Oberlaß versuchte zu beruhigen: »Das ist doch

nicht so schlimm. Eine Synagoge ist auch nur ein Haus, das man wieder aufbauen kann!«

»Ja, nur ein Gebäude, nur ein Haus!« Hanna Rosen strich sich das dunkle Haar aus der Stirn. »Alles kann man wieder aufbauen, aber sie werden uns nicht lassen. Von jetzt ab werden sie uns behandeln wie den letzten Dreck der Straße, sie werden uns peinigen, daß wir wünschen, nie geboren worden zu sein!«

Die Kälte der Novembernacht drang durch das geöffnete Fenster. Hanna Rosen konnte ihren Blick nicht abwenden von der hellen Lohe, die über den Häusern flammte.

Hans stieß seine Mutter in die Seite und gab ihr einen stillen Wink mit den Augen. Er ging ins Schlafzimmer, und Frau Oberlaß folgte ihm nach einer kurzen Zeit.

»Schließ die Tür richtig!«

Frau Oberlaß drückte noch einmal prüfend auf die Klinke.

»Sieh mal, Mutter, was ich da habe!« Er streckte ihr die Hand entgegen, in der das Geschmeide lag und glänzte: »Ich habe es vor dem Schaufenster vom Juwelier Weiss gefunden!«

»So was Wertvolles«, staunte seine Mutter. Sie krallte die Hand um das Schmuckstück, als wollte sie es nie wieder loslassen. »Das ist mindestens fünfhundert Mark wert!«

»Bah, fünfhundert! Fünftausend, wenn nicht mehr! Sieh dir bloß die Steine an, wie die funkeln. Ich weiß nicht, wie man sie nennt, aber bestimmt sind es kostbare Edelsteine!«

»Die grünen nennt man wohl Saphire«, flüsterte Frau Oberlaß und schielte ängstlich zur Tür. »Daß nur die Rosens nichts davon mitkriegen! Ich würde mich zu Tode schämen!«

Eine Pause kam auf, in der die zwei wie hypnotisiert den Schmuck bestaunten.

»Mußt du den nicht abgeben, als Fundsache?«

Hans Oberlaß lachte seiner Mutter ins Gesicht. »Ich denke nicht daran. Die Braunen haben mit behördlicher Genehmigung geklaut, was nicht niet- und nagelfest war, und ich soll zurückgeben, was einer von den Räubern verloren hat? Da müßte mir doch einer ins Gehirn geschissen haben!«

Frau Oberlaß schüttelte bedenklich den Kopf. »Gebrauchen könnten wir das schon, so arme Deubel, wie wir sind!«

»Also nimm's, Mutter, und pack es fort, damit es der Alte nicht findet und für 'ne Pulle Korn verscheuert!«

Frau Oberlaß nahm das Geschmeide. »Aber ich schäme mich doch!«

»Freude macht es mir auch nicht und bestimmt nicht an einem Tag wie dem heutigen. Aber wenn ich es nicht nehme, nimmt es ein anderer, und da ist es schon besser, ich nehme, was?!«

Frau Oberlaß sagte etwas, das wie Zustimmung klang, aber sie sagte es so leise, daß man es nicht verstand.

»Übrigens, Mutter, auf der Treppe liegt die alte Tichowitz. Sie scheint sich beim Sturz das Genick gebrochen zu haben!«

»Waaas?« Frau Oberlaß erschrak heftig. Beinahe hätte sie das Kollier fallen lassen. Sie fing sich aber wieder und steckte es zwischen die Bettwäsche.

»Davon wird den Rosens nichts erzählt, verstanden?! Die haben jetzt schon mehr Angst, als sie verkraften können. Sie erfahren es früh genug, wenn diese Nacht vorbei ist!«

»Na, dann komm wieder in die Küche. Lassen wir die beiden nicht so lange allein, wer weiß, was die sich denken!«

Frau Oberlaß lächelte Hanna Rosen an.

Die spürte gleich mit feinem Empfinden, daß etwas

Ungewöhnliches geschehen sein mußte, und fragte ohne Umschweife: »Gibt es was Neues?«

»Neues? Ist es nicht genug, was sich ringsherum tut?«

»Ich dachte, Sie und Hans . . .«

». . . ach, Sie denken an unser Gespräch im Schlafzimmer? Das waren rein persönliche Sachen, die hatten mit Ihnen nichts zu tun!«

Hanna erhob sich. Ihr war, als sei ein Unterton in der Stimme der Frau Oberlaß, als sei die Stimmung umgeschlagen.

»Sieh einmal in unserer Wohnung nach, David! Es scheint ruhiger geworden zu sein auf der Straße. Aber sei vorsichtig!«

David reichte der Mutter den Koffer, den er in den langen Stunden nicht losgelassen hatte. Auf Zehenspitzen schlich er die Treppe hinab. Nur ganz kurz schellte er an die Tür. Onkel Daniel öffnete sofort. Er war sehr still, und wer genau hinsah, bemerkte Tränen in seinen Augen. »Sie scheinen abgezogen zu sein, David! Einer von der Bande hat noch gebrüllt, hier gäbe es doch nichts zu holen. Geh rauf und hol deine Mutter. Hier gibt es allerhand zu tun. Fast alle Fenster sind hin . . . und doch haben wir Glück gehabt!«

»Ich rufe die Ma!«

Als die drei im Wohnzimmer standen und Hanna nach langem Schweigen resolut sagte: »Ja, dann werd' ich mal die Scherben zusammenkehren«, antwortete David, »ich helfe dir, Ma!«

In dieser Nacht saß Jako, der Graupapagei, frierend in seinem Käfig und schnatterte ganz leise: »Gute Nacht, schlaf gut!«

Niemand hörte seine Worte.

Noch aber war die Nacht nicht ruhig. Gegen elf Uhr machten die Schläger vor der Pferdeschlächterei Cahn halt.

Seit vielen Jahren hatten die Cahns im gesellschaftlichen Leben der Stadt ihren festen Platz. Wilhelm, der Senior der Schlachterei und bekannter Schwergewichtsmeister vergangener Jahre, hatte sich seinen Platz hart erarbeiten müssen. Im Laufe der Jahre hatte er es geschafft. Die ersten Jahre in Hagen waren schwer gewesen, aber seine Kriegsauszeichnungen, Fleiß und Umsicht verhalfen ihm zur Anerkennung.

Der wuchtige, stets zu derben Späßen aufgelegte Mann wurde stets als Urwestfale aus altem Bauerngeschlecht eingestuft. Wie der Vater gewesen war, so waren jetzt die Söhne, wenigstens zwei der drei. Da war Siegfried, der zweite, und Achim, der dritte. Sie lebten nach dem Vorbild des Vaters. Sie boxten wie er in seinen besten Jahren. Beide Cahnsöhne hatten bei der jüdischen Sportvereinigung Makkabi ihren festen Platz. Anders war der Erstgeborene, der Hermann. In ihm war der Drang zur Kunst so stark gewesen, daß er sich nicht unterdrücken ließ. Hermann gab nicht eher auf, bis man erkannte, welch guter Maler in ihm steckte.

Alle drei aber waren die erklärten Lieblinge Hagener Mädchen gewesen. Die Jungen verstanden, mit ihrem Charme, mit freundlichem Wesen, aber auch durch ihre Kraft zu verzaubern. Frau Cahn, aus einer angesehenen Rabbinerfamilie stammend, war darüber nicht erfreut. Immer wieder ermahnte sie und wies die Söhne darauf hin, sie sollten nicht vergessen, woher sie kämen und was sie seien.

Diese aber und auch der alte Herr Cahn winkten ab.

»Ich bin ein Jud und mache kein Hehl daraus, aber ich bin nicht anders als die anderen. Ich lebe als Deutscher unter Deutschen und frage dich, warum sollen es unsere Söhne nicht ebenso halten? Wenn ihnen die christlichen Mädchen besser gefallen als unsere jüdischen Mädel, warum sollen sie dann den christlichen Mädchen nicht den Hof machen? Ich habe nichts, aber auch gar nichts gegen eine christliche Schwiegertochter, genausowenig aber auch gegen eine jüdische!« Das war die Meinung des Seniors, die er immer wieder, zum Ärger der Frau Cahn, vertrat.

So also hatten seine Söhne gelebt und geliebt, bis dann das Gesetz zum Schutz des deutschen Blutes und der deutschen Ehre verabschiedet wurde und den Juden Freundschaft und Liebe zu den arischen Menschen verboten wurde.

Es wurde eine schwere Zeit für die Jungen aus der Cahn-Familie, aber auch für die christlichen Mädchen. Schließlich fügten sich beide Seiten in das Unvermeidliche.

Ewig, so dachte man im Hause Cahn, ewig würde dieser braune Spuk nicht dauern.

Die Cahnsöhne sahen sich nach Mädchen im eigenen »Lager« um, und nur ganz heimlich grüßten sie, wenn sie alte Freundinnen sahen. Die erröteten meist bis unter den Haaransatz, hakten sich bei ihrem gegenwärtigen Herrn noch enger ein und grüßten durch einen Blick der Augen verschämt zurück.

Am Abend dieses Novembertages saßen alle aus der Familie Cahn im großen Wohnzimmer, das einen schönen Ausblick auf die Volme hatte.

Der alte Herr las, die Söhne hörten Radiomusik und debattierten das Pariser Attentat.

Frau Cahn stickte an einer feinen Handarbeit. Hermann stand vor einer Staffelei. Er legte den Pinsel auf die Palette und erklärte ärgerlich: »Mir will heute nichts gelingen!«

»Das hängt mit den Ereignissen des Tages zusammen. Wir alle sind doch zutiefst besorgt, auch wenn wir es nicht wahrhaben wollen. Niemand weiß, was dabei herauskommen wird!«

Mit lautem Geschrei schlugen sie auch hier die Schaufenster ein. Frau Cahn sprang von ihrem Stuhl hoch, flüchtete in die Arme ihres Mannes. Als der Schlachtermeister das Wohnzimmerfenster öffnen wollte, flog dicht an seinem Kopf ein faustgroßer Stein durch die berstende Scheibe ins Zimmer und schlug in einer Vitrine ein.

Wilhelm Cahn wich nicht, widerstand allen Versuchen seiner Frau, ihn vom Fenster fortzuziehen. Er stand ganz einfach da, stand, wie zu Stein geworden. »Es geht los, Leute! Gott sei uns allen gnädig!«

»Schneidet den jüdischen Ebern die Schwänze ab. Jetzt bekommt ihr euer Fett, ihr Mädchenverführer, verfluchte! Wir werden euch die Eier herausreißen!« So riefen sie von der Straße hinauf. Immer wieder wurden sie vom Splittern des Glases unterbrochen.

»Die Juden ziehn dahin, sie ziehn durchs Rote Meer. Die Wellen schlagen zu, die Welt hat Ruh«, sangen sie mit rauhen, leicht trunkenen Kehlen.

»Kommt raus, ihr Judenschweine, wir schlagen euch die Schädel ein!«

Es blieb bei der Drohung. Noch trauten sie sich nicht in das Haus. Zu genau kannten sie den kräftigen Alten und seine Söhne. So blieb es vorerst bei Steinwürfen und Drohungen.

Als nach einer Stunde die Randale noch nicht nachgelassen hatte, befahl der Senior: »Zieht euch an! Nehmt alles mit, was wertvoll und wichtig ist. Wir schlagen uns zur Garage durch. Mutter nehmen wir in die Mitte!«

Während jeder nach Sachen suchte, die ihm lieb waren, legte Wilhelm Cahn die Orden des großen Krieges an, auf die er immer unsagbar stolz gewesen war. Noch einmal fuhr seine Hand über Spangen und Kreuze, so, als wische er unsichtbaren Staub fort, dann sagte er hart: »Macht das Licht aus und dann mir nach! Und daß ihr mir auf die Mutter achtet!«

Als die vier Cahns, die Mutter in der Mitte und mit langen Schlachtmessern bewaffnet, vor den braunen Schlägern standen, da wichen die zurück. Es war, als schienen sie die Gefahr zu erkennen, die von den Cahns ausging.

Wie in den Schützengräben an der Westfront kam die Stimme des alten Cahn, hart, stählern: »Macht den Weg frei!«

Und es geschah, was selbst Wilhelm Cahn kaum für möglich gehalten hatte, die Schläger bildeten eine Gasse. Die Cahns kamen unangefochten bis zur Garage. Sie stiegen in den großen Wagen und fuhren davon. Wieder flogen Steine hinter ihnen her. Einer traf die Heckscheibe. Sie platzte, brach aber nicht auseinander.

Wilhelm Cahn fuhr in Richtung Markt. Die Braunen blieben dicht hinter ihnen. Nun, da sie sahen, daß die Familie flüchten wollte, wurden sie wieder stark. Immer lauter, immer drohender schallte ihr: »Haltet die Juden, haltet sie auf!« In der Mitte des Marktplatzes stoppte ein zweiter Trupp den Wagen.

Lange Zeit hielt der Wagen den Schlägen stand. Jetzt aber kam einer auf den Gedanken, mit Benzin müsse man sie ausräuchern. Einen Lumpen steckten sie in den Einfüllstutzen, zündeten ihn an und rannten davon. Aus einiger Entfernung lauerten sie, was sich ereignen würde.

Die Explosion war sehr laut. Die Stichflamme reichte bis an die Kuppel der Stadthalle. Die Cahns stiegen nicht aus. Sie versuchten nicht, sich zu retten. Mag sein, daß sie es auch nicht mehr schafften. Sie verbrannten in ihrem Wagen. Als die Flammen hochstiegen, plünderten die Braunen ihre Wohnung. Sie zerschlugen alles, was zu sperrig war, um mitgenommen zu werden. Sie warfen das Mobiliar aus dem Fenster direkt in den Fluß. Als das Klavier am Ufer aufschlug, stöhnten die Saiten.

So endete in jener Nacht in der Stadt am Rande des Ruhrgebietes das, was die Menschen später als »Kristallnacht« bezeichneten.

Am nächsten Morgen hing über den Trümmern der Synagoge eine dünne Rauchsäule.

Der ausgebrannte Wagen der Cahns stand noch auf der Springe, dem Marktplatz, und ein Polizist hielt die Neugierigen fern. Die Menschen aber, die das Schicksal trugen, als Juden geboren zu sein, hockten angstvoll in ihren Wohnungen. Sie horchten auf jeden unbekannten Schritt und schraken zusammen, wenn es klingelte. Sie warteten und hofften. Vielleicht auf ein Wunder.

Die Thorarolle, die Herr Hartmann aus dem Fenster geworfen hatte, blieb verschwunden. Ein katholischer Geistlicher, der unterwegs war in dieser Nacht, um den Bedrängten zu helfen, fand sie und verbarg sie auf dem Dachboden des Pfarrhauses zwischen Kruzifix und Madonna und sprach mit niemandem davon, nicht einmal im Beichtstuhl.

Einige Tage nach dieser schrecklichen Nacht wurden im städtischen Leihhaus silberne Leuchter und andere Gerätschaften aus dem Bethaus als Pfand angeboten und auch angenommen. Nie zuvor waren die neuen Herren und ihre Frauen so gut gekleidet wie nach jener Nacht.

Die Leiche der Frau Tichowitz war noch vor Sonnenaufgang fortgebracht worden. Selbst Hans Oberlaß, der immer wieder aus dem Fenster schaute, sah nicht, wie man sie entfernte. Sie endete in der Pathologie. Niemand stellte Nachforschungen nach ihr an.

Der Sohn im fernen Land Amerika trauerte eine Weile, vergaß dann aber die alte Frau über den Anforderungen des harten Alltags. Nur ein kurzer Artikel stand am nächsten Tag in der Hagener Zeitung. Da war von berechtigtem Volkszorn und Strafen gegen die Juden zu lesen. Nichts stand geschrieben vom Tod der alten Frau Tichowitz, nichts vom brennenden Wagen der Cahns. Herr Biederbeck aber machte an diesem neuen Morgen mit den Schülern seiner Klasse einen Informationsgang. Er führte vorbei an der Synagoge, vorbei an den mit Brettern vernagelten Geschäften in der Innenstadt. Sie kamen auch am Haus der Cahns vorbei. Sie sahen in den Wassern des Flusses das zerbrochene Klavier, sahen die Teile der geschlachteten Pferde und kamen auch an dem ausgebrannten Auto vorüber, in dem die fünf Menschen verbrannt waren. Und wer von den Jungen aufmerksam war, konnte hören, wie Herr Biederbeck sagte: »Nun hat der große Ausverkauf begonnen!«

In der Stiege ging das quirlige Leben weiter.
Auf den Stufen der »Himmelsleiter«, dort, wo die alte Frau Tichowitz ihre große Reise in die Ewigkeit angetreten hatte, war von Unbekannten rote Lackfarbe verschüttet worden. Sie leuchtete wie Blut, wie das Blut der Alten, das der Novemberregen so rasch abgewaschen hatte.
Es war ganz deutlich: Die »Roten« im Viertel waren noch da. Sie beobachteten, registrierten und nahmen Stellung, wenn auch nur symbolisch.
Als Hanna Rosen frühmorgens ihre Korridortür aufschloß, sah sie sofort den großen Stern, der mit weißer Farbe angeschmiert worden war. »Wenn es bei der Schmiererei bleibt, will ich's hinnehmen. Eines aber steht fest: Der Stern bleibt dran!«

12

Bange Stunden wartete Hanna Rosen auf böse Ereignisse, die dieser Nacht nachfolgen mußten, aber es geschah nichts. Es blieb bei dieser schrecklichen Nacht.
Am Nachmittag kam der Hausverwalter Tomaschek, riß wie wild an der Türklingel und erklärte in seinem böhmischen Dialekt, als Hanna die Sperrkette zurückschob: »So geht es, bittescheen, nicht! Mechten Sie die Freundlichkeit haben, mich einzulassen in die Woh-

nung!« Widerwillig ließ ihn Hanna ein. Herr Tomaschek trug eine Hose, die an der Sitzfläche glänzte, und eine arg gestopfte Wollweste.

»Schließen Sie, bitteschcen, die Tür, ich mechte mit Ihn' reden!« Hanna Rosen tat, wie der Verwalter wollte. »Se dirfen nicht denken, daß ich ein Judenhasser bin, bei uns daheim, in Leitmeritz, lebten viele Juden, und wir waren gut Freund, aber ich muß Sie dringend bitten, auch auffordern, den angeschmierten Stern von der Wohnungstür abzukratzen!«

»Ich habe ihn nicht angeschmiert!«

»Machen Sie, bitteschcen, keine Schwierigkeiten. Sehen Sie, die Nachbarn haben sich beschwert. Sie wollen den Stern nicht mehr sehen, vielleicht schämen sie sich auch ein wenig, wer weiß? Sie verstehen?«

Hanna gab nach, und der Herr Tomaschek, die schwitzenden Hände tief in den Hosentaschen, sagte: »Sie mißten froh sein, daß alle hier im Haus anständig zu Ihnen sind!«

»Ich bin froh, Herr Tomaschek, froh, daß man uns das Leben ließ!«

»Sehen Sie, so ist es, bitteschcen, richtig. Also bringen Sie ihn fort, den Stern, diesen maledeiten!« Er öffnete die Tür, zog die Hand aus der Hosentasche und hob sie zum »deutschen Gruß«. »Heil Hitler«, sagte er und deutete noch einmal auf die Schmiererei. »Also bitte bald fortkratzen, bitteschcen!«

»Ja!« Hanna schloß ab. Um die Mittagszeit war der Stern an ihrer Tür verschwunden. Die Reste der frischen Farbe wischte sie mit Petroleum ab. Nun war ihre Tür ein wenig weißer als die der Frau Densch. Als Hanna endlich die Hände an der Schürze abrieb, dachte sie: Was wird das Nächste sein?

»Wer wird eigentlich für Frau Tichowitz Kadisch sagen?« David fragte es, und Onkel Daniel schaute erstaunt. »Wie kommst du darauf? Der Sohn selbstverständlich, wenn sie ihn benachrichtigen!«

»Und wenn nicht?«

»Was, und wenn nicht?«

»Wenn sie ihn nicht benachrichtigen?«

»Dann wird niemand das Totengebet sprechen! Findest du das so wichtig? Ist es nicht viel wichtiger, den Menschen zu ihren Lebzeiten ein wenig Freude auf den Weg zu geben? Was haben Tote vom Kadisch, wenn sie starr und kalt im Keiwer liegen?«

»Aber . . .«

»Ich verstehe deine Frage, und wenn es dir Ruhe schafft, werde ich für die Nachbarin Kadisch sagen!«

»Ja, es schafft mir Ruhe!« David stupste dem Onkel mit der Faust scherzend in die Rippen. »Danke, Onkel Daniel!«

Die Wohnung von Frau Tichowitz war versiegelt worden. Von einer Stunde auf die andere mußten die möblierten Herren ihre Koffer packen und ausziehen. Zwei Männer vom Amt versiegelten die Eingangstür, suchten aber vorher noch lange Zeit in Schränken und Kommoden, kehrten das Oberste zuunterst, fanden aber nichts, was immer sie auch gesucht haben mochten.

»Damit alles seine Ordnung hat«, sagte der eine von ihnen und setzte nachdenklich hinzu: »Ich habe nie gewußt, daß es auch unter den Juden so armes Volk gibt. Da denkt man immer, die schwimmen im Geld, aber bei der Alten gibt es nur Läuse und Flöhe, und die sind noch krank!«

Der andere lachte, leckte an der Gummierung des Siegels und klebte es auf das Schlüsselloch. »Tja, ein armes Luder war die Alte schon, aber nichts von Läusen und Flöhen, das ist Fehlanzeige!«

»Wer mag in die Wohnung eingewiesen werden?«

»Na, wer schon? Die Partei wird schon den Richtigen aussuchen, meinst du nicht auch?«

»Ja, die Partei wird es schon machen!«

»Hast du die Adresse von dem Amerikaner?«

»Ja, der kann die Urne anfordern, wenn er sein lieb Mütterlein bei sich haben will!«

»Laß mich doch mal in Ruhe lesen!« Jako schnatterte dazwischen und gab erst Ruhe, als Daniel ein Tuch über seinen Käfig warf. »Hanna«, rief er, »komm doch mal her. Kaum zu glauben, was da steht!« Er legte die Zeitung hin. »Weißt du, wie nun dein Name ist?«

»Wieso?« Erstaunt sah Hanna den Bruder an. »Blöde Frage!«

»Gute Nacht, schlaf gut«, erklärte Jako in der Dunkelheit seines Bauers.

»Wieso? Du bist gut! Die haben sich schon wieder etwas Neues ausgedacht. Eine neue Schikane! Ab sofort müssen die jüdischen Frauen den Namen Sarah zu ihrem eigenen Namen führen, und die Männer müssen sich zusätzlich Israel nennen!«

»Wo steht das?«

»Hier steht es!« Daniel wies mit dem Zeigefinger auf den Artikel.

Hanna las. Sie wurde sehr ernst. »Gut, dann wollen wir das mal so halten, wie die Herrenmenschen sich das vorgestellt haben. In Zukunft bin ich Sarah, und du bist Israel, und der Kuckuck soll dich holen, wenn du mich noch einmal Hanna nennst!«

Daniel streichelte sanft ihre Hände. »Nimm es nicht so verbissen. Aber meschugge sind die doch! Israel müssen sich die Männer nennen! Wissen denn die Braunen nicht, was das bedeutet, haben die denn niemanden, der ihnen sagt, daß dies Gotteskämpfer heißt? Und der Name Sarah bedeutet Fürstin!«

»Was weiß ich? Vielleicht machen die das auch ganz bewußt und ironisch!«

»Wenn ich doch nur ein wenig mehr von der Religion

halten könnte. Ich glaube, dann könnte ich stolz sein, als Jude geboren zu sein!« Sorgsam faltete Daniel die Zeitung zusammen und legte sie auf die Ablage des Küchenschrankes. »Schneid den Artikel heraus! Wir werden morgen wohl die amtliche Mitteilung im Briefkasten haben!« Er nahm das Tuch vom Käfig. »Kreisch nur, du liebes, kleines Mistvieh, wer weiß, wie lange sie dir das noch erlauben werden!«

Jako putzte sich die Federn, legte den Kopf schräg, schaute Daniel mit seinen klugen Augen an und sagte deutlich: »Mistvieh!«

Der Winter kündigte sich immer energischer an. Weihnachtlicher Schmuck war auf Straßen und Plätzen zu sehen, und in den Geschäften glitzerte der Flitterkram. In den großen Kaufhäusern der Stadt spielten sie Lieder, die von Frieden und Freude auf Erden kündeten.

Die Nächte wurden kalt. Schon war der erste Reif gefallen, und die Wasserlachen, noch übrig vom letzten Regen, trugen dünnes Eis.

In jener Nacht ging »Pockenemil« wieder einmal Streife. Und weil er allein ging und ihn in der Dunkelheit der Nacht niemand sah, trug er den Mantelkragen hochgeschlagen, sich so gegen den kalten Wind schützend. Mit ruhigen Schritten ging er seine Runde. Er sah die neuen Namen über den jüdischen Geschäften und dachte, es könne nicht schaden, einen heißen Pusch im Magen zu haben. Beim Juwelier Nahm blieb er stehen. Er prüfte das Scherengitter an der Tür und rüttelte so gründlich daran, daß auf der anderen Seite der Straße zwei vermummte Gestalten aufgeschreckt wurden.

»Pockenemil«, dem alle Geräusche der Nacht vertraut waren, erkannte sofort, daß da etwas war, das nicht dorthin gehörte. Mit schnellen Schritten überquerte er die Straße, schon jetzt die Dienstpistole entsichernd. Vor der Trinkhalle, an der es neben Zigaretten und Bier auch

Schnaps und Eßwaren zu kaufen gab, stand er kurze Zeit lauschend.

Vom geteerten Dach der Trinkhalle hörte er die flüsternden Stimmen zweier Männer. »Pockenemil« richtete die Pistole nach oben und sagte scharf: »Steigt runter! Einer nach dem anderen, und macht keine Geschichten, sonst knallt's!«

Oben auf der Bretterbude blieb alles still. So still, daß man den scharfen Dezemberwind zu hören glaubte.

Nun leuchtete der Wachtmeister mit der Taschenlampe nach oben. »Ich sage es nicht noch einmal. Kommt runter, sonst knalle ich euch runter!«

Die Männer auf dem Kioskdach schienen verstanden zu haben. »Wir kommen schon«, erklärte eine jugendliche Stimme.

»Pockenemil« schmunzelte insgeheim. Einer aus dem Viertel, dachte er, einer von meinen Leuten. Da sprang auch schon der erste vom Dach.

»Bleib stehen und nimm die Hände hoch!« Bevor er sich dem zweiten Einbrecher zuwenden konnte, war der vom Dach und ging mit einem feststehenden Messer auf den Wachtmeister los.

»Wirf die Waffe weg«, schrie dieser warnend und hob die Pistole, doch der Vermummte, der seine Schirmmütze so tief ins Gesicht gezogen hatte, daß er nicht zu erkennen war, versuchte, dem Beamten das Messer in den Leib zu stoßen. Da drückte Wachtmeister Bolle ab. Der Schuß klang so laut, daß die Anwohner aus dem Schlaf geschreckt wurden. Mitten in der Aktion blieb der Angreifer sekundenlang wie erstarrt stehen, dann fiel zuerst das Messer zu Boden und sofort danach der Getroffene. Er sackte in sich zusammen.

Der zweite Mann, die Hände immer noch angstvoll zum Himmel gereckt, winselte dünn: »Nicht schießen, nicht schießen, Herr Bolle, ich werd's auch nicht wieder tun ... bitte, bitte, nicht schießen!«

»Halt's Maul und komm her! Hilf mir lieber bei deinem Kumpan!« Bolle steckte die Pistole zurück ins Halfter und rief mit seiner Polizeipfeife Verstärkung herbei.

»Ich tue alles, was Sie wollen!«

»Dann drück mal das Verbandspäckchen fest auf die Wunde. Fest andrücken und nicht loslassen, sonst holt dich der Deibel!« Der Bursche folgte dem Befehl. Er drückte sehr fest. Der andere spürte nichts davon, er war ohne Bewußtsein.

Wachtmeister Bolle fragte neugierig: »Wer bist du eigentlich? Ihr habt eure Gesichter so sehr verschmiert wie echte Verbrecher!«

»Hans Oberlaß«, kam es dumpf und angstvoll, »und der andere ist der Heinz Stein!«

»Oberlaß und Stein ... schöne Früchtchen seid ihr!« Wieder pfiff Wachtmeister Bolle auf der Polizeipfeife. Nun schauten die ersten Neugierigen in die kalte Dunkelheit. Auch Goldschmied Nahm öffnete das Schlafzimmerfenster. »Wollten die bei mir einbrechen?«

»Nein«, brüllte »Pockenemil« zurück, »aber rufen Sie die Ambulanz an, der verblutet mir sonst auf der Straße. Er muß schnellstens in die Hände eines Arztes!«

»Sofort!« Der Juwelier zeigte sich diensteifrig. Er alarmierte das Unfallkommando.

»Herr Bolle«, die Stimme des jungen Oberlaß klang flehend, »der Heinz stirbt!«

»Pockenemil« kümmerte sich um den Verletzten. Auch er bemerkte, daß dessen Atem immer flacher wurde.

»Drück das Verbandspäcken fester auf die Wunde«, sagte er, aber er sagte es nur, weil er nicht ganz hilflos erscheinen wollte.

Dann kam die Ambulanz. Die Sanitäter packten Heinz Stein auf die Trage. Einer der Männer kam auf »Pockenemil« zu: »Bevor wir im Josefs-Hospital sind, ist der schon in den ewigen Jagdgründen!«

Da schrie Emil Bolle so laut, daß es weit zu hören war: »Dann fahrt doch endlich zu, ihr Ärsche, es ist doch ein Mensch, der da verblutet, verdammt noch mal!«

Mit lautem Martinshorn jagte der Unfallwagen davon.

»Pockenemil« wischte sich den Straßendreck vom Uniformmantel. »Dann komm, Oberlaß, auf der Wache ist es warm. Von jetzt ab geht sowieso alles seinen Gang!«

Verflucht noch mal, dachte Emil Bolle, da kann man Hilfe herbeipfeifen, solange man will, es kommt kein Schwein.

Hans Oberlaß ging einen Schritt vor dem Mann in Uniform. Er hatte furchtbare Angst. Die Knie schlotterten ihm.

»Pockenemil« erkannte das und ließ die Pistole im Futteral.

Der Zivilbeamte entfernte das Siegel vom Türschloß. »So, hier sind die Schlüssel. Wenn Sie die Möbel nicht wollen, dann informieren Sie die NSV. Die freuen sich über jede Spende. Wir haben ja im Reich leider immer noch genug armes Volk!«

»Wir werden sehen«, erwiderte der junge Mann in der braunen Uniform der SA. »Erst einmal sehen, was da für Wertsachen sind!«

»Da werden Sie wenig Freude haben, Parteigenosse!«

Eine junge, hochschwangere Frau trat hinzu. »So schließ doch endlich auf, Karl-Heinz, ich möchte unser neues Heim kennenlernen!«

»Ja doch!« Parteigenosse Karl-Heinz schien ungehalten. »Also, dann Heil Hitler«, verabschiedete er den Zivilbeamten und hob die Hand zum Nazigruß.

Mit dem Schlüssel kratzte er das Siegel fort, dann schob er den Schlüssel ins Schloß und bat seine Frau: »Schließ du auf, Hildchen. Unser neues Heim . . .«

Er wollte sie auf den Arm nehmen und über die

Schwelle tragen, ließ es dann aber beim Versuch. Hildchen war ihm zu schwer.

»Eine schöne Wohnung, vielleicht ein wenig dunkel. Aber das läßt sich ändern. Alles hier muß hell gestrichen werden. Und sieh einmal hier, das schöne Zimmerchen. Es ist wie gemacht für unseren neuen Erdenbürger! Gesund an Leib und Seele wird er hier aufwachsen!«

Frau Hildegard war bedrückt. In ihr schien keine Freude aufzukommen. »Wenn hier bloß nicht die tote Jüdin herumspukt, Karl-Heinz!«

Parteigenosse Karl-Heinz grinste. »Du spinnst, Liebling!«

Sie aber verlangte: »Die alten Möbel müssen raus!«

»Gemacht, Liebling. Noch heute rufe ich die NSV an, die sollen kommen und das Gerümpel abholen. Und nun gib mir einen Kuß!«

Der erste Schnee war überraschend gefallen. Ganz plötzlich, am späten Abend, bekam der Himmel eine unheimlich wirkende braunfahle Färbung, und dann kamen die Flocken wie aus Säcken geschüttet herab. Immer dichter wurde der Schneefall. Schon kurze Zeit später lag der Schnee so hoch, daß es Mühe machte, durch ihn hindurchzustapfen.

Als Onkel Daniel an jenem Abend von der Schicht kam, sah jeder, daß er sehr müde war. Unmutig schleuderte der sonst so ausgeglichene Mann die Schuhe von den Füßen.

»Ärger, Dan?«

»Ja!«

»Zieh dir trockene Socken an, man erkältet sich leicht bei diesem Wetter!«

»Hast du sonst keine Sorgen, Sarah?!«

Hanna Rosen blinzelte ihren Bruder an. Sie hatte sich durchgesetzt. Ihr Bruder nannte sie so, wie die Machthaber es verlangten.

»Sorgen genug, aber wir feiern von heute an! Hast du das vergessen? Wir haben Chanukka, Dan! Erna Rothstein und Frau Menes kommen zu Besuch. Wir werden ein wenig feiern und fröhlich sein wie in vergangenen Tagen!«

»Chanukka!« Daniel sagte es sehr gedehnt und nachdenklich, dann schwieg er. Erst nach einer ganzen Weile richtete er sich auf: »Recht so, Schwesterlein, feiern wir das Fest. Wenn wir auch kaum wissen, wie!«

»Frau Menes wird's schon wissen! Und wenn nicht, wem schadet es? Wir zeigen jedenfalls, daß wir noch da sind!«

Weinend stand Frau Oberlaß vor Hanna. Ihr Gesicht war aufgequollen und die Augen gerötet. Ihre Hände zitterten, als sie begann: »Sie haben den Hans heute verurteilt. Bist zum späten Nachmittag ging die Verhandlung. Alle Schuld haben sie meinem Jungen angelastet. Der Stein ist ja tot, dem können sie nichts mehr anhaben, und einen Sündenbock brauchen sie!« Sie weinte wieder, weinte so laut, daß Frau Densch ihre Wohnungstür öffnete und energisch Ruhe forderte.

»Kommen Sie herein zu uns, Frau Oberlaß! Weinen Sie sich aus«, sagte Hanna Rosen.

Frau Oberlaß kam herein. Als sie Daniel Adonait sah, wollte sie gleich wieder hinaus, doch der hielt sie am Schürzenband fest. »Lassen Sie sich durch mich nicht stören! Tun Sie einfach so, als sei ich gar nicht da!«

Daniel zündete sich eine Zigarette an und putzte weiter am Messing des Chanukkaleuchters. Er steckte die Kerzen auf, als er Frau Oberlaß hörte: »Sie haben ihn fertiggemacht, da oben im Gericht. Alle Schuld haben sie auf ihn geschoben, und nun muß er für zwei Jahre ins Gefängnis, und anschließend soll er in ein Arbeitslager ... und das alles nur, weil die Bengels sich Zigaretten stehlen wollten, für die ihr Geld nicht reichte. Was ist das bloß für eine Zeit? Ich werd' noch verrückt! Mein armer Junge! Verführt ist er worden, verführt von dem verdammten Stein . . .«

»Weinen Sie nur, Frau Oberlaß, und nehmen Sie es nicht zu schwer. Sie müssen doch da sein und gesund dazu, wenn der Hans zurückkommt. Ihr Sohn wird vielleicht wegen guter Führung vorher entlassen, und ob er in ein Arbeitslager muß, wer weiß das heute schon? Wer weiß, was die Zeit bringt?«

Da erhellte sich das Gesicht der Frau Oberlaß. Sie nahm die Rechte von Hanna Rosen und wollte sie küssen. Sie flüsterte: »Gott möge Ihnen die Freundlichkeit danken! Sie sind die einzige, mit der man reden kann und die Verständnis hat!«

Jemand bewegte zaghaft die Türklingel. Erna Rothstein, groß und hager, in einen viel zu dünnen Mantel gekleidet und derbe Männerschuhe an den zu großen Füßen, kam den Korridor entlang. »Der David hat mir geöffnet! Ich bin doch nicht zu früh gekommen?«

»Nein, Erna, ich freue mich, daß du da bist. Frau Oberlaß hat nur ihr Herz erleichtert!«

Erna Rothstein schmunzelte verstehend: »Frau Rosen, Sie wären ein erstklassiger Beichtvater geworden!«

Unter Tränen lächelte da auch Frau Oberlaß. Schlurfend hinkte sie zum Ausgang. An der Tür drückte sie noch einmal Hanna Sarah Rosen die Hände und fragte: »Darf ich wiederkommen, wenn mir zu schwer ums Herz ist?«

»Jederzeit, Frau Oberlaß, jederzeit!«

Frau Menes brachte einen Kuchen mit, auch eine Schüssel mit süßen Mandeln, Nüssen und Rosinen hatte sie dabei, und einen Brief trug sie in der Handtasche, einen Brief mit einer fremden bunten Marke.

Sie legte ihn vor sich auf den Tisch. David konnte kaum den Blick wenden. Er fragte Frau Menes, ob der Brief von Alex sei, doch die lächelte nur und antwortete, dies sei ein Teil der Festüberraschung.

David gab sich zufrieden. Die gemütlichen Stunden der Chanukkafeier begannen.

Frau Menes, die es als einzige in der Runde noch verstand, zündete die Lichter an, und dann sangen sie nach Chanukkaplatten, die sie auf den Plattenteller des alten Grammophons legten.

Die Nachbarn hörten es und sagten: »Hört ihr, die Juden feiern schon wieder!«

Und Frau Densch klopfte gegen zehn Uhr am Abend energisch mit ihrem Krückstock gegen die Wand und verlangte Ruhe.

Hanna Rosen aber tat, als würde sie nichts hören, und drehte den Lautstärkenregler des Grammophons noch weiter auf.

Endlich legte Frau Menes den Brief vor David und bat: »Bitte, David, lies ihn laut vor, damit wir alle etwas davon haben. Endlich ein Lebenszeichen von meinem Jungen!«

David las. Er las sehr laut. Ihm schien ein dicker Kloß im Hals zu stecken:

»*Liebe Mama! Lieber David, mein guter Freund!*
Ihr wißt sicher noch, daß ich nicht gern schreibe. Daher an Euch beide mein Brief, damit ich mir einen spare. Es geht mir gut in Amerika. Ich gehe auf eine jüdische Schule und lerne alles, was man hier in diesem Land braucht. Zuerst die Sprache. Das ist nicht leicht, aber das geht uns allen so, und keiner ist perfekt, und so ist es leichter.
Ich hoffe, Ihr kommt bald nach. Das hier ist ein Land, David. Riesig. Es gibt keinen Anfang und kein Ende. Hier ist alles möglich, und Jude sein kann man, wann man will. Danach fragt kein Mensch.
Kommt bald, ich habe Heimweh nach Euch, aber nicht nach Deutschland.
In Liebe Euer Alex.

Übrigens habe ich hier schon zweimal geboxt gegen eine andere jüdische Mannschaft und sogar gewonnen.

Euer Alex aus Amerika.«

Als David den Brief zurücklegte und die fremde Briefmarke bestaunte, füllten Tränen seine Augen. »Schön, daß es ihm gutgeht«, meinte er, und Frau Menes fügte fromm hinzu: »Gelobt sei der Ewige, unser Gott, der es so gefügt hat!«

Nun klangen die Chanukkalieder noch fröhlicher, ausgelassener, und selbst Daniel Adonait erzählte hinter vorgehaltener Hand einen Witz: »Da sitzt ein Jude in Düsseldorf in der Straßenbahn. Ruft der Schaffner aus: Adolf-Hitler-Platz! Da blickt der Jude fromm nach oben und spricht seufzend: ›Ach, möchte es doch so sein, Herr der Welt!‹«

Hanna lachte. Sie lachte so laut und so lange, bis Tränen über ihre Wangen liefen.

Frau Menes blieb still, und leise meinte sie: »Platzen braucht er nicht! Nur in Frieden soll er uns lassen!«

In David wuchs eine große Freude. Er wurde übermütig, faßte den Onkel um die Schultern und tanzte mit ihm, und Frau Menes sang das jiddische Lied »Als der Rebbe Ebimelech«. Die Stunden rasten dahin. Erst als die Uhr nach Mitternacht zeigte, trennten sie sich.

»Es wird Zeit zu schlafen. Um fünf ist die Nacht für mich zu Ende!« Daniel gähnte ausgiebig und sagte dann, Freude in den Augen: »Morgen abend feiern wir weiter!«

»Kamerad Bolle!«

»Herr Leutnant!«

»Wir haben Nachricht, was das Halten eines Tieres durch Juden anbetrifft. Wie Sie wissen, ist laut Verordnung den Juden Tierhaltung jeder Art bei Strafe verboten. Jetzt teilt uns eine Nachbarin mit, daß bei der Hanna Sarah Rosen ein Papagei gehalten wird, obwohl die Rosen die Bestimmung über die Tierhaltung kennt. Gehen Sie hin und sorgen Sie dafür, daß der Papagei fortkommt!«

Das Jawohl des Beamten war sehr kurz. Als er Stunden später bei den Rosens anschellte, kam er sich klein und schäbig vor.

David öffnete. Er schrak sichtlich zurück, als der Mann in Uniform vor ihm stand. Der Wachtmeister schob ihn zur Seite. »Ist deine Mutter daheim?« Er wartete die Antwort nicht ab, sondern steuerte direkt auf die Küche zu.

Auch Hanna erschrak, als sie »Pockenemil« sah. »Was gibt es denn, Herr Wachtmeister?«

»Vor mir brauchen Sie nicht zu erschrecken! Darf ich mich setzen?«

»Gerne!« Sie wischte den Stuhl ab. »Bitte!«

Der Beamte nahm den Tschako ab und stellte ihn auf den Tisch. »Sie haben einen Papagei?«

»Ja!«

»Aber wissen Sie denn nicht, Frau Rosen, daß Sie keine Tiere mehr halten dürfen nach dieser neuen Verordnung?«

»Doch, ich weiß! Aber der Vogel krepiert, wenn ich ihn fortgebe, und der Junge hängt an dem Tier, wie man es nicht beschreiben kann!«

»Es liegt eine Anzeige vor, und ich muß der Sache nachgehen! Sehen Sie zu, daß der Vogel fortkommt. Vielleicht können Sie ihn bei Bekannten unterbringen? Ich bin heute nicht dagewesen, Sie verstehen! Und wenn ich morgen komme und mich nach dem Tier erkundige, dann ist er nicht mehr da! Wir verstehen uns doch, Frau Rosen, nicht wahr?«

»Ja, wir verstehen uns!«

»Dann will ich Sie nicht länger aufhalten. Auf Wiedersehen, Frau Rosen!«

»Auf Wiedersehen, Herr Wachtmeister!«

Hanna Rosen blieb ratlos zurück. David setzte sich vor den Käfig und starrte unbeweglich auf den grauen Vogel, der sich die Federn putzte. »Nicht einmal dich darf ich behalten, Jako!« Er fragte seine Mutter. »Was soll nun geschehen, Ma? Wenn wir den Jako fortgeben, geht er kaputt, wo er sich so sehr an uns gewöhnt hat!«

»Wir geben ihn auch nicht fort. Wir leihen ihn einfach der Frau Oberlaß. Die wird froh sein, wenn wieder Leben ins Haus kommt. Und wir holen ihn zurück, wenn sich die Zeiten gebessert haben!« Sie machte eine Pause und sagte abschließend: »Der Jako wird das bestimmt erleben, der wird hundert Jahre alt!«

Sie sprachen mit Frau Oberlaß, und als sie hörte, man würde auch weiterhin für Futter sorgen und noch einen Dreier im Monat für Kaffee geben, da sagte sie gerne ja.

Jako aber saß in seinem Bauer, reckte den Kopf wie ein Hahn beim Krähen und erklärte so laut, daß ihn niemand überhören konnte: »Mistvieh!«

Angewidert von seinem Auftrag, marschierte »Pockenemil« zu seinem Stammtisch bei Gerken. Es schmeckte ihm auch an diesem Tag, aber irgendwie, so erschien es ihm, war alles schal und bitter, und er empfand es von Tag zu Tag ärger.

Spät am Abend kam er auf sein möbliertes Zimmer. Er setzte sich und begann, einen Brief zu schreiben. Darin teilte er dem Dienststellenleiter mit, er sei an einer fiebrigen Grippe erkrankt und könne einige Tage nicht zum Dienst erscheinen. Dann steckte er das Schreiben in einen Umschlag und schickte seine Wirtin damit zum Revier.

Sie kam nach einer guten Stunde zurück, wünschte ihm gute Besserung, und der Herr Kamerad solle sich nur gut auskurieren. Wachtmeister Bolle griff nach einer Flasche Kümmel, die tief hinten im Kleiderschrank stand, und nahm kräftige Schlucke. Die Flasche wurde bald leer.

Lange lag Bolle wach. Er war nicht mehr nüchtern, aber auch nicht betrunken. Er war wieder in der Stimmung, in der er die »perfekte Übersicht« hatte, und in jener Nacht fällte er eine Entscheidung, die für sein weiteres Leben wegweisend wurde.

Es war einige Tage vor Weihnachten, als Emil Bolle, Inhaber eines Reisepasses mit gültigem Visum, in Zivil und mit einem kleinen Koffer in der Hand, in den Zug stieg, der ihn nach Düsseldorf brachte. Dort stieg er um. Er stieg in den Internationalen Schnellzug, der ihn bis zur Endstation mitnahm. In Amsterdam stieg »Pockenemil« aus.

Die Weihnachtstage verbrachte er bei der Schwester, die hier verheiratet war, und als die stillen Tage vorüber waren, machte er sich auf den Weg und stellte sich den niederländischen Behörden. Er bat um Asyl. Und er bekam es.

In Deutschland aber setzten sie den Namen Emil Bolle auf die Fahndungsliste der Gestapo.

13

Frau Freudewald hatte nasse Augen. Verlegen stand sie vor Hanna Rosen. »Sie werden entschuldigen, aber ich habe eine Bitte!«

»Sprechen Sie nur, wenn ich Ihnen helfen kann, will ich es gern tun!«

»Wissen Sie, daß man mir den Kalla fortgenommen hat?«

»Nein! Wer hat ihn fortgenommen?«

»Das fragen sie noch? Sie kennen den Kalla doch, der war wie ein kleines Kind, aber Kraft hatte er für drei. Eines Tages hat er die Bengels, die ihn immer wieder hänselten, kräftig verdroschen. Darauf sind die Eltern zur Partei und haben sich beschwert, ja, und dann haben sie den Kalla abgeholt. Gemeingefährlich sei er und müsse hinter Gitter, in eine Anstalt!«

»Das tut mir leid. Der Kalla würde keiner Fliege etwas zuleide getan haben, hätte man ihn in Ruhe gelassen!«

Frau Freudewald stimmte zu. »Ja, so ist es! Aber was soll ich jetzt machen mit dem Viehzeug? Der Kalla hat mir das Futter für die Kühe zusammengetragen, jeden Tag, säckeweise, und wir haben davon gelebt, recht gut sogar. Die Frage ist, wer nun das Futter zusammentragen wird?«

»Und warum kommen Sie zu mir? Sie haben sich doch etwas dabei gedacht!«

»Ja! Ich habe an den David gedacht!«

»An David?«

»Ja, bei mir hätte er es gut! Er bekommt zu essen und einen vernünftigen Lohn, und wer weiß, wie alles wird, er hat eine Arbeit, die wichtig ist für die Ernährung und so!«

»Aber der Junge geht doch noch zur Schule!«

»Ach was, Schule! Das ist doch gleichgültig, ob er ein paar Monate länger geht oder nicht. Mit vierzehn muß er doch ausscheiden!«

»Ich weiß nicht, was ich dazu sagen soll!« Hanna Rosen war ratlos.

»Sprechen Sie nur mit Ihrem Sohn. Der ist alt genug und soll selbst entscheiden!«

»Wie soll denn der Junge diese schwere Arbeit schaffen? Kartoffelschalen schleppen, säckeweise, das ist die Arbeit eines starken Mannes. Er ist doch kein Kalla mit dessen Bärenkräften!«

»Wir besorgen einen Handwagen, damit kann er die Schalen gut heranschaffen!«

»Ich werde es ihm sagen, Frau Freudewald! Entscheiden muß er allein. Das verstehen Sie doch, Frau Freudewald!«

»Ja! Er soll genau überlegen, aber so schlecht, wie das auf den ersten Blick aussieht, ist mein Angebot nicht!«

»Alle Jungens im Viertel werden mich auslachen!« David schüttelte sich. Ihn ekelte, wenn er an die fauligen Schalen dachte, und lehnte kategorisch ab.

In der folgenden Nacht schlief er lange nicht. Er lag wach und dachte nach. Jeden Tag konnte er Milch heimbringen, und er ahnte voraus, daß die Zeiten schlimmer werden würden.

Am nächsten Morgen, David saß seiner Mutter am Küchentisch gegenüber, sagte er: »Ich mach' die Arbeit! Ist ja doch egal. Die wollen uns fertigmachen. Dies und das dürfen wir nicht mehr, selbst ein Tier könnte Schaden nehmen, wenn wir es pflegen ... Vielleicht lassen sie mich bei der Freudewald nicht mal arbeiten? Wegen der Kühe, meine ich!«

»Sie werden schon, denn wer von den Herrenmenschen würde eine solche Arbeit tun?«

»Also, ich fange bei der Freudewald an. Jeden Tag Milch können wir gebrauchen!«

»Das ist dein Entschluß, David! Du mußt wissen, was du willst und tust!« Herr Hartmann kratzte sich den Schädel und sah seinen Schüler nachdenklich an: »Eine solche Arbeit kann vielleicht für dich eines Tages von Wichtigkeit sein, David. Ich streiche dich also aus der Schülerliste und schreibe, abgegangen, um Arbeit aufzunehmen!«

»Danke, Herr Hartmann!«

»Schon gut! Aber ich hätte da eine Bitte, einen Auftrag für dich. Er ist nicht ungefährlich und müßte sehr sorgsam ausgeführt werden!«

»Wenn Sie denken, daß ich dafür der richtige Mann bin, dann werde ich's schon erledigen!«

»Hör zu! In der Pogromnacht sind die Thorarollen abhanden gekommen. Jetzt habe ich eine vertrauliche Mitteilung erhalten. Eine der Schriftrollen soll beim Pfarrer der Josefskirche versteckt sein. Ich möchte nun, daß du dorthin gehst und nachfragst, aber du mußt dich geschickt anstellen und darfst nur mit dem Priester persönlich sprechen!«

»Kennen Sie seinen Namen?«

»Ich denke, er nennt sich Rohling ... oder so ähnlich! Gebrauche deinen Verstand, wenn du mit ihm sprichst: Ich weiß, du hast einen klugen Kopf und kannst dir helfen!«

»Ich will es hoffen, Herr Hartmann!«

»Ich auch, David!«

Um dieselbe Stunde traf Onkel Daniel Otto Zettlau. Der bewegte sich langsam an Krücken und blieb erschöpft stehen, als er den Freund sah.

»Hallo«, sagte er und zeigte ein müdes Lächeln.

»Hallo, Otto! Was hast du denn angestellt?«

»Unfall, Dan, Arbeitsunfall! Mir hat der Westwall jetzt schon den Rest gegeben!«

»Schlimm?«

»Was heißt schlimm? Mehrere Knochenbrüche. Bin in eine Baugrube gestürzt. Na, jetzt habe ich erst einmal Ruhe. Die Unfallgenossenschaft muß jedenfalls berappen, und wenn ich ausgeheilt bin, tauge ich bestimmt nicht mehr für eine Arbeit am Westwall oder ähnlichen Projekten!«

»So hat alles irgendwo auch sein Gutes!«

»Ach, du mit deiner Philosophie! Sag mir lieber, ob wir wieder etwas beginnen sollen!«

»Du meinst poli ...«

»Psssst!«

»Nein, Otto, das ist vorbei. Wir werden von Tag zu Tag mehr bespitzelt. Ich muß an David und meine Schwester denken. Sie sind schnell in etwas hineingezogen!«

»Das verstehe ich schon, Dan! Aber glaubst du, daß alles gutgeht? Ohne Krieg, ohne Zerstörung? Die braune Bande wird uns alle noch das Fürchten lehren. Wir werden fluchen und beten, und ich meine, deshalb ist es besser, etwas gegen sie zu tun, solange noch Zeit und Gelegenheit dazu ist!«

»Alles auch meine Meinung, aber ich kann nicht mehr aus besagten Gründen, leider!«

»Klar, alter Freund, du brauchst dich nicht zu entschuldigen, aber wenn du willst, können wir uns gelegentlich treffen! Kleines Schachturnier oder so, was?«

»Gut, Otto! Ich melde mich bei euch!«

Eine Frau in mittleren Jahren war Haushälterin im Pfarrhaus von Sankt Josef. Neugierig sah sie dem Jungen, der auf der Treppe am Eingang stand, in die Augen. »Was willst du denn?«

»Kann ich, bitte, den Herrn Pfarrer sprechen?«

»Wen?«

»Den Herrn Pfarrer Rohling . . . oder so ähnlich . . .«

»Du gehörst nicht zu unserer Pfarrei, oder?«

»Nein!«

»Hochwürden möchtest du sprechen? Was willst du denn von ihm?«

»Das muß ich ihm selbst sagen . . . persönlich!«

»So, so! Persönlich! Beichtstunden sind von fünf bis sechs!«

»Ich möchte nicht beichten. Ich habe etwas sehr Wichtiges mit dem Herrn . . . mit Hochwürden zu bereden!«

»Dann komm herein! Hier draußen wirst du ja nicht mit ihm reden wollen! Ich werde Hochwürden sagen, daß du hier bist! Wie ist denn dein Name?«

David zögerte, sagte dann aber kurz entschlossen: »Erich Zettlau!«

»Gut, Erich, warte bitte hier. Du kannst dich auch setzen. Es wird etwas dauern!«

David sah sich in dem geheimnisvoll dunklen Vorraum um. Ein riesiges Kruzifix direkt über dem Stuhl bereitete ihm Unbehagen. Er rückte den Stuhl zur Seite. Das

Kreuz schien ihm so groß, als sei es für einen Menschen gemacht.

Dann aber kam Hochwürden Rohling. Leichten Fußes kam der schlanke Priester auf David zu. »Du möchtest mich dringend sprechen, Erich Zettlau? Komm mit! In meinem Arbeitszimmer sind wir ungestört!«

Er wies auf einen Stuhl. »Setz dich!«

»Ich habe die Frau belogen. Mein Name ist David Rosen. Ich bin gekommen, weil ich fragen soll, ob Sie etwas von den verlorengegangenen Thorarollen wissen?!«

»Du bist ein . . .«

». . . Jude, ja!«

»Erzähl mir von dir, David. Man hat es leichter, wenn man zu zweien trägt!«

Jetzt erst setzte sich der Junge. Er schien Vertrauen gefaßt zu haben.

Hochwürden Rohling rief hinaus in den Flur: »Frau Böser, bringen Sie uns zwei Tassen Kakao. Sie müssen sich aber nicht beeilen!«

Frau Böser überlegte, wer dieser junge Gast sein könnte, kam aber zu keinem Ergebnis. Als sie den Kakao ins Arbeitszimmer trug, sah sie, daß Hochwürden sehr angespannt wirkte.

»Trink den Kakao, Junge!« forderte der Priester David auf, als die Haushälterin das Zimmer wieder verlassen hatte. »Bei der Kälte tut er gut! Und sage deinem Auftraggeber, daß die Schriftrolle in guten Händen ist und aufbewahrt wird, bis ihr sie zurückfordern werdet! Und nun zu dir. Du darfst mich beim Wort nehmen! Wenn du irgendwann einmal einen Menschen brauchst, der dir helfen soll, dann komm zu mir. Von jetzt an steht dieses Haus dir immer offen. Du kannst mir vertrauen!«

Brennend heiß stieg es in David auf. Er schluckte, und seine Stimme war rauh, als er dem Priester die Hand reichte: »Ich danke Ihnen, Herr Pfarrer, Ich danke Ihnen ganz herzlich!«

Hochwürden begleitete David bis zur Tür. Als er draußen im Schnee stand, mild beleuchtet vom Licht der Straßenlaterne, winkte ihm der Geistliche noch einmal zu.

»Frau Böser«, ermahnte er seine Haushälterin und machte ein dienstliches Gesicht, »wann immer dieser Junge ins Haus kommt, ich bin immer für ihn zu sprechen!«

Der Winter vollführte seine harten Späße. Immer noch lag der Schnee hoch. Die Männer von der Straßenreinigung schoben ihn zu Bergen an den Straßenrand.

Kaum einen Blick durch die vereisten Fensterscheiben ließ der strenge Frost zu. Überall blühten die herrlichsten Eisblumen. Nur noch wenige Stunden trennten die Jahre. Überall waren die Menschen dabei, die letzten Vorbereitungen für den Jahreswechsel zu treffen. Schon knallten Böller in den Treppenhäusern und auf den Straßen, gezündet von denen, die nicht mehr länger warten mochten.

Im Haus Nummer fünf roch es nach frischem Kuchen und Tannengrün. Die Hausbewohner hatten die Treppe gescheuert und auf die Petroleumlampe im Treppenhaus frisches Petroleum gegossen, und so mischte sich dessen Geruch mit dem von Kuchen und Tannengrün.

Bei den Schluckebiers röhrte das Radio, und Frau Schluckebier versuchte mit ihrer Stimme, die Lautstärke des Gerätes noch zu übertreffen. Gleichzeitig rührte sie den Teig für den Feiertagskuchen.

Herr Matzunke im Parterre putzte nun schon seit mehr als einer Stunde am Messing seiner Trompete. Immer wieder polierte er nach, überall fand er einen frischen Fleck. Liebevoll steckte er das Mundstück auf und setzte die Trompete an die Lippen, entlockte ihr zärtlich einen leisen Ton.

»Das alte Jahr vergangen ist«, summte er vor sich hin und fuhr erneut mit dem Putzlappen über das Instrument, ihm noch strahlenderen Glanz verleihend.

»Ich backe jetzt Eierkuchen!« Frau Matzunke steckte nur kurz ihren Kopf durch den Türspalt. Wohlwollend nickte ihr Mann zurück und sah nicht einmal auf. Er, Matzunke, überdachte das abgelaufene Jahr. »Wenn alles so weitergeht, will ich zufrieden sein«, brummte er und ließ der Trompete einen hellen, strahlenden Ton entweichen.

Hanna Sarah Rosen trug das schönste Kleid aus ihrem Schrank. Auch Onkel Daniel und David waren festlich gekleidet.
»Frau Menes bringt gefillte Fisch, und Erna Rothstein will Häckerle machen!«
»Dann kann ja nichts mehr passieren. Haben wir auch genügend Trinkbares im Haus?«
Hanna lachte leise. »Ist das deine größte Sorge?«
Daniel zog die Schwester an sich: »Deutscher kann ich schon gar nicht mehr sein, wie? Sie lagen auf der Bärenhaut und tranken immer noch eins!«
Hanna lächelte zurück, doch selbst in ihrem Lächeln steckte eine Angst, die durch nichts mehr zu vertreiben war.
An der Korridortür rasselte die Klingel. »Öffne bitte, David, ich muß mir noch die Haare richten!«
Draußen stand Frau Oberlaß. Sie sah bedrückt aus und schielte zur Nachbarwohnung. »Kann ich die Mutter sprechen?«
»Kommen Sie herein!« Hanna stand im Flur und winkte. Beide Frauen verschwanden im Schlafzimmer.
»Lassen Sie mich bitte heute nicht allein in der Wohnung. Mein Oller geht auf Sauftour, und mir fällt die Decke auf den Kopf!« Frau Oberlaß begann zu schluchzen.
»Kommen Sie runter, wenn Sie wollen. Bei uns sind Sie willkommen, aber denken Sie daran, daß böse Nachbarn Ihnen viel schaden können!«

»Ich pfeife auf diese Nachbarn!«

»Dann bleiben Sie, Frau Oberlaß!«

»Ich gehe nur noch mal hinauf, die Tür abschließen. Und den Vogel bringe ich auch mit. Der erschrickt ja, wenn die Knallerei beginnt, und er ist so allein!«

David war schon hinter ihr. »Ich helfe Ihnen tragen, Frau Oberlaß!«

Es war ein schöner Abend, es wurde eine harmonische Nacht, an diesem Silvester, dem Übergang vom 38er auf das 39er Jahr. Sie hörten Musik, lachten und scherzten und hielten die Gläser bereit. Der gefillte Fisch mundete auch der Frau Oberlaß, sie verdrückte gleich drei Portionen und stöhnte rundum satt: »Ihr Juden wißt schon, was gut ist und schmeckt!« Der graue Vogel kreischte vor Freude, wieder in vertrauter Umgebung zu sein: »Das schmeckt gut, das schmeckt gut!«

Die Standuhr setzte zum Schlag auf die Mitternacht an, und im Radio läuteten feierlich die Glocken des Kölner Domes.

David öffnete das Fenster. Laut knallte und zischte es in der engen Gasse. Goldregen fiel aus den Fenstern, und die bengalische Beleuchtung verzauberte alles märchenhaft.

Im Haus gegenüber lag Otto Zettlau im Fenster: »Ein gutes Jahr euch allen, Daniel!« rief er und schwenkte die Bierflasche.

»Auch für euch, Otto, auch für euch!«

Dann begann Herr Matzunke sein Spiel. Das war jedes Jahr zur Jahreswende so. Feierlich öffnete er das Fenster, nahm die blitzende Trompete in die Hände und spielte.

»Das alte Jahr vergangen ist...«, schallte es durch die Gasse, rein und klar, und es schien, als würden die feiernden Menschen ein wenig leiser, besinnlicher. Dann aber, kaum war der letzte Ton verklungen, klang triumphierend aus Herrn Matzunkes Trompete: Deutschland, Deutschland über alles, über alles in der Welt...!

In der Stiege knallte nun niemand mehr. Wie hypnotisiert starrten sie alle auf den Herrn Matzunke in seinem Parterrrefenster, lauschten und hörten deutlich seine Worte, als er das Instrument aus den Händen legte und die Rechte zum Hitlergruß hob: »Der Glaube an den Führer ist der alleinseligmachende Glaube«, schrie er, und dann noch dreimal ein schallendes »Sieg Heil!«.

Hanna zuckte zusammen: »Das kenne ich schon, das hat die Matzunke mir schon beibringen wollen!«

Jako, angeregt durch das Knallen, den Lärm und die Trompetenklänge, pfiff gellend die Internationale.

Onkel Daniel schloß hastig das Fenster.

»Judenkalla, Judenkalla«, höhnten die Kinder, als David zum erstenmal, fest vermummt durch Wollschal und Mütze, auf einem Schlitten die Kartoffelschalen für Freudewalds Kühe herbeischaffte. Die Arbeit lag dem Jungen nicht. David schwitzte trotz der eisigen Januarkälte. Das kam nicht nur von der schweren Arbeit, auch der Hohn der Kinder trug sehr dazu bei. »Judenkalla, Judenkalla«, schallte es ihm entgegen, als er wieder einmal aus einem Hauseingang trat. Und andere brüllten ihm nach: »Der Jude jede Arbeit macht, wenn's nur in seinem Beutel lacht!«

Sie warfen die ersten Schneebälle, und dann flogen auch noch Steine. Gleich am ersten Tag traf einer der Steine ihn an der Schläfe. Die Pudelmütze milderte die Wirkung des Wurfes, aber David spürte doch, wie es warm an seiner Wange herunterlief. Mit aller Kraft zog er den schwerbeladenen Schlitten auf Freudewalds Hof. Er schaffte es, war stolz darauf und vergaß für eine Weile, daß ihn der Stein blutig geschlagen hatte.

Als er schon durch das Tor hindurch war, warfen sie erneut ihre Steine. Schützend hielt er sich die Hand vor das Gesicht. Aber dann stand jemand neben ihm und half, den Schlitten hinaufzuziehen. David schaute auf und erkannte Erich Zettlau. David wollte danke sagen, doch der blonde Junge meinte nur: »Quatsch nicht, zeig mir lieber mal den Kopf. Du hast ganz schön was abgekriegt!«

Als wieder Schneebälle und Steine flogen, stemmte Erich die Hände in die Seiten und schrie laut und männlich: »Dem nächsten, der einen Wackermann schmeißt, versohle ich den Arsch, daß er acht Tage nicht sitzen kann!«

Nach dieser Warnung hörten sie auf zu werfen, schrien aber ihr »Judenkalla« noch über lange Zeit zu den zweien hinauf. Erich und David luden die schweren Säcke ab, trugen sie in den Stall, in dem es warm war, und als sie dann wieder auf dem Hof standen, schwitzend, aber froh über die geleistete Arbeit, klopfte Frau Freudewald ihnen anerkennend auf die Schultern.

Zu David gewandt sagte sie: »An die Arbeit gewöhnst du dich schon. Sollst sehen, wenn Frühling ist, hast du Muskeln wie der Kalla, und dann wagt keiner der Rotzbengel mehr, dich auch nur scheel anzusehen!«

David drückte seinem Helfer die Hand. Der erwiderte den Druck: »Ich komme heute abend auf einen Sprung zu euch rüber. Weißt du, ich bin jetzt immer so müde, die Arbeit ist verflixt schwer, verstehst du?«

David verstand.

Der Frühling kam im 39er Jahr nur zögernd. Es war, als wolle er sich Zeit lassen, um dann alles um so freundlicher, schöner und bunter zu schmücken.

Frau Freudewald behielt recht mit ihrer Behauptung. In den Winterwochen war David zum Mann geworden.

»Nicht einmal der ›Löwe von Juda‹ könnte jetzt noch mit mir mithalten«, vertraute David dem Spiegel an und grinste seinem Spiegelbild zu. Als Hanna Rosen ins Schlafzimmer kam und ihren Sohn sah, wie er die Muskeln spielen ließ und sich an seinem Bild freute, sagte er zu ihr: »Ma, der Zirkus Krone ist auf dem Höing. Ich habe mir etwas Geld gespart. Heute abend gehe ich in die Vorstellung!«

»Ich habe nichts dagegen!«

»Ob der Erich mitkommt?«

»Frag ihn, dann weißt du es!«

»Ich flitze mal rüber!«

»Flitz nur, aber zuerst wird zu Abend gegessen!«

»Aber ja, Ma!« Er umfaßte die zierliche Frau und tanzte mit ihr durch den Raum. So lange, bis sie um Erbarmen flehte.

Kurz darauf drückte David bei Zettlaus auf den elektrischen Klingelknopf, denn nun bekamen die Häuser in der Stiege nach und nach elektrisches Licht. Niemand schien ihn gehört zu haben, doch dann öffnete Frau Zettlau, sah ihn streng, fast feindlich an und sagte: »Geh, David! Der Erich darf nicht mehr mit dir zusammensein. Sie haben bei der Reichsbahn von eurer Freundschaft Wind bekommen, und der Ausbilder hat Erich gedroht, er schmeißt ihn raus, wenn er weiterhin mit dem Ju... wenn er weiterhin mit dir Freundschaft hält! Und der Erich hat Angst, David, das mußt du doch verstehen!?«

»Schon verstanden! Hier scheint nun jeder nur noch Angst zu haben, aber den Mut, es mir selbst zu sagen, den Mut hätte Erich schon aufbringen können. Grüßen Sie ihn, und sagen Sie ihm, ich jedenfalls bliebe sein Freund!«

Alles, was an Freude in ihm war, schien gewichen. Schritt für Schritt stieg David die Treppen hinab. Oben blieb eine Frau zurück, die sehr nachdenklich über das Treppengeländer hinter ihm herschaute.

Von der Vorstellung im Zirkus Krone sah David nicht viel. Immer wieder tauchten in ihm die Erinnerungen auf an die Stunden, die er mit dem Freund verbracht hatte, und immer wieder glaubte er, die Stimme von Frau Zettlau zu hören, wie sie sagte: »Das mußt du schon verstehen! Er hat Angst!«

David biß sich auf die Lippen, so fest, daß sie zu bluten begannen. Er wollte nicht heulen und sagte so laut, daß es die Banknachbarn verstanden: »Verdammt noch mal, alle Welt hat Angst!«

Mitreisen müßte man können, mit diesem Zirkus, fuhr es ihm durch den Sinn, irgendwohin, wo ihn niemand kannte, wo er Mensch sein durfte, irgendwohin, wo niemand »Saujud« brüllte, wo sie keine Steine warfen, wo es keine Pogrome gab, wo er in Frieden und Ruhe leben konnte. David schüttelte mit einem sichtbaren Ruck seine Träume ab, kam wieder auf den Boden der Tatsachen zurück.

In der Manege bauten sie gerade das Gitter für die Raubtiernummer auf. David verscheuchte die trüben Gedanken und freute sich auf die nächste Programmnummer.

»Stellt euch nur vor, der Doktor Hersch hat dafür gesorgt, daß ich raus kann. Er hat mir ein Visum für Amerika besorgt. Nun kann ich zu meinem Alexander!«

Fest nahm Hanna Sarah Rosen die vor Freude weinende Frau Menes in ihre Arme. »Dann machen Sie bloß schnell, bevor die es sich anders überlegen!«

»Ja, Hanna, ich fahre, sobald ich meinen Paß von der Polizei zurückhabe. Sie haben mir gesagt, daß es etwa vierzehn Tage dauern wird. In dieser Zeit werde ich versuchen, alles von der Einrichtung zu verkaufen, was noch einen Wert hat. Wollen Sie auch was, Hanna?«

»Nein! Wozu auch? Wer von uns weiß denn schon, was im nächsten Monat sein wird. Leichtes Gepäck ist in dieser Zeit das richtige Gepäck. Im übrigen, denken Sie daran, daß Sie nur zehn Reichsmark mitnehmen dürfen, wenn Sie ausreisen, und versuchen Sie, nichts hinauszuschmuggeln. Die Strafen dafür sind drastisch!«

David mischte sich in das Gespräch: »Aber einen Brief von mir nehmen Sie doch für Alex mit?«

»Nichts lieber als das, Junge!« Frau Menes strich unsicher über sein welliges Haar. »Warum versucht ihr eigentlich nicht, wenigstens den Jungen herauszubekommen?«

»Ich habe es versucht. Sie haben mir gesagt, wir hätten nichts von der Gemeinde gewollt, als die Zeiten gut gewesen seien, nun hätte man genügend Jugend, die treu zum Glauben der Väter stünde und nicht erst, seit die Zeiten mies geworden seien!«

»Das ... *das* hat man Ihnen gesagt?«

»Ja! Und damit war für mich die Sache erledigt! Nun versuchen wir noch auf eigene Faust, den Jungen rauszubekommen, aber die Chancen sind nicht gut. Gelingt es, dann freuen wir uns, gelingt es nicht, bleiben wir zusammen, was immer auch geschieht!«

In die große Freude der Frau Menes mischte sich Traurigkeit. Sie verabschiedete sich bald, es war fast wie eine Flucht.

David griff sich einen Schreibblock und erklärte der Mutter: »Ich schreibe gleich den Brief an Alex!«

HITLER BEDEUTET KRIEG! So stand es mit großen, weißen Buchstaben auf der Garagentür der Metzgerei Bundschuh. Die Bewohner des Viertels sahen interessiert auf das, was da mit Farbe gepinselt worden war, und gingen, nach einem kurzen Schwätzchen, weiter. Einige Leute schimpften über die verfluchten Roten, andere wieder grinsten hämisch oder lächelten wissend. Dritte gingen vorbei, so, als seien sie erhaben über die Parole. Herr Merhof, Parteifunktionär und immer sehr schnell zur Stelle, wenn es notwendig war, rief nach Rücksprache mit dem Blockwart die Gestapo an. Die Beamten versprachen, schnellstens zu kommen.

»Sichern Sie inzwischen den Tatort, Parteigenosse, und lassen Sie niemanden, ich betone nochmals, niemanden heran!«

»Jawohl«, bellte Parteigenosse Merhof in den Telefonhörer, warf ihn zurück auf die Gabel und postierte sich vor der Garagentür. Er war in Uniform und sich seiner Position sehr bewußt. Jeden verjagte er, der sich von nun an neugierig näherte.

Kaum zehn Minuten waren vergangen, als der Wagen der Gestapo in die Stiege einbog. Drei Männer stiegen aus. Einer von ihnen trug eine Kamera in der Hand und fotografierte die Parole immer wieder von allen Seiten. Der zweite Beamte suchte nach Fingerabdrücken. Systematisch ging er mit der Lupe vor, zuckte dann aber resigniert die Achseln: »Vergebliche Liebesmüh. Da sind Hunderte von Abdrücken am Tor!«

Herr Merhof mischte sich ein: »Das sind die Abdrücke der Blagen aus der Stiege, die spielen hier Fußball und Anschlagen. Das Garagentor ist das Mal!«

»Dann gib es auf, Hans«, sagte der dritte, der offensichtlich der Vorgesetzte war, und fragte den ersten: »Bist du mit deinen Aufnahmen fertig?«

Der nickte nur. Sie stiegen in den schweren Wagen. Diensteifrig hielt Parteigenosse Merhof ihnen die Wagentür auf.

»Sie, Parteigenosse Merhof, sorgen mir dafür, daß die Schmiererei sofort entfernt wird! Ich mache Sie persönlich dafür verantwortlich!«

»Aber wie soll ich dann . . .«

»Stellen Sie sich nicht so dämlich an, Parteigenosse! Habt ihr denn hier in dieser Ecke keine Juden?«

»Doch, ein paar . . .«

»Na also, und dann fragen Sie noch? Stellen Sie die Itzigs ans Tor, da sollen sie kratzen und putzen, bis das Tor so sauber ist, als wäre es eben erst aus der Werkstatt gekommen!«

»Jawohl«, schnarrte Herr Merhof, und die Gestapobeamten fuhren ab. Parteigenosse Merhof stand in der Mitte der Gasse, sah dem Auto nach und reckte die Hand empor zum Hitlergruß. Sehr devot geschah dies.

Bis zum frühen Nachmittag kratzten die jüdischen Frauen die Farbe vom Garagentor. Herr Merhof stand dabei und vertrieb jeden, der sich zu nahe heranwagte.

Als die Turmuhr der Josefskirche zweimal schlug, waren die Frauen mit ihrer Arbeit fertig. Die Parole war verschwunden. Vielen aber war sie wie mit Feuer ins Herz gebrannt.

Hanna Sarah Rosen wischte sich den Schweiß von der Stirn. Leise sagte sie zu Frau Menes: »Und wenn alle Juden der Welt zum Abkratzen bestimmt würden, der Schreiber des Menetekels hat die lautere Wahrheit geschrieben. Wir werden es bald erleben!«

Die Zeit des Eintopfessens kam, und die Mädchen und Jungen in den braunen Uniformen sammelten alles, was auch nur irgendwie nach Metall aussah. Die ersten Buttermarken wurden verteilt. Zu allem aber spielten auf Plätzen und in den Straßen die Musikkapellen schmissige Weisen. Da schallte es rhythmisch in der Altenhagener Straße »Heidemarie« und »Morgen marschieren wir«, und jedesmal klangen die Konzerte mit dem Deutschlandlied und dem Lied von der freien Straße für die SA aus.

Es gab immer wieder neue Sammeltage. Da wurden die Sammelbüchsen von Kinderhänden geschwungen, daß die Groschen in ihnen nur so schepperten. Für nur zwanzig Pfennig boten die Jungmädel und Pimpfe Abzeichen und Anstecknadeln an.

Dann kamen die Tage, an denen die Soldaten der Wehrmacht ihre Waffen präsentierten. Sie kamen auf die Schulhöfe gezogen und zeigten, womit die Feinde Deutschlands vernichtet würden, wenn es erst einmal soweit wäre.

Die Feldküchen boten den Besuchern Eintopfessen aus den Gulaschkanonen. Da löffelten selbst Teilnehmer des Weltkrieges ihre Erbsensuppe mit Speck und vergaßen darüber, wie schrecklich dieser Krieg gewesen war, wie schrecklich ein neuer Krieg sein würde. Kinder, kaum den Windeln entwachsen, kletterten auf den Kanonen und Panzern herum, betreut von den Männern in den feldgrauen Uniformen. Stolz sahen die Väter ihre Kinder am Steuer der schweren Lastwagen sitzen oder am Höhenrad der Fliegerabwehrkanonen kurbeln. Sie standen um das nach Schmieröl riechende Kriegsmaterial und bestätigten sich gegenseitig: »Endlich sind wir wieder wer« ... »Wir müssen uns nicht mehr ducken« ... »Diesmal sollen sie nur kommen, die Franzmänner, diesmal gibt es keinen Dolchstoß in den Rücken der Armee« ... »Diesmal haben wir den Führer, der weiß, was für uns alle richtig ist!«

Der Duft der kostenlosen Erbsensuppe zog von der Gulaschkanone weit über den Schulhof. Luftballons stiegen bunt in den Frühlingshimmel. Über alledem lag Volksfeststimmung, und nur noch wenige Menschen standen skeptisch abseits.

Frau Freudewald weinte. Ihr breites Gesicht war aufgequollen. Als Zeichen der Trauer trug sie einen schwarzen Schal um den Hals gebunden.

David fragte sie teilnehmend, als er die Tränen sah: »Was ist denn, Frau Freudewald?«

Die Frau mit den schwieligen Händen und der harten Stimme winkte nur wortlos ab. Erst nach einer langen Zeit des Schweigens meinte sie: »Du kannst mir doch nicht helfen, David! Sie haben mir die Urne mit der Asche von Kalla geschickt. Er sei an einem Herzschlag verstorben...« Sie lachte bitter. »Der Kalla und ein Herzschlag! Der hatte ein Herz wie ein junger Stier, der war niemals krank, solange ich denken kann, bis auf seinen armen Kopf, und daran ist er auch gestorben. Sie haben ihn umgebracht! Mörder sind das, hundsgemeine Mörder! Was hat der arme Teufel ihnen denn bloß getan?«

Sie weinte heftiger. Die Tränen rannen ihr über die von Wind und Wetter vieler Jahre gegerbten Wangen.

»Psst, Frau Freudewald, Sie dürfen nicht so laut reden! Wenn das jemand hört!«

»Mir ist jetzt alles egal! Ich kann das einfach nicht verstehen!«

»Armer Kalla!«

»Der Junge hätte hundert Jahre alt werden können, so robust wie der war!« Sie wischte energisch die Tränen aus dem Gesicht. »Schluß jetzt mit der Heulerei, davon wird der Stall nicht sauber, und die Kühe werden nicht satt!«

David nahm die Mistgabel und lud den Dung auf die Schubkarre. Es war warm im Stall. Verhalten klirrten die Ketten der Kühe in ihren Verschlägen. Die unzähligen Fliegen summten einschläfernd.

Frau Freudewald stellte die Eimer zurecht, band sich den einbeinigen Milchschemel um das Hinterteil und begann mit dem Melken.

Es schien an diesem Tag wie immer zu sein, und doch war da der Gedanke an den toten Kartoffelkalla, den geistig Zurückgebliebenen mit der Bärenkraft, der einen Sack mit Schalen so stemmte wie ein anderer eine Kilotüte Mehl.

Als Hanna das Treppenhaus wischte, vernahm sie, wie hinter der Wohnungstür ihrer Nachbarin Bewegung entstand. Erst nach einer geraumen Zeit öffnete Frau Densch die Tür. Sie war gekleidet in einen dunklen Rock mit grauer Seidenbluse und wirkte vornehm. Der Stock in ihrer rechten Hand zitterte ein wenig. Das Gesicht hatte eine dunkelrote Farbe angenommen, und ihre weißen Haare bildeten dazu einen auffallenden Kontrast. Unübersehbar trug sie an ihrer Brust das Parteiabzeichen.

Hanna Sarah Rosen traute ihren Augen nicht. Fassungslos betrachtete sie das Abzeichen.

Frau Densch nickte. Hoheitsvoll, so schien es Hanna.

Frau Densch sagte zu ihr: »Was ich Ihnen sagen will, ist, daß ich nicht mehr in der Lage bin, die Treppe zu putzen. Ab sofort können Sie das für mich tun!«

Zorn stieg in Hanna auf, doch sie unterdrückte die Wut und antwortete: »Wenn Sie es nicht mehr schaffen, dann werde ich für Sie mitputzen! Ich kann es ja noch!«

»Gut! Und wenn es mir noch schlechter gehen sollte, dann können Sie für mich auch die Wohnung putzen! Es dürfte für Sie eine Ehre sein, die Wohnung einer arischen Familie sauberzuhalten. Oder?«

»Sagen Sie es mir, wenn Sie nicht mehr können!« Hanna war kurz angebunden. Sie wischte weiter an den Treppenstufen.

Frau Densch aber fühlte sich stehengelassen. Wütend knallte sie ihre Wohnungstür zu, daß es schepperte.

Die Juden der Restgemeinde lebten in ständiger Furcht. Niemand wußte, wie das Leben weitergehen würde. Gelegentlich berichtete einer von ihnen von den bekannten Lagern. Begriffe wie Dachau, Sachsenhausen, Neuengamme machten die Runde, nur vorstellen konnten sich die wenigsten etwas darunter. Die Männer, die in den Lagern gewesen waren, redeten nicht viel, sie wußten, wie gefährlich das war. Sie lächelten nur bitter, wenn sie gefragt wurden, und zeigten ihre Zahnlücken, die sie vor der Lagerzeit noch nicht gehabt hatten.

Herr Hartmann bekam nun auch die Funktion des Gemeindevorstandes. Schulunterricht wurde kaum mehr abgehalten, denn es fehlten Woche für Woche mehr Schüler. Seine Arbeit erschöpfte sich in der Anfertigung von Listen. Immer neue Listen verlangten die deutschen Behörden. Jede der vielen Fragen mußte sehr exakt beantwortet werden.

So war der Spätsommer des 39er Jahres gekommen. Es war sommerlich warm und stimmte die Menschen in der Stadt an der Volme heiter. Man freute sich des Lebens.

Im Rundfunk wurden die Forderungen der Reichsregierung bekanntgemacht, in jeder Ausgabe der Tageszeitungen stand zu lesen, wie sich die Mächtigen dieser Erde zu Konferenzen trafen, und man war stolz, zur großen deutschen Nation zu gehören.

Immer mehr Menschen rechneten mit einem Krieg, doch diese Männer und Frauen sprachen nur hinter vorgehaltener Hand und geschlossenen Fenstern darüber.

»Ich fahre morgen!«
»Haben Sie alles beisammen, Frau Menes?«
»Ja, alles, was man braucht! Gestern habe ich das Visum bekommen. Der Zug nach Hamburg geht dreizehn Minuten nach sechs!«
»Erna und ich bringen Sie zum Bahnhof!«
»Lieber nicht! Meine Nerven sind bis zum Zerreißen angespannt, und ich möchte denen kein Schauspiel bieten, wenn ich vielleicht losheule. Behaltet mich lieber so in Erinnerung, wie ich früher war!«
»Dann bringt Ihnen der David heute abend den Brief an Alex. Er hat stundenlang daran geschrieben!«
»Schade, daß er nicht mitfahren kann!«
»Wer weiß, vielleicht klappt es doch noch!«
»Der Ewige möge es fügen«, sagte Frau Menes und reichte Hanna die Hand zum Abschied.

Am Abend legte ihr David den Brief an den Freund in die Hände. »Bitte nicht verlieren, und grüßen Sie Alex. Ich wünsche ihm alles Liebe und hoffe, daß wir uns einmal wiedersehen werden!« Dann ging er schnell fort. Frau Menes sollte seine Tränen nicht sehen.

Am nächsten Abend, dreizehn Minuten nach sechs, fuhr Frau Menes ab. Mit deutscher Pünktlichkeit dampfte der Schnellzug aus dem Bahnhof.

»Von der Kanzel weg haben sie Pfarrer Rohling verhaftet!« Mit Windeseile machte das Gerücht die Runde, und schon bald stellte sich heraus, daß es kein Gerücht, daß es die Wahrheit war.

Der geistliche Herr hatte von der Kanzel herab für die Juden und Andersdenkenden gebetet. Das Orgelspiel war noch nicht verklungen, als der Priester schon in dem Personenwagen eines Gestapospitzels saß, der die Aufgabe hatte, die Predigt anzuhören und mitzuschreiben.

Zwei Tage und zwei Nächte ließen sie den Priester in der Zelle sitzen. Nichts zu essen und nichts zu trinken brachten sie ihm. Es war, als hätten sie ihn in der Dunkelheit seines Haftraumes vergessen. Viele Stunden lang lag Pfarrer Rohling auf den Knien.

Spätabends am zweiten Tag kam der Schlägertrupp. Sie hieben so lange mit ihren Gummiknüppeln auf ihn ein, bis er schreiend um Gnade bat. Sie schleiften ihn die Treppen hinauf.

Der Gestapobeamte Köster, breit an seinem Schreibtisch hockend, grinste höhnisch, als er die blutunterlaufenen Prellungen im Gesicht des Priesters sah: »Nun können Sie gehen, Hochwürden, und danken Sie Gott, daß ich ein frommer Mann bin. Lassen Sie es sich aber nicht einfallen, noch mal für die Feinde unseres deutschen Volkes zu beten. Es würde Ihr Ende sein, das verspreche ich Ihnen hiermit, Hochwürden!«

Als sich Pfarrer Rohling ins Pfarrhaus zurückschlich, wurde er von einigen Kindern seiner Gemeinde gesehen. Diese brachten die Nachricht den Eltern, und von dort ging sie, schneller und zuverlässiger als ein Telegramm, durch das Viertel. An jenem Abend faltete mancher Bürger seine Hände und schlug das Zeichen des Kreuzes, denn Pfarrer Rohling war bei den einfachen Leuten sehr beliebt.

Als sie den Priester sah, schrie Frau Böser auf. Sie schrie vor Freude, aber auch vor Entsetzen, so entstellt war der Mann. Hastig kochte sie in ihrer Küche eine große Kanne Kakao, denn sie wußte, daß Pfarrer Roh-

ling ihn liebte. Sie stellte das dampfende Getränk vor ihn auf den Tisch: »Sie müssen sich nicht sorgen, Hochwürden. Kaum waren Sie fort, habe ich alles aus dem Haus geschafft, was Sie irgendwie belastete!«
»Auch die jüdische Schriftrolle?«
»Auch die! Alles ist in Sicherheit!«

14

»Frau Rosen, Frau Rosen«, laut schreiend, kam Erna Rothstein zu Hanna gelaufen. »Stellen Sie den Radioapparat an. Schnell, schnell!«

Hanna Sarah Rosen schaltete den Empfänger ein, und als die Röhren warm waren, tönte Marschmusik durch die Wohnung.

»Was gibt's denn so Wichtiges?«
»Still, still, gleich werden sie wieder...« Wie hypnotisiert hing Erna vor dem Apparat.

Wieder redete der Sprecher, er kündete eine Sondermeldung an. Frau Rosen wurde blaß, unendlich traurig waren ihre Augen. Sie kniff den Mund zusammen.

»... seit fünf Uhr fünfundvierzig wird zurückgeschossen. Von nun an wird Bombe mit Bombe vergolten...«

»Mein Gott«, flüsterte Hanna, »schon wieder Krieg. Der letzte ist noch nicht vergessen, die Wunden kaum verheilt, und nun schon wieder... wohin soll das führen?«

»Da haben wir den Salat! Milchome und wir mittendrin. Das wird was werden. Wenn die Braunen uns bisher nur als Dreck behandelt haben, jetzt werden sie auf uns losschlagen wie auf tollwütige Hunde!«

»Erna, sei still! Wie kannst du so was denken? Das kann doch nicht sein?!«

»Glauben Sie, die werden uns in Ruhe lassen? Denken

Sie nur an die Spionenfurcht im Weltkrieg. Meinen Sajde haben sie in Polen totgeschlagen, weil sie meinten, er wäre ein deutscher Spion!«

»Deinen Großvater, Erna?«

»Ich hab' nie darüber gesprochen. Soll er ruhen in Frieden!«

»Das war im Weltkrieg, vor zwanzig Jahren und mehr. Die Menschen sind klüger geworden, reifer!«

»Klüger? Reifer? Haben Sie denn schon vergessen, was im vergangenen November geschehen ist? Sie werden sehen, die ersäufen uns wie junge Katzen. Wir werden noch mehr die Prügelkinder als bisher!«

Die Musik im Rundfunk schmetterte immer noch laut und stramm. Hanna Rosen stellte den Empfang ab.

»Nicht, Frau Rosen, lassen Sie den Kasten an! Wer weiß, was wir sonst für Neuigkeiten verpassen?!«

»Der Kasten bleibt aus, Erna! Mein Interesse an derartigen Neuigkeiten ist gedeckt!«

»Dann gehe ich wieder. Wenn Sie mich brauchen, Sie wissen ja, wo ich zu finden bin!«

»Ich danke dir, Erna, bist ein guter Mensch!«

Erna Rothstein lächelte, und über ihr grobes Gesicht huschte eine leichte Röte der Verlegenheit.

»Sie haben mich zwangsverpflichtet, ich muß zu Klöckner. In die Rüstung, denke ich!« Onkel Daniel sagte es nachdenklich.

David überlegte: »Ob sie mich auch verpflichten?«

»Sehr gut möglich, aber die Frau Freudewald wird alle Hebel in Bewegung setzen, um dich zu behalten. Und weil ihr Kuhstall ja auch kriegswichtig ist, kann es gutgehen, und du bleibst bei der Freudewald!«

»Es wird eine schwere Zeit für uns werden!« sagte Hanna.

»Ja, Schwester, eine sehr schwere Zeit, aber wir werden sie überleben!«

»Aus ist der Traum, den David noch rauszubekommen aus dem Land!«

Daniel Adonait schwieg. David aber nahm die Mutter tröstend in die Arme: »Ich wäre gar nicht gegangen ohne euch . . . was soll ich ohne euch im Ausland?«

»Mein lieber Junge!«

Tumult drang von der Straße herauf: »England und Frankreich haben uns den Krieg erklärt!«

Daniel schloß das Fenster. »Nun wird es ernst! Das ist genauso wie 1914.«

»Mein Gott, wie mag das enden?«

»Gut, daß wir es nicht wissen!«

»Ab sofort putzen Sie nicht nur das Treppenhaus, sondern auch meine Wohnung! Bezahlen kann ich Ihnen allerdings nichts. Sie wissen ja, wir sind selber keine reichen Leute. Kommen Sie also Samstag früh um acht, dann machen wir Wohn- und Schlafzimmer gründlich sauber!«

»Ausgerechnet am Sabbat? Geht es nicht an einem anderen Tag?«

»Nein! Ich sagte am Samstag, und es bleibt dabei!«

»Nun gut, dann eben am Sabbat, ganz wie Sie wollen, Frau Densch! Es wird mir eine Freude sein, Ihnen zu helfen!«

Mit blassen Augen sah Frau Densch über ihre Brille. Sie wußte nicht, was sie von der Bereitschaft Hannas zu halten hatte. Wortlos zog sie sich zurück. Auf dem Weg in die Küche blieb sie, nachdenklich auf den Stock gestützt, stehen und sagte sehr scharf: »Dich mache ich noch kirre, meine Liebe!«

Hanna stand im Treppenhaus, winkte lässig ab, so, als wollte sie ein lästiges Insekt verscheuchen, und sagte vor sich hin: »Nichts Schlimmeres soll uns zustoßen!«

Bald kam Erna Rothstein. Sie war nervös. Die Haare flatterten ihr wirr um das Gesicht.

»Was ist denn mit dir geschehen, Erna?«

»Der Hartmann von der Gemeinde war da. In drei Tagen muß ich die Wohnung geräumt haben! Sie benötigen sie für Deutsche aus Polen, die da ihre Höfe verloren haben!«

»Nimm dein Bettzeug und persönliche Habe und komm zu uns! Wo drei Personen Platz haben, gibt es auch für eine vierte Raum!«

Erna Rothstein entblößte ihre großen Zähne. Hanna fühlte, ihr war eine Wagenladung Steine vom Herzen gefallen.

»Danke! Vielen Dank! Das werde ich nicht vergessen!«

»Ich glaube dir gerne. Komm, Erna, wir machen uns eine gute Tasse Kaffee.«

Das Gemeindehaus in der Potthofstraße war zur Gerüchtebörse geworden. Hier traf man immer einen, der Neues zu berichten wußte.

»Habt ihr gehört, dem Doktor Hammer, er hat eine jüdische Frau und drei Kinder, dem haben sie nahegelegt, sich scheiden zu lassen. Sie würden ihm die Praxis schließen und ihn an die Front schicken, wenn er nicht zustimmt!«

»Doktor Hammer? Ist das der Zahnarzt?«

»Ja, der!«

»Und? Wird er sich scheiden lassen?«

»Wer weiß? Ich habe gehört, er wolle fest zur Familie halten...«

»...ich hörte, er wird nachgeben und sich scheiden lassen!«

»Glaub' ich nicht. Er hat den Dickschädel der Westfalen!«

»Wir werden es sehen! Wenn wir leben, werden wir es erleben!«

»Was wird mit der Bar-Mizwa-Feier vom jungen Rosen?«

»Was soll sein? Keine Bar-Mizwa wird es geben, denn wir haben kein Minjan mehr in der Gemeinde!«

»Keine zehn Männer mehr in der gesamten Stadt?«

»Weder in der Stadt noch im Kreis! Gestern ist der alte Gumprich, ja, der mit den krummen Beinen, auf und davon ... mit seinen drei Söhnen!«

»Der Viehhändler?«

»Ja, der! Über die grüne Grenze sollen sie sich in die Schweiz gemacht haben. Irgendein Ganeff bringt sie für viel Geld hinüber!«

»Und wie will er das schaffen, zu Fuß? Der alte Mann mit den krummen Beinen? Der ist doch Invalide. Niemals kommt der über die grüne Grenze!«

»Der Ewige wird wissen, wie es geht! Jedenfalls können wir die Bar-Mizwa von dem jungen Rosen nicht durchführen!«

»Einer muß es ihnen sagen!«

»Der Hartmann kann das ... er wird dafür bezahlt!«

Als das Gespräch beendet war, beugten sich die Männer unter den Talith und riefen zum Ewigen, dem Gott der Väter.

Herr Hartmann machte es sich leicht. Er schrieb eine Karte, auf der er mitteilte, die Bar-Mizwa könne nicht stattfinden, weil es kein Minjan mehr gäbe. Er grüße alle recht freundlich.

David nahm die Karte, die neben seinem Abendbrot lag. Er schaute nur mit einem Blick darauf. »Ich werde es überleben!« Mehr als diese Worte verlor er nicht über die Angelegenheit.

Onkel Daniel kam, besah sich die Karte von allen Seiten, schüttelte den Kopf und legte sie wieder zur Seite.

»Wir haben die Lebensmittelkarten bekommen. Ein J ist draufgedruckt, für Juden. Es gibt auf die Karten etwa ein Drittel der Lebensmittel, die die anderen bekommen!« sagte Hanna Rosen.

»So? Dann wollen sie uns wohl nicht ganz verhungern lassen?« befand Onkel Daniel.

David beruhigte: »Solange ich bei der Freudewald bin, wird immer etwas Milch da sein, und das macht ja auch schon was aus, oder nicht?«

»Doch, mein Junge, es macht für uns viel aus«, erwiderte Hanna.

Onkel Daniel rief: »Hört mal her, es gibt schon wieder eine Sondermeldung. Sie haben schon wieder zig Tonnen Schiffe versenkt!«

»Denn wir fahren, denn wir fahren, denn wir fahren gegen Engeland«, sang ein Männerchor im Radio.

»Das geht unter die Haut, ob man nun will oder nicht! Die Bande versteht es, die Menschen besoffen zu machen!« Onkel Daniel summte mit und ließ es erst, als Hanna ihn vorwurfsvoll ansah. »Entschuldige«, nuschelte er und zündete sich nervös eine Zigarette an.

»Sei sparsam mit dem Gift. Das gibt es ab sofort für Juden nicht mehr. Zigarettenmarken erhalten nur noch die Arier!«

»Ach, hol's der Teufel!« Onkel Daniel war wütend.

In der Nacht zum 16. Mai 1940 erfolgte der erste Fliegerangriff auf das Stadtgebiet. Die Sirenen heulten so laut, so furchterregend, als wollten sie auch noch die Toten aufwecken.

Schlaftrunken stand David auf. Mechanisch zog er sich die Hose an. Noch war er nicht recht wach.

Auch Onkel Daniel war dabei, munter zu werden. »Jetzt geht's rund«, meinte er und sah ernst aus.

»Licht aus«, rief eine gellende Stimme von der Straße her, und das schrille Pfeifen einer Trillerpfeife kam hinzu.

»Kommt! Es ist Pflicht, den Schutzraum aufzusuchen. Wir müssen die Wohnung verlassen!«

Im Haus Nummer fünf gab es Unruhe. Hastig rannten

die Bewohner umher. Schritte klapperten die Treppen hinab, und erst nach einer Weile wurde es wieder ruhig.

Als die Rosens vor der Kellertür eintrafen, stand dort der Herr Matzunke. Er trug einen grauen Stahlhelm, auf dem das Wort »Luftschutz« geschrieben stand.

Herr Matzunke hob den Arm wie zum Hitlergruß, aber das sollte nur Stopp bedeuten. Er versperrte den Rosens das Weitergehen. »Der Schutzraum ist für Juden verboten! Ihr müßt im Hausflur stehen!«

»Wie Sie befehlen, Herr Matzunke!«

»Luftschutzwart heißt das!«

Die Flak donnerte los. Luftschutzwart Matzunke zog den Kopf ein. Als es für kurze Zeit ein wenig ruhiger wurde, traute sich Herr Matzunke auf die Gasse. Er hob den Kopf zum Himmel auf und horchte gespannt auf die Motorengeräusche der hoch fliegenden Bomber. Erleichtert meinte er: »Die fliegen in Richtung Osten. Für Hagen besteht keine akute Gefahr!«

Mitten in seine Worte rumste es ein-, zweimal, und es dröhnte so sehr, daß die Hauswände zitterten.

»Die verdammten Tommys werfen doch ihre Bomben auf uns!« Hastigen Schrittes zog sich Herr Matzunke in den schützenden Eingang zurück. Als wieder ein schwerer Bombeneinschlag zu hören war, stieg er geschwind die Kellertreppe hinab. »Daß ihr euch nicht untersteht, auch in den Schutzraum zu kommen!«

Wieder schlug eine Bombe ein. Die Detonation war so stark, daß Kalk von den Wänden rieselte. Herr Matzunke blieb unsichtbar.

Neugierig steckte David den Kopf aus einem Spalt der Haustür. Hallend und hell klangen die Schüsse der Flak. Hoch über der Stadt, wie in einem riesigen Strahlenbündel, suchten die Scheinwerfer die Flugzeuge in ihr Licht zu bekommen.

Ganz hoch oben, winzigem Spielzeug gleich, flogen die Bomber aus dem fernen England.

»Fliegt«, flüsterte der Junge, und seine Stimme klang heiser vor Aufregung, »fliegt und macht diesem Wahnsinn ein Ende!«

In der Frühe des nächsten Morgens kam Erna Rothstein von der Nachtschicht. Sie war sterbensmüde. Vom Brandruß geschwärzt, glänzte verschwitzt ihr Gesicht.
»Ahhh«, stöhnte sie und setzte sich, die Beine weit ausstreckend. »Das war eine Nacht. Vier Fabriken haben sie bombardiert. Meine Abteilung ist auch dabei. Wir mußten löschen. Mit alten Säcken haben wir den Brand ausgeschlagen. Ich glaube, die wußten ganz genau, wo die Fabriken sind. Mir kann das keiner ausreden! Deren Informationen müssen einfach perfekt sein!«
»Habt ihr schwere Schäden?«
»Bei Klöckner ging es, aber bei der Bahn soll einiges kaputt sein, Gleise und so! Die Tommys beweisen den Nazis, daß sie keine Pappsoldaten sind!«
Hanna sah sie an und stoppte ihre Rede: »Das wissen wir doch alle, Erna! Die werden den Deutschen noch das Fürchten beibringen!«
Erna Rothstein, gar nicht mehr schüchtern, entgegnete: »Mag schon sein, aber irrt euch nicht in den Deutschen. Was das für Kämpfer sein können, haben wir 1914/18 gesehen, da waren sie alle fast verhungert und ohne Waffen, aber gekämpft haben sie wie die Löwen!«
»Laß es gut sein, Erna. Ich kenne deine Ansichten, und du hast sogar recht!«
»Übrigens, Frau Rosen, die suchen händeringend bei uns Arbeiterinnen. Die würden Sie einstellen. Überlegen Sie nicht zu lange. Was die Nazis Ihnen für eine Arbeit befehlen werden, wissen Sie nicht!«
»Ich sage dir morgen Bescheid!«
»Es wäre schön, wenn wir zusammen arbeiten könnten. Man würde sich nicht so fremd vorkommen!«
Hanna schien zu überlegen.

»Ich gehe mich waschen! Haben Sie heißes Wasser?«

»Nun hör doch endlich mit dem dämlichen »Sie« auf. In unserer Situation braucht es kein »Sie« mehr!«

»Gerne! Ich bin einverstanden, Hanna! Ich habe bisher nur den Mut nicht aufgebracht!«

»Dann auf du und du und auf Verstehen und Freundschaft, Erna! Und daß wir noch lange etwas davon haben! Und nun wasch dich endlich, du bist schwarz wie ein Neger!«

Nun arbeiteten Hanna Sarah Rosen und Erna Sarah Rothstein zusammen in einem kriegswichtigen Betrieb. Die Arbeit für die Frauen war oftmals schwer, fast kaum zu bewältigen. Sie brachte aber Abwechslung, und die Zeit verging schneller. Noch härter, noch verschlossener waren die Menschen geworden. Sie isolierten sich noch mehr als in den vergangenen Zeiten, hielten ihre Türen noch dichter verschlossen.

Wie eh und je stand Frau Schluckebier an ihrem Mansardenfenster, schüttelte die Betten und trällerte ihre Lieder. Jetzt aber sang sie nicht mehr von der schwarzbraunen Haselnuß, ihre Lieder waren kriegerisch geworden. Sie sang, daß die Fensterscheiben klirrten, sang, daß die Menschen in der engen Gasse für Augenblicke die Arbeit ruhen ließen und aufschauten: »Die Nazisse singt schon wieder. Wenn sie könnte, würde sie mit an die Front marschieren!«

». . . denn wir fahren, denn wir fahren, denn wir fahren gegen Engeland . . .«

Dieses Lied schien ihr besonders gut zu gefallen. Sie sang es jeden Tag, an dem es das Wetter zuließ, daß sie die Betten lüftete. Sie schlug die Federbetten so sehr, daß man sich des Eindrucks nicht erwehren konnte, viel lieber würde sie einen der perfiden Tommys durchwalken.

Die Nächte waren dunkel, fast schwarz. Die Menschen trugen an der Kleidung Leuchtplaketten, die verhindern sollten, übersehen zu werden oder zusammenzustoßen. Immer wieder kamen die Beauftragten des Luftschutzes. Sie überprüften gründlich die Verdunkelungseinrichtungen. Oft hatten sie Beanstandungen. In den Nächten, wenn die Sirenen den Voralarm hinausschrien, die Schläfer hochschreckten und unruhig machten, hörten sie das befehlende »Licht aus«, vernahmen die Trillerpfeifen, die sie drohend aufforderten, die Verdunkelung vor den Fenstern noch einmal zu überprüfen.

Die britischen Bomber flogen meist weiter. Sie hatten andere, wichtigere Ziele.

Eines Morgens fanden Schulkinder auf ihrem Weg zum Unterricht die ersten Flugblätter aus England:

HAGEN IM LOCH, WIR FINDEN DICH DOCH

stand auf ihnen gedruckt.

Viele Kinder gaben die roten Blätter mit der schwarzen Schrift in der Schule ab. Andere, weit weniger Kinder, nahmen die Flugblätter mit heim, gaben sie ihren Familien. Dort lagen sie einige Zeit, drohend auf künftige Gefahren hinweisend, auf den Schränken, so lange, bis der Mann von der Arbeit heimkam und anordnete, was mit der Botschaft aus den Flugzeugen der Feinde zu geschehen habe. Die meisten der Flugblätter verbrannten im Feuer der Küchenherde.

Polen war längst überrollt. Es hatte aufgehört zu bestehen. Frau Densch lachte hellauf und erklärte Hanna Sarah Rosen, als diese die Wohnung der Nachbarin putzte: »So, wie der Führer mit den Polacken in wenigen Tagen kurzen Prozeß gemacht hat, so wird es allen Feinden unseres Vaterlandes gehen!«

Hanna ließ sich in ihrer Arbeit nicht stören. Sie wischte weiter den Fußboden, schwieg, als habe sie nichts gehört. Die Lebensmittelkarten waren nun schon mit noch geringeren Rationen versehen, die Karte für die Juden, die mit dem aufgedruckten J, versteht sich. Die Arbeit der Frauen in der Munitionsfabrik wurde schwerer. Der Hunger zog in die Wohnungen der jüdischen Familien ein. Er kam zögernd, langsam, aber er kam.

Es gab aber auch gute Menschen unter den arischen Nachbarn. Sie ließen sich von einer guten Tat nicht abhalten, auch wenn harte Strafen dafür angedroht waren. Wenn Hanna und Erna frühmorgens nach der Nachtschicht heimkamen, fanden sie gelegentlich ein Päckchen vor der Tür. Brot war darin oder Mehl oder Zucker. Ja, einmal lag sogar eine Packung Margarine dort.

Dankbar gegenüber den unbekannten Spendern nahm Hanna die Gaben und stellte sie in der Küche ab. Sie halfen sehr, den ärgsten Hunger zu überwinden.

Auch Pfarrer Rohling kam jetzt öfter zu seinen Gemeindemitgliedern. Besonders oft besuchte er Frau Oberlaß, die immer grauer, immer trauriger wurde, seit sie erfahren hatte, daß ihr Hans an einer Lungenentzündung gestorben war. Pfarrer Rohling wollte trösten, und es schien, als würde ein wenig von dem Frieden, den er brachte, in Frau Oberlaßens Wohnküche zurückbleiben. An den Besuchstagen lag immer ein buntes Heiligenbildchen auf dem Küchentisch. Frau Oberlaß schenkte sie weiter an Hanna. Die nahm die bunten Bilder mit einem zwiespältigen Gefühl und legte sie in das Gebetbuch, das sie noch von ihrem Vater im Besitz hatte. Und die Heiligen schienen sich mit den strengen Buchstaben des hebräischen Buches recht gut zu verstehen.

So verging der Herbst. Der Winter zog heran, und mit ihm kam, neben dem Hunger, auch noch die Kälte in die jüdischen Wohnungen. Das Fest des Jahreswechsels feierten die Rosens nicht. Erna Rothstein war so sehr erkältet, daß jeder dachte, sie würde nicht wieder aufstehen. Und dann ging es doch weiter. Zweimal war Doktor Stern, der einzige jüdische Arzt, der eigentlich ein Facharzt für Kinderkrankheiten war, zur Visite gekommen und hatte einige Medikamente zurückgelassen.

Frau Freudewald zeigte sich menschlich und gab David immer wieder Milch für daheim mit. »Aber versteck sie unter der Joppe, daß sie niemand sieht, ich will keine Schwierigkeiten!«

David verbarg die Milchkanne, so gut es ging, und Erna sah mit fieberglänzenden Augen dankbar auf den Jungen, der ihr mit einer Schnabeltasse die heiße Milch einflößte.

In dieser Silvesternacht knallten keine Feuerwerkskörper. Der Krieg hatte diesen Brauch unmöglich gemacht.

Der zuversichtliche Herr Matzunke spielte nicht auf seiner Trompete. Seine Fenster blieben geschlossen.

Im Frühjahr, als die ersten Knospen an den Sträuchern aufbrachen, starb Erich Zettlau. Er starb einen schnellen Tod. Feindliche Flugzeuge befanden sich an jenem Tag über dem Reichsgebiet. Hagen war überflogen worden. Es war keine Bombe gefallen. Aus allen Rohren schoß die Flak von den umliegenden Bergen, legte Dauerfeuer, bis die Geschützrohre heiß wurden. Splitter sausten mit bösartigem Sirren durch die Luft, und einer dieser Splitter war es, der dem Leben des Erich Zettlau ein Ende setzte.

Längst war der ausdauernde Ton der Sirenen verklungen, der die Entwarnung anzeigte. Schon wollten sich Erichs Eltern zum Schlaf niederlegen, als Otto Zettlau unruhig wurde. Er drehte sich von einer Seite auf die andere und hinderte seine Frau einzuschlafen. »Wo der Junge nur bleibt? Es wird doch nichts geschehen sein?«

Im Halbschlaf brummte Frau Zettlau: »Was soll schon sein? Die sind doch heute nur über uns hinweg. Nicht eine Bombe ist gefallen. Gib Ruhe, er wird schon kommen!«

»Er muß früh zur Arbeit!«

»Eben drum«, gähnte sie und warf sich auf die andere Seite.

»Ich gehe runter, ihn suchen! Ich weiß nicht, aber ich bin so unruhig!«

»Vergiß den Mantel nicht, es ist noch recht frisch in den Nächten!«

Otto Zettlau warf sich den Mantel um und stieg eilig die Treppen hinab. Lauschend blieb er am Hauseingang stehen. Die Nacht war still. Kein Geräusch drang an seine Ohren. Einige Zeit ging er vergeblich durch die Straßen, fand aber seinen Sohn nicht. Dann klingelte er hastig bei den Rosens. Onkel Daniel öffnete. »Gibt es was?« fragte er, als er das besorgte Gesicht Zettlaus sah.

»Es scheint so, Dan! Der Erich ist bis jetzt noch nicht heimgekommen!«

»Warte, ich ziehe mir etwas über. Ich komme mit! Wir suchen gemeinsam nach ihm!«

Otto Zettlau hörte, wie Daniel den Neffen zurückwies: »Marsch, wieder ins Bett, das ist nichts für Jungens!«

David maulte, gehorchte aber.

Nun suchten die zwei gemeinsam. Nach langer Zeit fanden sie ihn, in einer Ecke, an der Altenhagener Straße, dicht neben dem erdbraunen Lattenzaun von Osseks Lumpenhandel. Aus einer winzigen Wunde an der linken Schläfe sickerte ein dünnes Rinnsal Blut.

Otto Zettlau warf sich über die Leiche seines Sohnes. Das Weinen schüttelte ihn, und es schien, als würde in der Stille der Nacht dieses Weinen zur Anklage.

Sie schleppten den leblosen Körper, der vor kurzen Stunden noch der freundliche Mensch Erich Zettlau gewesen war, die Stiegen hinauf, zur elterlichen Wohnung. Verschlafen stieg Frau Zettlau aus ihrem Bett, zog ihren verschlissenen Morgenmantel an und hatte nicht eine Träne. Wie versteinert schien sie zu sein.

Drei Tage später senkten sie das Opfer der deutschen Fliegerabwehr auf dem Allgemeinen Friedhof in die Erde.

Ein Musikzug des Reichsarbeitsdienstes spielte das Lied vom Guten Kameraden. Die jungen Männer in den erdfarbenen Uniformen machten ihre Sache gut. Ein Mann in Schwarz sprach vom Opfer, das gebracht werden müsse für die Größe des Vaterlandes.

Dann spielten sie noch das Deutschlandlied und »Die Fahne hoch«. Die Trauernden hoben die Arme zum Hitlergruß. Andere standen unsicher herum und hielten die Hände vor dem Leib gefaltet.

Nicht weit vom offenen Grab kauerte David in einem Eibengebüsch. Er nahm Abschied von Erich Zettlau, der sich einmal sein Freund genannt hatte. Er ließ den Tränen ihren Lauf.

Die Männer mit den grauen Ledermänteln betraten das Betriebsbüro. Sie trugen ein amtliches Schriftstück mit sich. Der Meister las es sorgfältig, dann legte er es auf den Schreibtisch: »Wir können den Mann nur schwer entbehren. Er ist ein guter Arbeiter!«

»Die Sicherheit des Staates geht über alles!«

Der Meister erhob sich, machte einen Schritt auf den Ausgang zu und sagte müde: »Ich bringe Ihnen den Mann!«

Als er mit Onkel Daniel zurückkam, schauten die beiden Gestapomänner nur kurz auf: »Daniel Israel Adonait, wir nehmen Sie in Schutzhaft!«

»Und warum, meine Herren?«

»Fragen Sie nicht so saublöd. Jude und Sozialist, reicht das immer noch nicht? Also, kommen Sie schon, Adonait!«

Der Meister hob die Hand zum Nazigruß. Sie zitterte. »Ich lasse Ihre Privatsachen nach Hause bringen«, rief er Onkel Daniel nach.

Der winkte ab. »Spart euch den Weg. Ich brauche das Zeug nicht mehr!« Sie gaben ihm sofort einen heftigen Schlag auf den Mund. Da schwieg Onkel Dan.

Ein paarmal schrieb er noch. Die Briefe kamen aus einem Lager, das sich Oranienburg-Sachsenhausen nannte. David sah auf der Landkarte nach. Er fand den Namen bei der Reichshauptstadt Berlin.

Traurig sahen diese Briefe aus. Ganze Passagen waren von der Zensur herausgeschnitten worden. Die zerstückelten Schreiben lagen lange auf dem Küchenschrank. Immer wieder las David sie. Schließlich, als seine Mutter wieder einmal die Tränen nicht zurückhalten konnte, sagte er fragend: »Ob wir ihn jemals wiedersehen werden?«

Hanna Rosen wischte die Tränen ab. Sie schämte sich ihrer. Dann erwiderte sie mit tonloser Stimme: »Das weiß nur Gott allein!«

15

Die nackte Angst ging um unter den wenigen Juden, die nun noch in den Mauern dieser deutschen Großstadt am Rande des Sauerlandes lebten. Sie kam in vielen Gewändern und trug die verschiedensten Gesichter, aber sie kam zu jedem dieser Menschen.

Verschüchtert gingen sie ihren Weg, verließen nur dann ihre Wohnungen, wenn es sich nicht vermeiden ließ. Ausgeschlossen standen sie im Treppenhaus, wenn die Bomben fielen und der Luftschutzwart ihnen das Betreten des Schutzraumes verboten hatte. Oft aßen sie die wenigen Scheiben Brot, die ihnen gewährt wurden, mit Tränen der Verzweiflung!

David schleppte weiter die Schalensäcke. Er schleppte sie im Sommer und im Herbst, und als es wieder Winter wurde, sorgte Frau Freudewald dafür, daß er feste Schuhe und eine warme Joppe erhielt. Auch einen Wollschal drückte sie ihm in die Hand. »Den habe ich in den

Abendstunden für dich gestrickt. Hoffentlich hält er dich warm!«

Sie sagte ihm nicht, daß sie immer wieder bei der zuständigen Behörde vorstellig wurde, wenn die Gefahr bestand, daß er ihr als Arbeitskraft genommen werden sollte. Sie setzte immer durch, daß der Junge bleiben durfte. Sie schaffte es, daß David als Beauftragter des Luftschutzes in Kuhstall und Scheune Wache halten durfte, wenn die Sirenen gefahrdröhnend losheulten.

David fühlte sich recht sicher. Er hatte eine Aufgabe, und es kümmerte ihn nur wenig, wenn die Burschen, die einmal seine Kameraden gewesen waren, hinter ihm herjohlten: »Warte nur, du Mazzefresser, bald kommt die Nacht der langen Messer!«

Über Nacht war der Winter da, und mit ihm kamen Schnee und Kälte.

Wieder bewarfen sie ihn mit Schneebällen, in denen Steine verpackt waren.

Kurz vor dem Jahresende kam ein amtlicher Brief der Lagerleitung des Konzentrationslagers Oranienburg-Sachsenhausen. Lapidar hieß es darin, daß der Häftling Daniel Israel Adonait an einer Infektion der Luftwege erkrankt und gestorben sei. Die Urne mit der Asche des Schutzhäftlings könne gegen eine Gebühr von dreißig Reichsmark zugesandt werden. Um baldige Antwort, ob die Urne zu übersenden sei, würde ersucht, ansonsten wolle man sie auf dem Lagerfriedhof beisetzen.

Hanna Sarah Rosen war lange unschlüssig. Sie besprach sich mit Erna, die inzwischen zur guten Freundin geworden war, und fragte David erst, als der sagte: »Die dreißig Mark sollten wir für die Bande auch noch übrig haben und die Überreste von Onkel Dan nicht in ihren Klauen lassen. Schreib an sie, noch heute abend!«

»Schreib du, David, ich kann nicht, ich bin so nervös, daß ich nicht einmal die Feder halten kann!«

Wenige Tage alt war das neue Jahr, das Jahr 1941, als

mit der Paketzustellung der Reichspost das Paket aus dem Lager kam.

David entfernte das braune Packpapier. Er packte die Urne aus. Es war eine einfache Blechdose, schwarz angestrichen. David streichelte sie: »Armer Onkel Dan!« Er griff in die unterste Schublade, wo Gebetbuch und Talith des Großvaters wohlverpackt lagen. Er hüllte sich in den Gebetschal, so, als habe er dies schon seit ewigen Zeiten getan, und sprach Kadisch.

Hanna Sarah Rosen stand hinter ihm an der Tür, neben ihr Erna Rothstein. Sehr leise schloß Hanna die Tür, um ihren Jungen nicht zu stören. Sie wischte sich die Augen, und Erna Rothstein sagte rauh: »So machen die uns zu bewußten Juden!«

Wenige Tage danach kam die Mitteilung, daß ab sofort der gelbe Stern als Kennzeichnung an allen Kleidungsstücken, gut sichtbar auf der Brust, anzunähen sei.

Gemeinsam gingen die drei aus dem Haus Nummer fünf zum Gemeindehaus. Das Durcheinander war kaum zu beschreiben. Da waren die Männer und Frauen, die in sogenannten »Mischehen« lebten. Ganz fest an die Mütter drängten sich die Kinder. Immer wieder kam die Frage auf: »Was wird aus uns werden? Was wird noch alles auf uns zukommen?!«

Herr Hartmann saß an einem Tisch. Neben ihm die Frau des Kinderarztes Stern. Sie schrieb die Namen der anstehenden Leute in eine Liste, und dann teilte Herr Hartmann die gelben Flecken aus. »Ich benötige mehr als die drei, denn man soll ja auf jedem Kleidungsstück die Kennzeichnung tragen!« sagte ein älterer Herr.

Herr Hartmann wies auf den Stapel, der vor ihm lag: »Nehmen Sie sich, soviel Sie wollen. Davon haben sie uns in Massen geschickt!«

»Man sollte es nicht glauben, selbst davon bekommt der Alte nicht genug«, flüsterte Erna Rothstein Hanna zu.

»So sind die Menschen nun einmal!«

»Ach was! Sind wir vielleicht so?«

»Nein! Aber vielleicht sind wir Ausnahmen?!«

Als die beiden Frauen und David Rosen eingeschrieben waren und die gelben Fetzen erhalten hatten, sagte David, nachdenklich die Stirn runzelnd: »Nun haben wir unseren Sternentag!«

Eine Woche später erreichte sie die Verfügung, alle Rundfunkapparate und Elektrogeräte seien abzuliefern. Hanna winkte ab. »Haben wir nicht. Sollen sie doch kommen und suchen. Ich jedenfalls gebe unseren Radioapparat der Frau Oberlaß. Die freut sich, wenn sie ihn bekommt, und auch den ›Kobold‹ bringe ich ihr, sie muß dann nicht mehr auf den Knien rutschen, wenn sie die Wohnung putzt! Schließlich hat sie uns in der Pogromnacht beschützt!«

»Und wenn die Nazis . . .«

»Laß sie doch kommen, oder hast du immer noch Angst? Ich weiß nicht, je mehr sie uns antun, um so weniger macht es mir aus. Sollen sie also kommen, sie finden nichts. Frau Oberlaß hat alles!«

Erna Rothstein wirkte unsicher. »Du wirst es schon recht machen!«

David unterbrach die Frauen: »Schade um das Radio. Radio London war schon sehr interessant!«

»Psst! Wirst du wohl stille sein, Junge, die Wände haben hier Ohren!«

Die Stunde war noch nicht vergangen, da trugen die beiden Frauen Radio und den Staubsauger Marke »Kobold« eine Treppe höher in die Wohnung von Frau Oberlaß.

Die stand sprachlos. Weiß waren ihre Haare geworden, und mächtige Tränensäcke hingen unter ihren Augen. »Wenn Sie Radio hören wollen, kommen Sie einfach zu mir rauf, ich bin ja doch immer allein!«

Mit geschickten Händen nähte Erna die gelben Sterne mit der Kennzeichnung *Jude* auf die Garderobe.

Als David mit dem Stern am Rockaufschlag zu Frau Freudewald kam, sah die mit ungläubigen Augen den Jungen an. »Das schlägt nun doch dem Faß den Boden aus«, schimpfte sie und faßte den Stern so derb an, daß David meinte, sie würde ihn abreißen wollen. »Daß es soviel Gemeinheit gibt, hätte ich mir nicht einmal in meinen bösesten Träumen gedacht!« Sie schwieg lange, dann, als David den Stall ausmistete, sagte sie: »Sei stolz drauf, Junge, und denke dir, es sei ein Orden. Es kommt die Zeit, da wird man diesen Stern ehrfurchtsvoll grüßen!«

»Grüßen?« David lachte hellauf. »Was Sie sich da ausdenken, Frau Freudewald!«

Der Sommer kam schnell. Arbeit und Sorgen ließen die Zeit eilen. Hoffnung war die Triebfeder der Menschen geworden, Hoffnung auf Besserung des eigenen Lebens, Hoffnung auf Frieden. Aber der Frieden kam nicht. Und die Besserung blieb aus.

Dafür waren die Flieger der Royal Air Force fast jeden Tag über dem Reichsgebiet. Bomben fielen ringsherum um die Stadt. Vereinzelt trafen sie auch in der Stadt ihre Ziele.

Dann aber gab es den ersten schweren Angriff. Er kam so unvorbereitet, so schnell, daß die rennenden Menschen kaum ihre Habseligkeiten zusammenraffen konnten.

David rannte los, als wäre der böse Geist hinter ihm her. Er mußte auf dem Hof der Freudewalds sein, bevor die Bomber ihre todbringende Fracht abluden.

Frau Freudewald war schon im Stall und löste die Ketten der Tiere. »Heute sind sie besonders nervös, als würden sie spüren, daß etwas Schlimmes bevorsteht. Hoffentlich hat das keine Bedeutung!«

»Sie sehen doch sonst nicht so schwarz!«

»Das ist nur Tünche. Weißt du, ich komme aus Masuren. Wir nehmen das Leben nicht leicht.«

Die Geschütze der Flugabwehr jagten heraus, was die Rohre hergaben. Die Bomber flogen hoch, und ihr Motorengeräusch war nur so leise zu hören wie das wütende Summen gereizter Hornissen. Hoch über den Wolken warfen sie ihre Orientierungsbomben, die aussahen wie Weihnachtsbäume im schönsten Schmuck. Und dann kam es wie ein rasender Feuersturm. Die Bomben fielen mit häßlichem, todbringendem Heulen. Es schien, als würde das Inferno niemals enden. Ein schwerer Einschlag neben dem anderen ließ die Erde erzittern, Häuser einstürzen, Menschen mit gebrochenen Gliedern durch die brandgeschwängerte Luft wirbeln.

»Jetzt können wir nur noch beten und auf einen gnädigen Gott hoffen!« sagte Frau Freudewald. Eine Bombe zerbarst ganz in ihrer Nähe. Der Luftdruck schleuderte sie und David gegen die Kühe, die mit angstvoll aufgerissenen Augen in ihren Boxen stampften und um sich traten.

»Das war nahe!« David versuchte, die Tiere zu beruhigen. Leise sprach er auf sie ein, doch das nützte nichts. Mit jedem Bombeneinschlag stieg ihre Angst.

»Halt die Augen auf, Jungchen, die kommen heute bestimmt noch mit Brandbomben!«

Es war so, wie Frau Freudewald vermutet hatte. Die zweite Welle der britischen Bomber warf Phosphorbomben. Brandgeruch legte sich über die Stadt.

»Das Scheunendach brennt!« David schrie es hinaus.

»Rauf, Jungchen, rauf, ich halte die Leiter!«

David kletterte hoch. Dicht vor ihm steckte eine Brandbombe im Teerdach. Es war ein Blindgänger. Eine zweite Phosphorbombe lag auf dem Mauersims. Gleißend hell brannte sie. Der brennende Phosphor tropfte herab und entzündete neue Flammen. David griff zu, warf die Bombe auf die Pflastersteine im Hof.

Um ihn herum war die Hölle los. Überall erhellten die Brände die Dunkelheit der Nacht. Die Sprengbomben barsten mit unheimlichem Krachen.

Von Sankt Josef her hörte man die Glocken läuten. Schaurig, unwirklich klangen sie in die Bombenexplosionen. Dann brachte die Hitze im Turm sie zum Schweigen. Als der Kirchturm einstürzte, fielen auch die Glocken herab und zerbrachen.

Feuersglut lag über der Stadt zwischen den Bergen. David flüsterte ein Gebet. Er hatte unsagbare Angst. So heftig war sie, daß sie ihn schüttelte wie Fieberschauer. Er würgte, brach Galle, aber er ließ nicht nach, das Eigentum von Frau Freudewald zu retten.

Nach zwanzig Minuten, die allen vorkamen wie eine Ewigkeit, stieg er mit zitternden Beinen hinab. »Es scheint vorbei zu sein, Frau Freudewald!« Die Frau hielt ihn am Arm. Er schwankte. »Stütz dich bei mir, David!« Beide setzten sich auf die Schwelle zum Stall. Hell wie der Tag wurde die Nacht. Die Sirenen der Feuerwehren jaulten aus allen vier Himmelsrichtungen.

»Die Nummer elf hat einen Volltreffer abgekriegt«, stellte David fest. »Gehen wir und versuchen zu helfen!«

Frau Freudewald nickte.

David hielt die Hände, die der Phosphor verbrannt hatte, hinter dem Rücken. Frau Freudewald sollte sie nicht sehen.

Die Nummer elf stand nicht mehr. Der Schutt lag berghoch. Nur die Brandmauer stand noch bis zur ersten Etage. An ihr hing ein billiger, gerahmter Druck.

Der langanhaltende Ton der Entwarnung ließ die Menschen, die noch einmal davongekommen waren, aufatmen. Sie stiegen in die Trümmer. Unter dem Berg aus Ziegeln schienen Menschen verschüttet zu sein. Leises Klopfen kam von unten durch den Steinhaufen. »Da haben welche überlebt. Ich hole Schaufel und Hacke vom Hof!« David rannte los.

Die Bewohner des Hauses Nummer fünf saßen im Schutzraum. Sie trauten der Ruhe nicht. Hanna und Erna, die wieder nur im Hausflur Zuflucht suchen durften, standen auf der Straße. David sah sie stehen und rief ihnen im Vorübergehen zu: »In der elf liegen Verschüttete. Ich hole Werkzeug, wir holen sie heraus!«

Herr Matzunke, der gerade seinen Kopf durch den Türspalt steckte und die Verwüstungen sah, schrie zurück: »Ich komme auch!« Und dann, so, als wolle er sich Mut machen, brüllte er die Kellertreppe hinab: »Freiwillige vor!« Doch da war keiner, der die Nachbarn ausbuddeln wollte.

Ohne auch nur einen Augenblick Pause zu machen, arbeiteten Frau Freudewald, Herr Matzunke und David. Mit bloßen Händen räumte die Frau aus Masuren die Ziegel fort. Und dann schrie David. Schrie vor Freude. Sie hatten den Eingang zum Schutzraum freigelegt. Die Freude darüber wurde bald wieder beendet. Es fanden sich nur leblose Leiber. Zu lange hatten die Rettungsarbeiten gedauert. Die Menschen waren erstickt. David riß einen Kinderwagen aus dem Schutt und griff sich ein schreiendes Bündel, ein Kleinkind. Er stolperte über die Schuttberge, legte seiner Mutter das graue Bündel Mensch in die Arme, das als einziges in der Nummer elf überlebt hatte.

Dann fanden sie Otto Zettlau. Er war grau wie der Mauerstaub. In den Armen hielt er, wie beschützend, seine Frau. Auch sie war tot wie er. Ihr Genick war gebrochen. Der Kopf bewegte sich auch noch im Tode ohne Halt, als wollte sie sagen: Wie kann denn so was möglich sein!

Herr Matzunke grub schon wieder. Er ließ die Toten liegen, drückte den Jungen und Frau Freudewald zur Seite: »Laßt sie liegen. Da ist doch nichts mehr zu machen. Laßt ihnen die Ruhe!«

Lange dauerte es, bis die Hilfswagen der Feuerwehr kamen, auf denen Männer mit Stricken und Hacken, Schaufeln und Brechstangen saßen. Geübt rissen sie die Trümmer auseinander. ... Sie fanden nur Leichen.

Kaum mehr waren die Toten als Menschen zu erkennen. Wie formlose, graue Pakete lagen sie da. Niemand schien Mitleid mit ihnen zu empfinden, so menschenunähnlich waren sie.

Die Stadt brannte. Feuerwehren und Unfallwagen rasten durch die Nacht. Der Junge David half, wo er gebraucht wurde. Ihn schmerzten die verbrannten Hände nicht. In jener Nacht achtete niemand auf den gelben Stern am Jackett, der so verschmutzt war, daß man ihn kaum erkannte.

Es wurde schon hell, als sich David am Wagen des Einsatzarztes anstellte. Der stand neben der Feuerwehr in der Altenhagener Straße, gleich neben der Josefskirche. Die leichteren Wunden wurden von diesem Arzt versorgt.

»Da hast du aber eine feine Phosphorverbrennung, Junge!« Der Arzt griff zu, behandelte ihn provisorisch: »Komm nachher ins Josefshospital, damit sie dich ordentlich verarzten!«

Kaum hatte er das gesagt, erkannte er den Stern. »Jude?« fragte er kurz, kehlig rauh. »Sag' mir deinen Namen!«

»David Rosen. Ich wohne in der Stiege, in der Nummer fünf!«

Der Arzt vermerkte es in seinem Notizbuch. »Komm heute nachmittag ins Josefshospital. Frage nach Doktor Oberstadt, ich habe dann Dienst!«

»Mit dem Stern? Das geht doch nicht!«

»Mich stört er nicht, und du hast in der vergangenen Nacht auch nicht danach gefragt, wessen Haus es war, das du löschen halfst!«

Die Sonne drang an jenem Morgen nicht durch den Rauch, durch Qualm und Staub. Niemand tränkte und fütterte Freudewalds Kühe. Niemand melkte sie. Verstört vor Schmerzen und Hunger brüllten die Tiere laut und anhaltend. David und Frau Freudewald schliefen im

Stroh der Scheune, waren völlig übermüdet, wie ausgepumpt. Immer noch mußten sie Brandwache halten.

Doktor Oberstadt besaß das, was man Zivilcourage nennt. Er rief bei der Kreisleitung an und berichtete, daß der Judenjunge David Rosen bei der Bergung Verschütteter geholfen und sich dabei sehr hervorgetan habe. Durch ihn sei ein Kleinkind lebend geborgen worden. Beide Hände habe er sich bei der Brandbekämpfung hochgradig mit Phosphor verbrannt. Er, der Doktor Oberstadt, würde vorschlagen, dem Jungen eine Auszeichnung zu verleihen!

Am anderen Ende der Leitung schnappte ein Funktionär hörbar nach Luft. Dann schrie er wütend in die Sprechmuschel, daß dem Doktor Oberstadt die Ohren schmerzten: »Ja, sind Sie denn von allen guten Geistern verlassen? Was denken Sie denn, wo wir leben. Sie rütteln an den Grundpfeilern unserer nationalen Politik. Ich will Ihren dreisten Anruf schnell vergessen und halte ihn Ihrer Überarbeitung zugute. Wenn Sie keinen Ärger wollen, dann vergessen Sie Ihr gottverfluchtes Gewäsch!«

Der Arzt legte den Hörer zurück. »Ich glaube, die würden selbst Jesus Christus den gelben Stern anhängen!« Die Bürononne, die für den Doktor Oberstadt die Krankenberichte in die Maschine tippte, bekreuzigte sich.

Doktor Oberstadt behandelte David. Er wies die Ordensschwester an, eine Nebenpforte des Krankenhauses offenzuhalten. Durch diese Tür schlich David so lange, bis seine Hände geheilt waren. Das dauerte seine Zeit, und als es Herbst wurde, waren die roten Narben immer noch deutlich sichtbar.

Noch aber war nicht Herbst. Noch lebten sie in der steten Sorge, dem großen Angriff würde ein zweiter folgen. Es schien aber, als hätten die Briten Mitleid mit der »Stadt im Loch«. Schon drei Tage nach dem Angriff waren die Trümmer ordentlich geschichtet, die Straßen begehbar.

An jenem Tag fand David in Freudewalds Scheune einen toten britischen Soldaten. Er lag im Stroh, und David sah ihn, als er sich auf das Dach gewagt hatte, um die Löcher zu flicken, die beim Angriff entstanden waren. Die verbundenen Hände ließen es kaum zu, aber der Junge wehrte sich gegen die Schmerzen.

Der Soldat im Stroh mit der fremden Uniform lag mit grotesk verrenkten Gliedern. Der Kopf steckte in einer Ledermütze mit einem Kopfhörer, und ein Grinsen verzerrte die bläulichen Lippen. Der Tote war schwarz. Ein Neger, dachte David, machte einen Schritt zurück, bis an den Dachrand. Aber die Engländer haben doch keine Neger?! Oder vielleicht doch, aus ihren Kolonien! Egal! Ich muß der Frau Freudewald Bescheid sagen, die müssen ihn abholen, bevor er anfängt zu verwesen und zu stinken.

David versorgte zunächst die Kühe. Er ließ sich Zeit dabei, sagte zu sich: »Der da oben hat Zeit, eine ganze Ewigkeit lang!«

Frau Freudewald kam zum Melken. David stellte sich neben sie und sah zu, wie sie geschickt arbeitete. »Da oben im Stroh der Scheune liegt ein toter Tommy. Ein Neger ist es. Der Körper hat das Dach durchschlagen, aber ich habe es schon notdürftig repariert. Einregnen kann es nicht mehr!«

Der Schreck fuhr der Frau sichtbar in die Knochen. »Auch das noch! Ich mag Tote nicht. Sie erinnern zu sehr daran, daß man auch einmal abtreten muß!«

»Die Toten tun uns nichts, Frau Freudewald, vor den Lebenden müssen wir uns fürchten!«

»Ich rufe sofort, wenn ich mit dem Melken fertig bin, die Polizei an. Die sollen dafür sorgen, daß er schleunigst fortgeschafft wird!«

»Ich bleib bei Ihnen, damit Sie sich weniger graulen!«

Frau Freudewald sprach mit der Polizei. Sie kamen sofort, die Männer von der Feuerwehr und die anderen, die in den grauen Ledermänteln. Ohne sie ging in jenen Jahren in Nazideutschland nichts mehr.

Die Männer von der Wehr packten den toten Feind in eine Blechwanne und ließen diese mit dicken Tauen an der Außenwand der Scheune hinab. Ein paar Menschen aus dem zerstörten Viertel schauten zu. In ihren Augen war Haß gegen die Feinde, die sie Terrorflieger nannten. Ohne das Martinshorn einzuschalten, fuhr der Unfallwagen fort. Kurz darauf fuhren auch die Männer in den Ledermänteln. Sie befragten David nicht nach seinem Fund.

Frau Freudewald atmete auf. Sie fragte: »Magst du ein Stück Kuchen, David? Komm, wir trinken Kaffee!«

Anerkennend meinte Frau Densch: »Sie haben einen tüchtigen Sohn, Frau Rosen! Wissen Sie eigentlich ganz genau, daß Sie Juden sind, Sie und der David? Vielleicht ist nur einmal einer Ihrer Vorfahren zum Judentum übergetreten?«

Hanna Sarah putzte weiter an den Dielen der Nachbarin. »Das weiß ich ganz genau, Frau Densch! Wir sind Juden, auch wenn wir es fast vergessen hatten, bis Herr Hitler kam, aber jetzt haben die es uns wieder deutlich gemacht, und von Tag zu Tag, von Stunde zu Stunde wird es uns klarer!«

Frau Densch schien es nicht gehört zu haben. Sie hinkte in das Wohnzimmer, stellte das Radio an. Flotte Marschmusik klang auf, wie fast immer in dieser Zeit. Mit vor Aufregung roten Bäckchen kam sie zurück. »Wissen Sie schon das Neueste? Unsere Truppen sind auf dem Vormarsch in Rußland, und ich dachte, es gibt einen Nichtangriffspakt mit der Sowjetunion?!«

»Vorwärts nach Osten, du stürmisch' Heer«, grölte es aus dem Lautsprecher.

»Die Wege des Führers sind seltsam, aber Sie alle meinen ja, daß er weiß, was er tut!« Hanna sagte es, ohne von ihrer Arbeit aufzuschauen.

Mit Zweifel in der Stimme setzte Frau Densch hinzu: »Ob das gutgeht?«

Es war an einem kühlen Herbsttag. Das Laub färbte sich mit warmen Farben. Die Bewohner der Stiege behandelten David mit Achtung. Auch Hanna und Erna Rothstein bekamen von dieser Achtung ihren Anteil.

Vor der Wohnungstür der Rosens fand sich immer wieder etwas Eßbares. Dankbar nahmen es die Frauen entgegen.

Eine alte Frau, die sich als Großmutter des geretteten Kindes vorstellte, kam, dankte David, weinte ein wenig, weil sie den Juden nicht zu helfen vermochte. Sie ließ eine fast neue Lebensmittelkarte zurück. Der Herbst ging dahin. Die Tage wurden kürzer, sie wurden auch schwerer, denn sie erhöhten die Arbeitszeit der Zwangsverpflichteten.

Die Nächte waren kurz. Kaum konnten sich die Menschen ausschlafen. Zu lang, zu aufregend waren die Stunden, die sie während der Alarme im Treppenhaus zubringen mußten.

Mit dem frühen Winter kamen Kälte und Eis. Die beiden Frauen und David saßen manche Stunde in der Küche der Frau Oberlaß. Hier war es warm, und sie fühlten sich ein wenig geborgen.

Gelegentlich gab auch Frau Freudewald ein paar Briketts her: »Damit ihr nicht allzusehr frieren müßt«, sagte sie dann.

In der Silvesternacht blieben die Frauen im Bett. Wieder einmal war das Reichsgebiet frei von feindlichen Flugzeugen, und die Frauen schliefen die Nacht durch, schliefen wie tot.

David saß mit Frau Oberlaß vor dem Radio. Sie zogen sich eine Decke über die Köpfe und lauschten erwartungsvoll auf die Klopfzeichen des Londoner Rundfunks.

Herr Oberlaß war schon »ausgeschaltet«. Er hatte die Sonderzuteilung Schnaps in sich hineingegossen und schnarchte nun, daß es bis in die Küche zu hören war.

Die Uhrzeiger rückten auf Mitternacht. Feierlich stand die alte Frau Oberlaß auf: »Frieden möge uns das neue Jahr bringen, Frieden und menschenwürdiges Leben!« Sie weinte ein wenig, erzählte David von dem toten Sohn und verfluchte die Mörder.

David erkannte, wie gut sie es mit ihm meinte. Er saß noch lange vor dem Vogelbauer. Leise sprach er auf den kleinen grauen Freund ein. Der hob den Kopf aus den Federn und gurrte zurück, ließ sich die Federn kraulen und erklärte: »Jako ist lieb!«

»Ja, Jako ist lieb«, entgegnete da der Junge, und dann verabschiedete er sich von Frau Oberlaß, die sorgsam die Tür hinter ihm verschloß.

Der Januar des 42er Jahres brachte viel Kälte und noch mehr Schnee. Die kurze Aufforderung, sich bereitzuhalten für den Abtransport, kam in diesen Januartagen. Zehn Kilo Gepäck, stand da zu lesen, können mitgenommen werden, und es war auch vermerkt, welche persönlichen Gegenstände zu empfehlen seien.

Es war gegen fünf Uhr in der Frühe. Dunkel war es, und der frischgefallene Schnee dämpfte die Schritte. Schon eine halbe Stunde standen die Frauen und David wartend in der Kälte.

Der durch eine Plane abgedeckte Lastwagen kam mit undeutscher Verspätung. Die uniformierten Begleiter schoben die Frauen mit hartem Griff auf die Ladefläche. David stieg ohne Hilfe hinauf.

Es waren schon andere Menschen auf diesem Wagen. Sie drängten sich in einem Winkel, wie verängstigte Tiere.

Am geschlossenen Fenster stand Frau Oberlaß. In ihr war die Erinnerung an ein Wort des guten Nazareners, der gesagt hatte: »Wenn meine Jünger schweigen, werden die Steine schreien!« Sie hielt ihre gichtigen Hände gefaltet und flüsterte flehend: »Jesus, hilf ihnen, hilf deinem Volk!«

Auch Frau Densch stand, auf ihren Krückstock gestützt, hinter der Gardine. Mit wachen Augen sah sie, wie die Frauen auf den Laster geschoben wurden, sah David hinaufsteigen.

Der schwere Lastwagen fuhr ab. Frau Densch hinkte zurück zu ihrem warmen Bett. Kein Mitleid war in ihr.

Worterklärungen

Massel und Broche	Glück und Segen
Gojim	Nichtjuden
Ezes	Ratschlag
Zores	Ärger, Leiden
Kille	Gemeinde
Talith	Gebetmantel für Morgengebet und Feierlichkeiten
Bar-Mizwa	wörtlich »Sohn der Pflicht«, entspricht etwa der Konfirmation
Minjan	zehn männliche Personen, die für den Gottesdienst nötig sind
Mischpoke	Familie, Verwandtschaft
Mamme	Mutter
Schabbes	Sabbat, Samstag, jüdischer Ruhetag
Gebetrolle	die heiligen Schriften sind in der Form von Schriftrollen aufbewahrt
Lade	Schrein in den Synagogen, in dem Schriftrollen lagern
Thora	Lehre. Im Judentum: die fünf Bücher Mose
Massel-tow	Gut Glück (Viel Glück)
Kiddusch	Segensspruch über dem Wein
Toches	Gesäß
Menorah	Siebenarmiger Leuchter
Chanukka	Weihefest zur Erinnerung an den Sieg der aufständischen Makkabäer

Kessef	Geld
Moische Puch	ein Name, wird abwertend gebraucht
Kadisch	Totengebet, wird von männlichen Nachkommen gesprochen
Kadischnik	der leidtragende Sohn
Chawerusse	Gesellschaft, Bruderschaft
Chasan	Vorbeter beim Gottesdienst, Kantor
Galut	Fremde, Verbannung
Erez	das Land (Israel)
Mischna	Teil des Talmuds, einer jüdischen nachbiblischen Lehre
Jehuda	Name, wurde zum Sammelnamen des jüdischen Volkes
Temas	Ausleger, Kommentator der talmudischen Schriften
Sch'ma	Anfang des jüdischen Glaubensbekenntnisses, wird im Angesicht des Todes gesprochen
Alya	wörtlich »Aufstieg«
Schammes	Synagogendiener
Makkabi	jüdischer Sportverein
Gefillte Fisch	jüdische Speise ⎫
	⎬ werden zu bestimmten Gelegenheiten wie Hochzeiten, Beschneidung usw.
Häckerle	jüdische Speise ⎭ gegessen
Milchome	Krieg

Ganeff Gauner
Mazze   ungesäuerte Brotfladen, werden
        zum jüdischen Osterfest zur Erin-
        nerung an den Auszug aus Ägypten
        gegessen

Bücher von Carlo Ross im

...aber Steine reden nicht
Carlo Ross erzählt jüdische Schicksale in einer Stadt am Rande des Ruhrgebietes. Das ohne Haß und ohne Verbitterung geschriebene Buch kann seinen Teil dazu beitragen, die Kluft zwischen Juden und Deutschen zu überbrücken. 208 Seiten. Efalin mit Schutzumschlag 2. Auflage (Leser ab 14 Jahren und Erwachsene). EDITION BITTER ISBN 3-7903-0351-8
"Buch des Monats" der JuBu-Crew, Arbeitsgemeinschaft Jugendbuch, Göttingen. "Buch des Monats" der "Deutschen Akademie für Kinder- und Jugendliteratur". Empfehlungsliste des Gustav-Heinemann-Friedenspreises 1988.

Michael im Teufelskreis
Der 16jährige Michael verliebt sich in Ruth, die glaubt, magische Kräfte zu haben. Er gerät immer mehr in ein teuflisches Gewirr von Abhängigkeiten, in einen Teufelskreis aus Drogen, magischen Ritualen und den geheimnisvollen Riten einer Satanistenloge, die schwarze Messen und Gewalt praktiziert. Ein hochaktueller und brisanter Jugendroman zum Thema Satanismus.
186 Seiten. Gebunden (Leser ab 14 Jahren).
ISBN 3-7903-0399-2

Nur Gedanken sind frei
Kaum vorstellbar ist die Armut im Berlin des Jahres 1847. Der 16jährige Wilhelm Neumann arbeitet auf dem Bau, um seine Familie, Mutter und Geschwister, zu ernähren.
Es ist härteste körperliche Arbeit. Aber Wilhelm ist wach und intelligent - immer stärker werden ihm die ungerechten Zustände, der krasse Gegensatz zwischen Arm und Reich, bewußt. Als er seinen Arbeitsplatz verliert, stiehlt er in seiner Not, wird gefaßt und kommt ins Gefängnis.
Später nimmt er an der März-Revolution 1848 teil; als sich die Revolution zerschlägt, wandert er tief enttäuscht darüber nach Amerika, in die Neue Welt, aus.
Mit 6 zeitgenössischen Abbildungen. 180 Seiten. Gebunden (Leser ab 12 Jahren). ISBN 3-7903-0367-4

dtv pocket
lesen – nachdenken – mitreden

Hans Peter Richter
Damals war es Friedrich
Roman

dtv pocket 7800

Hans Peter Richter
Die Zeit der jungen Soldaten

dtv pocket 7831

Barbara Gehrts
Nie wieder ein Wort davon?

dtv pocket 7813

Johanna Reiss
Und im Fenster der Himmel

dtv pocket 7807

Johanna Reiss
Wie wird es morgen sein?

dtv pocket 7810

Annelies Schwarz
Wir werden uns wiederfinden
Die Vertreibung einer Familie

dtv pocket 7820

dtv pocket
lesen – nachdenken – mitreden

dtv pocket.
Die Reihe
mit dem
signalroten Streifen
für junge Menschen,
die mitdenken wollen.
Bei dtv junior.

Karin König
Ich fühl mich so fifty-fifty

dtv pocket 78020

Lois Lowry
Sommer letztes Jahr

dtv pocket 7895

Rachel Anderson
Nennen wir ihn doch einfach Robert

dtv pocket 7896

Marilyn Sachs
Keine Pizza mehr für Ellen

dtv pocket 7897

Else Bree
Warte nicht auf einen Engel

dtv pocket 7898